漂砂の塔　下

大沢在昌

集英社文庫

漂砂の塔　下

15

無事、宿舎に戻ると拳銃をとりだした。すぐ手にとれる場所におく。

稲葉(いなば)からメールの返事が届いていた。

『島内に洞窟があり、殺害現場となった可能性があるという、君の仮説は興味深い。洞窟の捜索をおこなえば、新たな証拠を入手できるのではないか。ヨウワ化学に協力を求めてみてはどうだろうか。

ボリス・コズロフがオロボ島を潜伏先に選んだのは、考えてみれば意外ではない。もともと極東は奴(やつ)の縄張りだ。サハリンにとどまるより安全だと考えたのだろう。残念ながら、そちらでの逮捕権は君にはない。国境警備隊に協力を要請し、難しいようなら、ボリスとの接触を避けるのが賢明だ。潜伏先で事件を起こせば、困るのはボリスのほうだから、さほど恐れる必要はないと思うが、安全に留意し、調査を続行してもらいたい。

尚(なお)、北海道警察から新しい情報はまだ入っていない』

実に励みになるメールだ。事件を起こせば困るのは確かにボリスだろう。が、私を殺して海に投げこめば、すぐには発覚しない。その間にオロボ島を離れてしまえばよいのだ。

稲葉はボリスがどれだけ冷酷な悪党なのかを知らない。身の安全を優先して、私を狙わないと考えるのはまちがっている。〝警察の犬〟を殺すのに損得感情が入る余地はない。

ボリスが何としても私を殺そうとすることはまちがいなかった。

とはいえ、わかっていないと稲葉に抗議したところで、事態の改善にはつながらない。この島を離れるのに、稲葉の許可を求めるつもりはなかった。潜入捜査では、現場を離脱する判断は捜査員にゆだねられている。上司の許しを得ている暇などないからだ。

が、少なくとも一両日はこの島を離れられない。その間にできることをするしかない。駄目元でグラチョフに会いにいこうと思った。国境警備隊の詰所は、ロシア区画にあるが、まだ夕方だし、さすがに国境警備隊の近くで何かをしかけてくるとは考えにくい。

それでもすぐに抜けるよう、拳銃を防寒着のポケットに入れ、私は宿舎をでた。

地下通路を歩いてA区画に近づくにつれ、緊張で背中がこわばった。「ビーチ」でうけた傷が痛んだ。

地上にでたとたん強烈な風にあおられ、私はよろめいた。鉛色の空と海面には境界がなく、吹雪が視界を閉ざしている。港の内側にも白波が立ち、外海の荒れようをうかがわせた。耳がちぎれそうになり、あわててフードをかぶった。凍てついた風に、頬を削られるような痛みを感じた。

詰所の正面は港に面しているため、より風が強く吹きつけていた。出入口のガラス扉はまっ白に曇って、内部がうかがえない。

それでも私が扉の前に立つと、若い兵士が中から扉を開けてくれた。私はロシア語で礼をいい、つづけた。

「ヨウワ化学のイシガミといいます。グラチョフ少尉にお話があってきました」

前にグラチョフのいた、ストーブが中央におかれた小部屋は無人だ。

「少尉は巡回にでている。ここで待て」

兵士がいったので、私は頷(うなず)きカウンターによりかかった。詰所の中は、地下通路とかわらないくらいの温度だが、強烈な風から逃れられただけで、ほっとした。

十分もしないうちに車のエンジン音が聞こえ、ヘッドライトを点(とも)した４ＷＤがガラス扉の向こうに止まるのが見えた。

助手席のドアを開け、毛皮の帽子をまぶかにかぶったグラチョフが降りた。兵士がガラス扉を開け、敬礼した。

入ってきたグラチョフは私に気づくといった。

「確かイシガミといったな。またニシグチの死体を見にきたのか」

私は首をふった。

「今日は個人的なご相談があってきました」

グラチョフはつかのま私を見つめ、小部屋に顎をしゃくった。

「向こうで聞こう」

小部屋に入ると帽子とコートを脱ぎ、壁のフックに吊るした。ストーブを囲むようにおかれた木製の椅子をグラチョフは示した。

若い兵士が紅茶の入ったカップを運んできて、グラチョフに渡した。グラチョフの頬は、まるで子供のように紅潮している。

グラチョフは紅茶をすすると、ほっと息を吐いた。

「捜査は進んでいるのか」

ロシア語で私に訊ねた。

「私の仕事をご存じだったのですか」

「施設長から聞いた。外交上、重要な事実は、私に報告する義務がエクスペールトにはある」

「進んでいますが、まだニシグチを殺した人物を特定するまでには至っていません」

グラチョフは頷いた。

「我々も巡回の回数を増やしている。ところでその顔の傷はどうした？」

「階段で足を滑らせました」

「ビーチ」で何者かに襲われたと告げれば、重点的な巡回先になり、ゴムボートをだしにくくなるかもしれなかった。

「なるほど。相談とは何だ？」

手帳を制服の胸ポケットからとりだした。

「ボリス・コズロフという犯罪者をご存じですか」

グラチョフは首をふった。

「ウラジオストクで小さな組織を率いていたのですが、ユージノサハリンスクに進出し、朝鮮族系(カレイスキー)の組織の縄張りを奪い、今は日本や中国の組織を相手に、女や海産物を密輸しています」

グラチョフは私を見た。

「それで？」

「この島にくる前、私は彼の組織を摘発するための捜査をトウキョウでおこなっていて、逮捕する直前に逃げられました。そのボリス・コズロフと、今朝、食堂で会いました」

グラチョフの表情はかわらなかった。

「ボリス・コズロフは私を〝メス犬〟と呼び、殺すと威(おど)しました」

〝メス犬〟という言葉に、グラチョフは瞬(まばた)きした。

「ボリス・コズロフを拘束するか、この島から排除していただくことをお願いできませんか」

グラチョフはすぐには答えなかった。やがて訊ねた。

「その人物はひとりだったか？」

「いいえ。『ダンスクラブ』の従業員のロランという大男といっしょにいました」

「『ダンスクラブ』」

グラチョフはつぶやいた。

「服装は？」

「コズロフのですか？」

グラチョフは頷いた。私は思い返した。

「オレンジ色の制服を着ていました」

「つまり、オロテックに協力者がいるということだな。その協力者の手引きで、この島に上陸した」

「そうだと思います」

「コズロフは、ロシア司法当局の追跡をうけているか？」

「わかりません。日本の警察からは手配をうけています」

「それはこの島では意味をもたない」

「もしロシア司法当局の手配をうけていたら、コズロフを拘束していただけますか」

「正式な協力要請があれば対処する。もちろんコズロフがこの島で犯罪を起こせば、その場合も対処する」

「今は何もできませんか？」

「たとえば何をする？」

グラチョフは冷ややかに訊き返した。

「警告を与えてほしいのです。見張っている、馬鹿な真似はするな、とか」

「それは警察の仕事だ」

グラチョフはにべもなくいった。

「もし私がコズロフに殺されたら、外交上の重要な問題になります」

グラチョフの目に蔑みの色が浮かんだ。臆病者と思ったようだ。

何と思われてもかまわない。ボリス・コズロフの恐ろしさをこの少尉は知らない。

「本当に殺されると思っているのか」

「コズロフが過去、ロシアで殺人を犯したと信じるに足る話を私は聞いていますし、日本でもトラブルの解決法として殺人を選択肢にしていました。中国人組織との取引を私に邪魔され、強い怒りをもっています。必ず私を殺そうとするでしょう。この島で、そうした行為に対処できるのは国境警備隊だけです」

グラチョフは手帳を閉じ、制服の胸ポケットにしまった。

「我々は決して人員に恵まれているわけではないし、法的な根拠なしにロシア人をここで拘束することはできない。協力者がオロテックに存在する以上、その人物とトラブルになる可能性もある」

「おっしゃるとおりです」

がっかりし、私は頷いた。職務に忠実であろうとしている若い将校に、無理な相談だったのだ。

「万一、コズロフが危険を及ぼすようであれば、すぐに知らせてもらいたい。そのときは何らかの形で対処する」

私は深々と息を吸いこんだ。危険は〝小出し〟ではやってこない。及ぶときは死ぬときだ。

「わかりました」

「エクスペールトへの相談を勧める。オロテック内の協力者がわかれば、その方向からの対処が可能な筈だ。エクスペールト本人が協力者であった場合は別だが」

もしそうなら、この島は私の棺桶になるだろう。

「まさかとは思いますが、そんなことがあるでしょうか」

「エクスペールトの前の仕事を知っているか?」

「噂は聞いたことがあります」

「どんな噂だ?」

私はためらった。

「KGB」

グラチョフがいい、私は頷いた。

「ではKGBで何をしていたのかは知っているか」

私は首をふった。

「暗殺の専門家だったという噂がある。KGBを退職後、その技術をいかした仕事で得た金をオロテックに投資し、今の地位についた。問題は、ＫＧＢ時代の技術に金を払うのは、いったいどんな種類の組織なり人物だと思う？」

吐きけを感じた。私が無言でいると、グラチョフは小さく頷いた。

「エクスペールトに相談するのが一番だというのがこれでわかったろう。もしコズロフと無関係なら、最も適した対処をエクスペールトはできる」

「そうでなかったら？」

「なるべく早くこの島を離れるべきだな」

グラチョフの目は真剣だった。

「オロテックは、ロシアの極東経済に影響力をもっている。そのエクスペールトとの対立は誰も望まない。政治家だけでなく、軍人や警察官も、だ」

ようやく気づいた。ただ職務に忠実であるだけでなく、私に忠告もしたのだ。

「いろいろとありがとうございました」

「いや、直接、協力ができないのは残念だ」

グラチョフはいかめしい口調でいい、私たちは握手を交した。

国境警備隊の詰所をでると再び、吹雪と強風にさらされた。全身の血が凍りつくような絶望に打ちひしがれ、寒さをあまり感じない。

もしボリスの協力者がパキージンなら、この島を離れる以外、私に助かる道はない。

日が落ち、ふだんよりも濃い闇に港は閉ざされていた。だがこの闇の中で待ち伏せるほど、ボリスが我慢強いとは私には思えなかった。

待ち伏せるなら地下通路かC棟周辺だ。カメラに映らないような場所から弾丸を撃ちこむ。さらって拷問するには、手下も場所もない。

唯一の明るいニュースだ。殺されるとしても、苦痛と恐怖に満ちた死ではなく一瞬でカタがつく。

私は島内携帯をとりだし、パキージンにかけた。彼のいる管理棟は目と鼻の先だ。「ダンスクラブ」や「キョウト」のネオンが寒さに浮かんだ涙でぼやけていた。

「はい」

「イシガミです。今、国境警備隊の詰所の近くにいます。これからオフィスにうかがってよろしいでしょうか」

「来客中だ。十五分後にきてくれ」

パキージンは告げて、電話を切った。ボリスと旧交をあたためあっているのかもしれない。知ってるか、あの日本のお巡(まわ)りを。何だ、あいつがお前を追いかけていたのか。じゃあ話は早い。今夜のうちに一発くらわせて、海にほうりこもう。お安い御用さ。

「フジリスタラーン」に足を運んだ。扉を開けた瞬間、カウンターの端にすわる「本屋」の姿が目に入った。

ここか食堂にいる、といっていたのを思いだした。

「あら、こんばんは」

みつごのひとりが笑いかけた。

「サーシャ？」

「エレーナよ」

いって「本屋」を目で示した。

「彼が『本屋』」

「知っている。朝、食堂で話したよ」

「二週間ぶりね。いつもは十日おきくらいだから、今回は少しあいだがあいたわね」

パクの隣に腰をおろした。

「こんばんは」

驚いたようすもなく、日本語でパクはいった。カレーライスを食べている。

「こんばんは。カレーが好きなのですか」

「ユージノサハリンスクにも日本食堂はあります。でもここのほうがおいしい」

私は頷き、メニューを見やり月見ソバを注文した。食欲はあまりない。

「あれから思いだしたことがあります。母は犯人のひとりを樺太で見ました」

私はパクの顔を見直した。

「いつ？」

「はっきりとはわかりません。たぶん戦争が始まる前だと思います。『お父さんとお母さんを殺した人がいた。恐かった』といっていました」

「犯人もお母さんのことがわかったのでしょうか」

　パクは首をふった。

「わからなかったのじゃないかと思います。もしわかっていたら、母に対して何かしたでしょうし、母もまわりの人に助けを求めたでしょうから」

「その犯人が樺太で何をしていたのか、お母さんは話しましたか」

　パクは思いだそうとするかのように目を閉じた。

「何かを売っていた、と聞いたような気がします」

「その話をパクさんにしたのはいつですか」

「亡くなる少し前です。歳をとって、きのうのことは覚えていないのに、何十年も前のことを急に話しだしたりしました」

　私は頷いた。

「ではそれまでは聞いたことがなかったのですね」

「はい。たぶん犯人を見たことを母も長いあいだ忘れていたのだと思います。それなのに、頭がぼけてから思いだした」

「お母さんは昭和八年に樺太に引っ越されたとうかがいました」

「はい。八歳でした。それから死ぬまで樺太でした。島の外に一度もでませんでした」

「犯人をその後も見る機会があったと思いますか」

　パクは首を傾げた。

「あれば、もっと早くに話していたと思います」

「犯人は日本人だったのですね」

パクははっとしたような顔になった。

「考えたこともありませんでした。日本人だとばかり思っていましたから。でもわからないです。母が移った頃の樺太はロシア人もいました」

「そうなのですか」

パクは頷いた。

「日本がロシアとの戦争に勝って、樺太の南半分が日本のものになりました。明治三十八年のことです」

パクは西暦よりも日本の年号を使い慣れているようだ。それだけ母親の影響を強くうけたのかもしれない。

「ロシア人は北樺太に移るか本土に移るかを選ばなければならなかったのですが、南樺太に残ることを選んだ人もいました。母は『残留露人』と呼んでいました」

「『残留露人』はどうやって生活していたのです？」

「日本の政府はその人たちの財産を奪いませんでしたから、今まで通り商売をして日本人と仲よくする人もいたようです。母は、あの頃が日本人とロシア人の仲が一番よかったといっていました。特に母が住んでいたユージノサハリンスクは豊原(とよはら)といい、とてもにぎやかだったそうです」

私は息を吸いこんだ。ソ連軍がサハリンに侵攻したのは一九四五年だ。明治三十八年は一九〇五年だから、サハリンで日本人とロシア人は四十年間にわたって共存していたことになる。

「犯人のひとりがロシア人だった可能性もある、ということですか?」

私の問いにパクは考えこんだ。

「前にうかがったとき、犯人は二人組で、ひとりは島の外からきた人、とおっしゃっていました。きたというのは、春勇留島に移り住んだ日本人だとうけとめていたのですが、ちがったのでしょうか」

「『よそからきた』と、母はいいました。でもそれが、きて何日もたっていた人なのか、船で上陸したばかりなのかは、私にはわかりません。何日もたっていたのなら日本人だったと思いますが、上陸したばかりという意味なら、ロシア人だったのかもしれない」

パク自身も考えたことがなかったようだ。

「犯人たちはなぜ大量殺人に及んだのでしょうか」

パクは首をふった。

「わかりません。母も知らなかったと思います。『なんであんなむごいことをしたのだろうね』といっていましたから。理由はあったのでしょうが、まだ七歳だった母にはわからなかったのでしょう」

私は頷いた。月見ソバが届いた。乾麺をゆで、黒っぽいツユの中に生卵がひとつ浮いている。ネギはなく、かわりにチューブと思しいワサビが丼の内側にこすりつけられていた。

生卵を崩さずツユをひと口飲んだ。醤油を薄めただけのような塩辛さに、あわてて卵を崩した。ツユが冷たくなり、おいしいとはとてもいえない。ワサビを溶かすと、少しましな味になった。

私がソバをすする音に、パクの表情がほころんだ。

「なつかしいです、その音。母たちがそうやって食べていました」

途中でやめると食べられなくなりそうで、私は一気にソバをすすった。体が少しあたたまり、鼻水がたれてきた。

ツユはさすがに飲み干せなかった。丼をカウンターに戻し、私はパクに訊ねた。

「この島の東側の海岸に洞穴があるのを知っていますか」

パクはカレーを食べる手を止め、私を見た。

「そんな話を昔、母から聞いたことがあります。村の近くに洞穴があったけれど、子供は絶対にいってはいけないといわれていた、と」

「なぜです?」

「フジリスタラーン」の扉が背後で開いた。

「やっぱりいたか、ユーリ」

ロシア語の声が聞こえ、私は食べたばかりのソバを戻しそうになった。

ボリス・コズロフがひとりで立っていた。

「俺は日本の食いものが大好きでな。ここならうまい飯が食えると聞いてきた。ユーリもいるのじゃないかと思ったんだ」

私は深呼吸し、

「偶然だな」

といった。ボリスは制服ではなく、品のない革のコートを着ていた。エレーナが眉をひそめ、見ている。

「偶然じゃねえ。ひと眠りして元気がでたんで、メス犬の始末をしようと思ってな」

「ちょっと――」

エレーナがいった。ボリスはエレーナをふりむいた。

「何だ、文句あるのか。この場でつっこんでほしいのか」

エレーナは目をみひらいた。

「よせ、ボリス」

私はいった。ボリスはにやりと笑った。

「つっこんでほしいのはやっぱりメス犬か」

「この島でもめごとを起こしたら困るのはあんただ。おとなしくしていたほうがいいのじゃないか」

ボリスはフンと笑って、顔をつきだした。

「困るわけねえだろう。お前の舌をちょん切って頭をぶち抜き、でていけばそれで終わりだ」

「お前のことは国境警備隊にも知らせてある」

「だから何だってんだ！」

ボリスは叫び、コートの内側に右手をさしこんだ。

私もとっさに防寒着の中に手をさしこみ、マカロフのグリップを握った。全身に汗が噴きだした。指先でマカロフの安全装置を外した。いざとなればポケットの中からでも発砲できる。

カチリという小さな音がした。

「お前……」

ボリスは目を細めた。私は勇気をふりしぼり、その目を見つめた。

はあっと息を吐き、ボリスはコートから何も握っていない右手をだした。

「そうか、そういうことか。おもしろい」

にやりと笑い、指鉄砲を私に向けた。

「バン」

口でいうと、くるりと背を向け「フジリスタラーン」をでていった。

私は思わず目を閉じ、息を吐いた。ポケットの中でマカロフの安全装置をかけた。

「何なの、あいつ。チェチェン人？」

エレーナが訊ねた。

「ボリス・コズロフ。ウラジオストク出身のマフィアだ。今朝の船でこの島にきた」

私は答えた。ポケットからだした手は震えている。

「知り合い？」

エレーナは眉をひそめた。

「嫌われちゃいるが」

私は汗で濡(ぬ)れた指先を上着にこすりつけた。もしボリスが銃を抜いたら、この店の中で撃ち合いになっていた。

「あの人は悪いです」

パクの言葉に私は頷いた。

「日本の警察は彼をつかまえようとしました。けれども逃げられてしまった。この島にくるとは思っていませんでした」

「私と同じ船に乗っていました」

「ひとりでしたか」

パクは頷いた。

「コルサコフの港には、悪い人たちが見送りにきていましたが」

黙っているとパクはつづけた。

「コルサコフとホルムスクと、港はふたつあります。コルサコフは昔、大泊(おおどまり)といい、ホルムスクは真岡といいました。コルサコフのほうがこの島には近いです」

エレーナがティーカップをふたつ運んできた。ジャムを紅茶に溶かしたロシアンティーが入っている。

「店のおごり」

私はありがたくちょうだいすることにした。喉がかわいていた。

「この島についたとき、彼を迎えにきた者はいましたか」

「ロランが迎えにきていました。ギルシュさんの手下です」

じゃの道は蛇、ということか。ボリスにオレンジの制服を用意したのもギルシュだろう。

「洞穴の話のつづきを聞かせてください。なぜ子供は近づくなといわれていたのでしょう？」

「洞穴の入口は海に面していて、潮がひいている間はくぐり抜けられるけど、満ちると出入りができなくなるからだと母はいっていました」

「すると潮が満ちると水没してしまう？」

「そうかもしれません」

水没するなら、そこに何かを隠しておくことはできない。水びたしになるし、軽いものなら洞窟の外まで流れでる危険がある。

西口の死体が放置されなかったのも、あるいはそれが理由だったかもしれない。

いや、死体が見つかるのを恐れないのなら、わざわざ「ビーチ」まで死体を運ぶ必要はなかった。

「待ってください」

　何かを思いだしたようにパクがいった。

「洞穴の奥には神さまがまつられている。だからいっちゃいけない、バチがあたるといわれた、と母は話していました」

　神さまがまつられているというからには水没しない可能性が高い。

「ではお母さんは一度もその洞穴には入ったことがなかったのですね」

「ええ。母はよくこの島の話をしてくれましたが、洞穴に入ったことがあるとはいいませんでした」

　島内携帯が鳴った。パクに断わり、私は耳にあてた。

「パキージンだ。来客は帰った。私に会いたいなら、いつでもかまわない」

「わかりました。今からうかがいます」

　エレーナに合図し、パクの分の食事代も払った。パクは当惑したように私を見た。

「いろいろお話を聞かせていただいたお礼です。またここか食堂にうかがいます」

「ありがとうございます。いつでもお待ちしています」

　パクは答えた。

16

「フジリスタラーン」をでるときは緊張した。どこからか狙撃されるかもしれない。が、外に立った瞬間、それはないと悟った。目も開けていられないほど強い吹雪だ。突風にあおられた雪が視界を閉ざし、まっすぐ歩くことすら難しい。身を丸め、少しでも風の抵抗をうけないように進んだ。

狙撃するには、二、三メートルの距離まで近づかなければならない。離れた物陰から狙い撃つのは不可能だ。

管理棟に入ると、パキージンのオフィスにあがった。パキージンは窓ぎわに立ち、下を見ていた。

「この時期、多い年は毎週、このような低気圧がやってくる。海は大シケで、プラットホームの操業はもちろん、運搬船も動かせない」

いまいましそうにいった。

「そうでしょうね。外はたいへんな天気だ」

風の唸(うな)りが建物の中まで聞こえる。

「国境警備隊の詰所にいたようだが、何か進展があったのかね」

デスクにつき、マグカップを手にしたパキージンは訊ねた。

「捜査とは別件で、話しておきたいことがあったのです。ボリス・コズロフというマフィアが今朝の船で上陸しています。トウキョウで犯した罪により日本の警察に追われ、サハリンに逃亡していたようですが、この島にまで逃げてきたのです」

パキージンの顔を見つめながら私は告げた。表情の変化はまるでない。

「トウキョウで犯した罪というのは何だ」

「人身売買です。中国人の組織に女性を売りつけようとしていた」

パキージンはそんなことかという顔になった。私はつづけた。

「私は通訳としてボリス・コズロフの組織に潜入していました。私が警察官であると知って、殺すと脅迫しています」

「この島で、か」

「今朝とついさっきと、二度、コズロフと会いました」

「君を追ってこの島にきたのではないのか」

私は首をふった。

「私がこの島にいるのを知っているのは、トウキョウの上司だけです。コズロフがここにきたのは、まったくの偶然です」

パキージンは椅子に背中を預けた。

「逃亡先としてここまで手引きをした人物がいるのだな」

「はい」

わずかに間をおき、

「ギルシュか」

とパキージンはつぶやいた。

「その可能性は高いと思います。コルサコフから今朝入港した船に乗ってきたコズロフを、ギルシュの手下が迎えにきていたようです」

「何という手下だ」

「ロラン」

「あの大男か」

「コズロフは武装しています」

「原則として武器のもちこみは禁じているが、船員やプラットホームの作業員の中には銃やナイフを身につけている者が多い。迷信を信じる愚か者たちだ。武器で悪霊を防げると考えているのだ」

「悪霊？」

「漁師や船員といった、海で働く者の多くは迷信深い。日本人もそうではないかね？」

私は頷き、パキージンを見つめた。

「うかがいたいことがあります」

「何だ」

「かつてこの島にソ連軍の施設があったと聞きました」

「誰がそれを君に話した？　セルゲイか」

　私は首をふり、とっさに答えた。

「ロシア人ではありません」

　パキージンは小さく頷いた。

「中国人だな。プラントにスパイがいるのは知っている。だがそれとニシグチの事件に関係があるのか」

「前にも申しあげた通り、ニシグチの事件はこの島の歴史にかかわっています」

「それは君の考えだ」

「あなたはちがうと？」

　パキージンはマグカップを口に運んだ。

「ニシグチが殺された理由に興味はない。誰がそれをおこなったのかを知りたいだけだ」

「アルトゥールの可能性もゼロではありません」

「ナイフの形状はちがうと、ブラノーヴァ医師から報告をうけているが？」

　お前も知っている筈だというように私をにらんだ。

「ナイフとは別の理由です。ニシグチはアルトゥールに船をだしてくれと頼んだ可能性がある」

「何のために？」

「それを知りたくて、ソ連軍の施設のことをうかがったのです」

「ニシグチはスパイだったのか？」

私は再び首をふった。

「ニシグチが知りたかったのは、おそらく九十年前のこの島についての事実です。しかしその事実とソ連軍の施設とが関係しているかもしれない」

パキージンは首を傾げた。

私は話をわざとわかりにくくしていた。もし洞窟に関してパキージンが秘密を守りたいと考えているなら、このあたりで反応がある筈だ。

「九十年前にソ連軍の施設などなかった」

パキージンはいった。

「ではいつ、できたのですか」

「私もくわしくは知らないが一九八〇年代の初めだろう。軍の収容所があったと聞いている」

「それはどのあたりにあったのですか」

「現在のプラントがある場所だ。建設にあたって、すべてとり壊した」

「当初、日本人墓地のあった場所にプラントは作られる予定だったとうかがいました」

パキージンは頷いた。

「収容所の建物を残し、宿舎として再利用しようと考えたのだが、前も話した通り、パイプラインを引く都合で、収容所を撤去することになった」

「収容所について教えてください」

パキージンは私をにらみつけた。

「必要なのか」

「はい」

パキージンは横を向いた。どこまで話そうか考えているようだ。やがて口を開いた。

「一九七九年、ソビエト政府はアフガニスタンへの派兵を開始した。多くの犠牲者をだし、軍内部にもアフガニスタン派兵に対して批判的な意見をもつ者が増えた。さらにアフガニスタンで阿片(アヘン)や大麻などの味を覚え、本国に戻ってからもそれを断てない兵士が大きな問題となった。そのため軍は、彼らを収容するための刑務所を作ったのだ」

「それがこの島にあったのですか」

パキージンは頷いた。

「しかしここにそんな多くの人間を収容できたとは思えません」

刑務所ならば数百人単位の人間を収容しなければならない。看守も含めればもっと多くなる。

「この島だけではない。クナシリやエトロフにもあった」

「この島の刑務所に収容されていたのは、どんな人たちですか」

「君のいう通り、ここにあったのはそれほど大きな施設ではない。収容されていたのは百人ていどで、重度の麻薬中毒者だったと聞いている。社会に放せば、麻薬代欲しさに何をするかわからない連中だ。この島にいれば麻薬は手に入らない」

私は頷いた。

「ニシグチはアルトゥールに船をだすよう頼んだ可能性があるといったな。船でどこにいこうとしていたんだ?」

パキージンは訊ねた。

「洞窟です」

「洞窟?」

パキージンは首を傾げた。とぼけているのか本当に知らないのか、判断がつかない。

「C棟が建つ岩場の下に洞窟があります。C棟が建てられるまでは、岩場を伝って海岸まで降り、洞窟に入ることができた。しかしC棟が建った結果、海側からしか近づけなくなってしまった」

「その洞窟に何があるのだ?」

「わかりません。しかしその洞窟でニシグチが殺された可能性があります」

パキージンはわずかに目を広げた。

「殺されたのは死体が見つかった場所ではないのか」

「血痕が残っていませんし、争った跡もない。ニシグチは別の場所で殺され『ビーチ』におかれたのです」

「何のために死体を動かしたのだ」

「理由はいくつか考えられます。ひとつはニシグチの捜索によって洞窟に注目が集まるのを避けたかった。もうひとつはニシグチの死体でメッセージを発したかった。海に投げこめば死体が見つからなくなる可能性もあったからです」

パキージンは深々と息を吐いた。

「洞窟があるのは知っている」

「入ったことはありますか」

「ない。入った者の話では、何もないただの穴だと聞いた」

「何もない？」

「そうだ」

「『本屋』の話では、洞窟には島民の信仰の対象があったそうです」

「どういう意味だ？」

「キリスト教と異なり、日本人はあらゆるものに神が宿っていると考えます。洞窟は神秘的な存在ですから、そこに神がいると考えても不思議はない」

パキージンは首をふった。

「私はキリストも信じてはいない」

「信仰の対象だったのなら、そこに祭壇なり、何か象徴的な品がおかれていた筈です」

「そういうものがあったとは聞いていない。ニシグチはなぜ洞窟にいったのだ？」

「それを私も知りたいのです。洞窟にいけば、彼が殺された理由がわかるのではないかと考えています。ひょっとしたら犯人も」

「犯人がまだ洞窟にいると思うのか」

　私は首をふった。

「その可能性は低いと思います。ただこの島に刑務所があったとき、洞窟は使われていたかもしれません」

「誰によって、だ？　脱走者か」

「あるいは」

　パキージンは鋭い目で私を見つめた。

「ソビエト連邦時代の脱走者が今も、あの洞窟に潜んでいるかもしれん、と？」

「それはありえません」

「だがニシグチが殺される理由にはなる。洞窟にいき、脱走者を見つけた結果、殺された」

「誰が『ビーチ』まで死体を運んだのです？」

「アルトゥールだ。君がいったように洞窟に注目が集まるのを防ぐためにそうした。アルトゥールは脱走者に食料などを届けていたのかもしれん」

「もしそうならば、アルトゥールはニシグチを洞窟には連れていかなかった筈です。あそこには船では近づけないとか、いくらでも断わりようがあった」

パキージンは頷いた。

「確かにそうだ」

「いずれにしても洞窟にいけば、何らかの手がかりが得られる筈です」

「それよりもアルトゥールに直接訊ねるほうが早い」

私にまたサハリンいきを勧めるつもりか。ボリスがこの島にいるとわかった今、サハリンにいくのは、悪い考えではないような気もする。

「サハリンの警察署長とは親しくしている。訊問したいので、アルトゥールをこの島まで連行してほしいと頼んでみよう」

つまりパキージンはそれだけ、私が洞窟に向かうのを防ぎたいと考えているともとれる。

「お願いします」

洞窟に渡るのは、ヤンの協力を仰げばすむ。ここは、洞窟よりもアルトゥールに興味を惹かれたことにしておこう。

パキージンは時計を見た。

「明日の朝、署長に話してみる。それと、コズロフといったか、そのマフィアに関する情報も求めてみよう」

私は頷いた。今、パキージンの不興をかって、預けた拳銃を返せといわれるのが、何よりも困る。

「結果がわかりしだい、君に連絡をする。それまでは襲撃されないように注意することだ」

パキージンはいった。そうしますと答え、私はパキージンのオフィスをでた。

結局、刑務所についても、洞窟に関しても、役に立つ情報をひきだすことはできなかった。そこに捜査が及ぶのを望んでいないとまでは断言できないが、何らかの事情があるのはまちがいないようだ。

管理棟から地下通路に降りた私は、ポケットの中でマカロフを握りしめた。この地下通路で襲撃される確率が最も高い。むろん襲撃者の姿はカメラに映るだろうが、ボリスが気にするとは思えなかった。

午後七時過ぎという時間のせいか、地上の天候が大荒れだからか、地下通路を移動する人間の数は多く、さほどの危険を感じることもなく、私は宿舎に帰りついた。

荒木（あらき）との待ちあわせまで、まだ五時間近くある。

パソコンを立ちあげると、北海道警察の横山（よこやま）からメールが届いていた。

『先日お伝えした君島光枝（きみしまみつえ）との面談が今日かない、これについてご報告いたします。

君島光枝さんは一九三四年（昭和九年）に南樺太豊原市、現ユージノサハリンスクで、樺太庁警察部員金吾（きんご）氏の次女として生まれております。君島金吾氏は一九〇四年（明治三十七年）生まれで、一九二八年（昭和三年）より一九四〇年（昭和十五年）まで樺太庁警察部に勤務していたそうであります。最終的な階級は光枝さんの記憶によれば警部で、金吾氏は数名の部下とともに、歯舞群島の巡回を任務としていたそうです。

さて春勇留島の事件ですが、光枝さんが生まれる前のことですが、折りにふれ金吾氏が口にしていたので、光枝さんも記憶しておられました。

詳細については不明ですが、発生は一九三二年（昭和七年）、春勇留島の島民三十八名が何者かにより殺害され、生存者は老人と子供、あわせて十数名だったとのことです。事件の通報者はロシア人漁師で、春勇留島に上陸して事件の発生を知り、数日後、樺太庁警察部に知らせた模様です。警察官が春勇留島に駆けつけたときには、被害者はすでに埋葬されており、犯人については、島外からきた複数名のロシア人、という証言が一部老人からあったものの、人着その他については要領を得ず、手配も困難な状況であったとのことです。

これにより春勇留島の漁業は従事者を失い、壊滅状態となり、残った島民も内地あるいは国後、択捉、そして樺太といった地域の縁者を頼って移住、春勇留島は〝殺人鬼に襲われた島〟として地域住民に忌まわしがられるようになり、無人島となったと聞き及んでおります。

事件発生が九十年前ですので、生存者がいないとはいいきれませんが、その記憶を頼るのは難しい高齢でありますし、光枝さんの周辺の北方領土引き揚げ者の中にも、春勇留島出身者はおらず、もしくはいても、九十年前の事件に鑑み、移住後の島の出身を標榜しているものと思われます。

尚、君島金吾氏は、一九六九年（昭和四十四年）に札幌市で亡くなられたそうでありますが、ときおりこの事件を回顧されることがあったそうで、〝犯人は複数のロシア人〟という、生き残り島民の証言を疑っていたようです。〝犯人は本当は日本人で、島民だったのではないか。理由は不明だが、生き残った島民がそれをかばった疑いがある〟と、生前、申されていたそうです。何にせよ死者が多数で、すでに埋葬されてしまっていたことから、犯人が島民であるとしても、戸籍と死者の照合が不可能で、特定は困難だったようです。

かばった理由については、殺害の動機と同じく、金吾氏には皆目、見当がつかなかったようだと、光枝さんは申されておりました。

以上、ほとんどお役に立てない情報のみではありますが、ご報告申しあげます。今後の捜査の進展をお祈りいたします』

「犯人は本当は日本人で、島民だったのではないか。理由は不明だが、生き残った島民がそれをかばった疑いがある」

と、樺太庁警察部員の君島金吾が語ったというくだりに、私はひきつけられた。

老人と子供を除く島民三十八名を殺害した犯人をかばったというのは、どういうことなのか。

親族なので、犯人として名指しするのをためらったのだろうか。生存者は十数名とあるが、その十数名がすべて犯人の親族だったのでない限り、それはありえない。

閉ざされた集落の中で、ある一族だけが孤立し、敵視されたあげく、自分たち以外を皆殺しにしたのか。もしそうならば、一族以外の老人や子供は殺されていなければならない。

ちがう。生き残った老人や子供がすべて同じ一族に属していたら、巡回警察官であった君島金吾が気づかない筈はない。それに全島民五十数名の島で、十数名という人数は、島民に占めるすべての老人と子供の数だったと考えるべきだ。

となると、かばった理由は、一族の名誉を守るためではない。実際、パクの母親は両親を殺されているにもかかわらず、生き残っている。

かばう理由が、他にあるだろうか。少なくともパクは、母親からそれを聞いてはいない。

島民全員が犯罪に手を染めていて、それが大量殺人の動機になったとしたらどうだろう。

犯罪の露見を恐れ、動機を警察官に告げられなかった。それゆえ、犯人を島外からきたロシア人ということにした。パクが母親から聞かされた犯人像こそが真実で、生き残った子供たちも老人と同じ証言を強要されたのではないか。

そこまで考え、私は気づいた。君島金吾の話には、「被害者が目を抉られていた」という説明がない。

警察官が駆けつけたときには埋葬されていたから、確かめられなかったということはない筈だ。犯罪捜査の観点に立てば、たとえ一度埋葬されても、遺体を掘りだし、検死は必ずおこなう。

私は横山にメールを打った。

貴重な情報提供の礼を述べ、殺された島民の遺体状況について君島光枝が父親から何か聞いていなかったかを問い合わせるとともに、事件の発生が一九三二年の何月何日であったかを教えてもらいたいと頼んだ。

ロシア人漁師が樺太庁警察部に通報したのが数日後とあるからには、警察官がこの島に駆けつけたのは、事件発生から最短でも一週間近くが経過してからだろう。

私のおぼろげな記憶では、人間の死体は死後二十四時間が経過すると腐敗が始まり、その進行は地上が最も早く、次いで水中、土中という順になる。ただし水中に死体をエサとする生物がいれば、腐敗とは別に白骨化は進む。

たとえ真夏であっても、この島の気候を考えれば、一週間で死体が白骨化するとは考えられない。となると、検死のために掘りだした死体の目が抉られているのを君島金吾が気づかなかった筈はない。

海が荒れていたなどの理由で警察官の上陸がひと月近くあとだったとしても、眼球だけが腐敗して消えるということはありえない。

君島光枝がそれについて話さなかったのは、忘れていたか、父親である金吾が告げていなかったか、そもそも死体の目が抉られていた事実がなかったかのどれかだ。

メールを打ち終えた私は水を飲み、パソコンで再びメモを作った。

①「事件の詳細と犯人像」

一九三二年（昭和七年）、春勇留島で島民三十八名が殺害される。生存者は老人、子供をあわせ十数名。

A、生き残った島民（詳細不明）の、樺太庁警察部員への証言によれば「犯人は複数のロシア人」。

B、犯人を「複数のロシア人」とする生き残った島民の証言に対し、樺太庁警察部員君島金吾は疑いをもっていた。「犯人は本当は日本人で、島民だったのではないか。理由は不明だが、生き残った島民がそれをかばった疑いがある」。

C、生き残った当時七歳の少女の証言によれば「犯人は二人、ひとりは昔から島にいた人で、もうひとりはよそからきた人」。「よそからきた人」の国籍は不明。ロシア人であった可能性もある。

D、このうちのひとりを後年、少女は樺太で見ている。時期は一九三三年（昭和八年）から一九四一年（昭和十六年）までのどこか。パクは「たぶん戦争が始まる前」といっており、日米開戦が一九四一年の十二月八日であることからの推定。当時、南樺太には日本人とロシア人が混在しており、少女が見た犯人がどちらであったかは不明。記憶によれば犯人は「何かを売っていた」。

②「殺人の動機」

A、犯人が「複数のロシア人」であった場合は金銭目的の可能性が高い。従来ロシア人と島民の間に確執が存在し、それが動機だったなら、通報は矛盾する可能性もある。また、三十八名もの島民を殺害してまで奪う価値があるものとは何だったのか。
B、犯人が島民と外からきた日本人、あるいは島民とロシア人の混成であった場合は、怨恨が考えられる。ただし生存者がかばったのだとすれば、怨恨以外。
③「動機における別の可能性」
　②のA、B、どちらにもあてはまるが、島内に大量殺人を犯してまで入手するに足る価値の財産があった。そして生存者がかばったのが、犯人ではなく島民全体であるとすると、それは警察官に知られては困る種類の財産だった。

　ここまで打って、私は考えこんだ。警察官に知られては困る種類の財産とは何だ。昭和七年当時、この島でそれほどの収入を得る事業が、犯罪かそうでないかを問わず可能だったとは思えない。

　もちろんレアメタルの価値など当時の人は知る由もなく、学者ですらその存在を知らなかったのではないか。

　密輸、という二文字が浮かんだ。だが何を密輸したのだ。日本からロシア、ロシアから日本というルートの中継基地だったかもしれないが、麻薬や武器といった、現在の人気商品は、中国大陸が当時の巨大市場だ。わざわざ北の小島を経由させる理由がない。

他にどんな犯罪があっただろう。

海賊。たとえば難破した商船の乗組員を殺し、積み荷を奪うといった行為だ。離れてはいるが、この島の北西には宗谷(そうや)海峡があり、多くの艦船が通航していることを考えると、海賊行為の対象となる船舶がこの島の周辺を航行していた可能性は高い。

かつて偽の灯台でわざと船を座礁させ、積み荷を奪っていた漁村があったという話を本で読んだことがあった。もちろん現代ではなく、江戸時代か、さらに前の話だ。そこまで確信犯的な海賊行為ではなくても、難破した外国船の積み荷を奪い、秘匿していたのかもしれない。

一方でギルシュの話を私は思いだした。

曽祖父を救った「ハルユリの日本人」を敬え、と教わったという。百二十年前、難破したロシア漁船の乗組員をこの島の人間が助けたことを考えると、そのわずか三十年後に海賊行為に及んだとは考えにくい。

私は息を吐き、パソコンを閉じた。

他に思いつく犯罪はなかった。昭和の初め、コンブ漁で生計をたてている漁師の村に、いったい何がそれほどの収入をもたらしたというのだろう。

この島でおこなえる犯罪なら、歯舞群島のどこででもおこなえた筈だ。資料によれば群島最大の志発(しぼつ)島は終戦時二千人を超す人口があり、次いで多楽(たらく)島が千五百人近く、最少は春苅(はるかる)島の六人だ。

殺された西口は、それが何だったのかを知っていた。だからこそ、この島にきたいと願い、さらに洞窟に向かおうとした。

満潮時は入口が海面下に没する洞窟に、海賊の宝が隠されていると考えたのか。パクの話では、そこには「神さま」がまつられているのでいってはいけない、バチがあたる、と母親は聞かされていた。

子供を近づけさせなかったのは、島民共有の財産がそこに隠されていたからではないのか。

犯人はそれを奪うために、大量殺人に及んだ。

そう考えると、犯人に島民が含まれていたのはまちがいないように思える。子供にすら隠していた財産の存在を、島民以外の人間が知っていた筈がない。

西口は、若い頃島を離れた曽祖父松吉（まつきち）から、祖父松広（まつひろ）を通してその財産の話を聞いていた。

私ははっとした。松吉は、洞窟に隠されていた財産が奪われたことを知らなかったのではないだろうか。

いや、それはない。島民の大部分が殺されるという大事件が、北海道にまで伝わらなかった筈はない。もちろん「強盗殺人」だという報道ではなかったかもしれないが、財産の存在を知っていたなら、殺人の動機がそこにあると、まちがいなく気づく。

となると松吉が犯人のひとりであった可能性を改めて検討せざるをえなくなった。

怪我が理由で島を離れた松吉は、財産の恩恵には浴せない。そこで島外の人間と組んで、財産を奪おうと考えた。

だが一方で、横山巡査部長の話では、松吉は勤め先の薬局の娘ハツと、その両親の反対を押し切って結婚したため、働き口を失って苦労したという。

もし「強盗殺人」に成功していたのなら、そのような苦労はなかった筈だ。とすると、やはり犯人ではないのか。

横山によれば松吉は明治四十三年前後の生まれで、昭和三年前後に稚内に移住している。松吉が十八歳前後だ。事件はその四年後に発生した。

松吉から春勇留島の話を聞いていた松広は、生前渡ることを強く願っていたが、かなわなかった。願った理由は不明。

稚内移住後、松吉は苦労したという。足の怪我は完治する種類のものではなく、漁業への従事が困難になったのだとすれば、他の生活手段を考えざるをえなかったのだろう。その生活が苦しい期間に事件が起こったのであれば、松吉の耳に伝わらなかった可能性もあるのではないか。

松吉は島の財産が奪われたことを、生涯知らなかった。だからこそ、父親からその財産の話を聞いた松広は、島に渡ることを切望していた。

もし松吉が「強盗殺人」にかかわっていたなら、息子に財産の話をしただろうか。

松吉が事件後も経済的に苦労していたという点、息子が島に渡ることを願い、その情熱がひ孫にまで伝わった点を考えると、松吉は犯人ではなかったと考えるのが妥当だ。

ではひ孫の西口友洋は、どこまで九十年前の事件について知っていたのだろう。

曽祖父、祖父が、事件について知らなかったとすると、この島にくるまで知っていたとは思えない。

が、アルトゥールやニナから、極東のロシア人のあいだでは伝説となっている事件の話を聞き、洞窟に隠されていると信じていた財産の存在が疑わしくなってくる。

存在を確認するには洞窟に渡る以外ない。そこでアルトゥールに渡船を頼み、おそらくは洞窟に渡った。

ここからが問題だった。洞窟に財産がなかったのなら、西口はただ失望し、帰るしかなかった筈だ。

にもかかわらず、西口は殺害され、九十年前の伝説と同じく、両目を抉られた姿で、「ビーチ」に放置された。死体をそうした形で放置した犯人の目的は何だったのか。

考えられる理由のひとつは、九十年前の事件のことを関係者に思い起こさせようというメッセージだ。西口の死と九十年前の事件が無関係ではない、と知らせる。

西口の曽祖父、松吉が九十年前の事件の犯人のひとりなら、これは「復讐」だ。犯人は殺された島民の身寄りの子孫ということになる。

だが松吉が犯人ではなかった可能性は高い。そうなると目を抉った目的は「警告」となる。

洞窟に興味をもってはならない。探ろうとすればこんな目にあうぞ。さらには九十年前のような大量殺人が起こりかねない、という「警告」。

私は天井を見つめ、水を飲んだ。頭の芯が熱い。使い慣れない脳を酷使しすぎたせいだ。

西口は洞窟で財産を発見したのだろうか。

そんな筈はない。かつてそこに隠されていたとしても、九十年前の犯人が奪いさっている。

ではなぜ殺されたのか。

現代の秘密、あるいは現代の財産がそこにあり、その存在を隠すために殺されたのだ。

この場合、西口を殺した犯人は、九十年前の事件とはまるで無関係かもしれない。

そこに考えが至ったとき、不意に頭がすっきりするのを感じた。

そうなのだ。西口が洞窟に向かった理由は九十年前の事件と関係しているが、西口を殺した犯人の動機は、九十年前の事件とは何の関連もなかった可能性がある。

では動機は何だ。

ソビエト連邦時代の秘密か。パキージンの話では、ここには麻薬中毒者の収容施設があったという。が、それをうのみにはできない。

本当に麻薬中毒者の収容施設だけしかなかったのなら、中国の情報機関に属するヤンがゴムボートをだしてまで調べようとはいわない。ヤンは、もっと重要な軍事上の秘密がこの島にあったと考え、それをつきとめたいのだ。

タチアナに、この島にかつておかれていた施設について調べてくれるよう今朝頼んだことを、私は思いだした。ありえないとは思うが、もし彼女がそれに応じてくれたら、まったく異なる答が返ってくるかもしれない。

もちろんそれを信じることはまったくできない。が、三人三様の答の中に、真実をうかがわせる材料が含まれている。

さらには、ギルシュから話を聞くことができれば、より真実が明らかになる。

何を考えているのだ。

ギルシュに会うのは即ち、ボリスに近づくことを意味している。

「フジリスタラーン」でのにらみあいを思いだすと、体が汗ばんだ。

ボリスは私が銃で武装していることを知った。次は私に反撃されない状況を選んで現われるだろう。

時計を見た。まだ九時にもなっていない。

行動は早いほうがいい、と頭の中で声がした。行動って何だ？　ギルシュに会って話を聞くのだろう。「ダンスクラブ」にいくなら、ボリスが襲撃の準備を整える前のほうがいいのではないか。

馬鹿げたことをいうな。準備が整っていようがいまいが、また私と会ったら、今度こそボリスは弾けるかもしれない。まして「ダンスクラブ」にはロランやニカといったギルシュの手下もいる。袋叩きにされたあげく、海に投げこまれるのがオチだ。

いや、待て。「ダンスクラブ」や「キョウト」といった、ギルシュの息がかかった店で私が被害にあったら、パキージンやグラチョフも知らぬ顔はできない。

私が国境警備隊の詰所やパキージンのオフィスを訪ねたことを、この小さな島でギルシュが知らない筈がない。全員がグルだというなら、どんな事態になっても平気だろうが、どちらか片方、あるいは両方ともグルでなかったら、自分の店でのトラブルは避けたいにちがいない。

それにギルシュ、パキージン、グラチョフの三者がグルだったら、部屋に閉じこもっていたところで安全とはいえない。管理棟にはマスターキィがある。私が寝ているあいだに部屋に入りこむのも可能だ。

つまり疑えば、安全な場所など島内のどこにもなく、腹をすえるしかないということだ。

あとは真実に近づこうという努力をせずに殺されるか逃げだすかだ。

逃げる気はもちろんある。一方で、部屋を一歩もでなくても殺されるかもしれないなら、何もせずにいるのは嫌だった。

バスルームに入った。アザを作り、目の下に隈を作った顔が鏡に映っている。顔を洗い、タオルで強くこすった。

死ぬのは一度きりだ。撃たれ刺されて北の海に投げこまれようと、何十年か後に病院のベッドで点滴のチューブや酸素マスクにつながれて息絶えようと、一度きりだ。ウォッカの小壜からひと口あおると、さらに猛々しい気持になった。

ギルシュのもとを訪ね、この島について知っていることを教えろと詰めよってやる。それがお前の先祖の恩返しにもなるのだ、と。

マカロフを腰にさし、防寒着をつけた私は宿舎をでた。

17

死ぬのは一度きり、だからやってやる、と奮いたった勇気は、外の冷気に包まれたとたんしぼんだ。

さっきまでとちがい地下通路にほとんど人影はなく、私はあわててマカロフを防寒着のポケットに移した。本当は手にもっていたいところだが、拳銃を握りしめて歩く人物はいくら何でも不審すぎる。すれちがう通行人に対してだけでなく、映像にも残るのだ。

A区画に向け、地下通路を進んだ。まっすぐな通路は、正面からくる人間も見えるので、さほど恐ろしくない。通路の十字路、誰かが潜んでいそうな場所は緊張する。

地上への出入口に近づくと、激しい風の音と吹雪が地下通路にまで流れこんでいるのがわかった。吹きこんだ雪が階段を濡らしている。地上では風も雪も夕方より強まっており、いつもは輝いている「キョウト」や「ダンスクラブ」のネオンすら見えない。ネオンへの着雪と視界を塞ぐ吹雪のせいだ。

人影はまったくなく、狙撃は恐れないですみそうだった。

さすがにいきなり「ダンスクラブ」に乗りこむことはできなかった。ギルシュがいれば、まちがいなくそこにはボリスもいるだろうし、手下たちもいる。私は決闘したいのではなく、話を聞きたいのだ。できればギルシュと二人きりで話したかった。

「キョウト」の扉を押し、暖かな空気に包まれて、ほっとした。前にきたときにいた赤毛のバーテンダー、ヴァレリーではなく、黒髪で陰気な顔つきの男がひとり、カウンターの中に立っている。客はいない。

ヴァレリーは私の顔を見るとロシア語で挨拶したが、この男は無言だった。おそらくヴァレリーがいっていた相方のニコライだろう。

「ニコライ?」

と訊くと、驚いたように眉を吊りあげた。

「ヴァレリーから聞いた。私はイシガミだ」

ロシア語で告げると、無表情でいった。

「ロシア語のうまい日本人がきたっていっていた。あんたか」

私は頷き、ストゥールに腰をおろした。防寒着を脱ぎたかったが、銃をポケットに入れたままなので脱げない。

「ヴァレリーは休みかい」

ニコライは頷いた。

「ニシグチという日本人を知っているか」

また無言で頷く。

「この島のことをいろいろ訊かれなかった？」

「注文は？　しないのか」

いわれて気づいた。

「ビール。それとあんたも好きなものを飲んでくれ。ひとりで飲むのは寂しい」

「ビール？　他の酒？」

上目づかいでニコライは訊き、

「何でも」

私は答えた。ニコライはウォッカではなくシーバスリーガルの壜を手にした。私の前にはサッポロの缶から注いだビールのグラスをおく。

グラスを掲げ、唇にあてて、喉がからからだったことに気づいた。飲みすぎてはまずいと思いながらも、グラスの半分を一気に干してしまった。

「ニシグチとは二、三回会った。いい奴だった。なぜ殺されたのかな」

ウイスキーをすすり、ニコライはうつむいたままいった。

「それを知りたい」

「警官なんだろ、あんた」

私は頷いた。

「ニシグチが親しくしていたロシア人を知らないか」

「アルトゥール。ここでよくニシグチにタカっていた」

ニコライの表情が険しくなった。

「アルトゥールはサハリンで警察につかまったそうだ」

私がいうと、初めて顔をあげた。

「そうなのか」

「喧嘩(けんか)で人を刺したらしい」

ふん、とニコライは笑った。

「そんなところだろうさ」

「なぜアルトゥールとニシグチが親しくしていたのか、知っているか」

「ニシグチは先祖がこの島の人間だったといってた。アルトゥールの先祖もこのあたりの漁師で、よく昔の話をしていたが、奴がいってたのは、ほとんど嘘(うそ)っぱちだった」

「嘘つきだったのか」

訊き返すとニコライは頷き、グラスにウイスキーを足した。

「あいつの話はほとんどが嘘さ。クスリのやりすぎで、頭のネジがゆるんでる。殺人鬼の話が大好きなんだ」

「殺人鬼の話?」

ニコライは肩をすくめた。

「大昔の話だよ。この島に住んでた日本人がたくさん殺された。このあたりじゃ皆、知ってる。子供を恐がらせるおとぎ話みたいなものさ」

「その話は私も聞いた。本当にあったことなのか」

「さあね。俺はこのあたりの出身じゃないからな。でも、あれだけ知られてるってことは、根も葉もない話じゃないのだろう」

「目玉を抉られていたそうじゃないか」

「顔の皮を剝がされていたってのもあるぜ」

「本当はどっちなのだろう」

「さあな。どっちでもなかったりして。ニシグチはどっちだった？　あんた知ってるんだろう」

ニコライは私を見つめた。

「目がなかった」

「じゃあ昔もそっちだったのじゃないか」

「同じ犯人だと思うのか」

「同じだったら、それこそ化けものだ。大昔から生きていて、人を襲ってるんだぜ。冗談じゃない」

ニコライはいって酒をあおった。

「化けものだとしたら、どこにいると思う？」

私はあえて話にのった。ニコライはきょろきょろと目を動かした。

「さあ……。隠れられる場所なんて、この島にはないからな」

「ニシグチはアルトゥールに頼みごとをしていなかったか」

「そういえばボートを出してくれといってたような気がする」

「ボートでどこにいこうとしていたんだろう」

ニコライは首をふった。

「知らない。プラットホームかな。でもプラットホームに怪物が隠れられるようなところなんてない。それとも怪物は好きなときに好きな場所にでてこられるのか」

「それじゃあ幽霊だ」

「そうだ。幽霊かもしれない。殺された日本人が仲間を増やそうとしているんだ」

「日本の幽霊は仲間を欲しがらない」

「ここは日本じゃない。だから幽霊の考えることだってちがうのかも」

ニコライの妄想はとめどがなく、私は現実にひき戻すことにした。

「この店はギルシュのものなんだろう」

ニコライは目をみひらいた。

「ギルシュさんを知ってるのか、あんた」

「何度か会った。彼の先祖もこのあたりの人間だと聞いた」

「そうらしいが、俺はよく知らない。なあ、幽霊って海に住めるのか」

「水の中は難しいのじゃないか。海にある洞窟のようなところとかなら住めるかもしれないが」

わざと話をふってみた。

「洞窟なんてどこにあるんだ」

ニコライは首を傾げた。

「ギルシュなら知っているかもしれないな。訊いてみよう」

「誰が訊くんだ。俺は嫌だね」

「私が訊こう。呼びだせるか」

ニコライは顔をしかめた。

「本気でいってるのか、あんた」

「『ダンスクラブ』に電話をしてくれないか。いるのだろ、そこに」

ニコライの目がカウンターの内側におかれた島内携帯に注がれた。

「ギルシュさんの番号なら知ってる」

「じゃあ直接かけてみたらどうだ」

「かけて何というんだ」

「イシガミという日本人が話をしたがってる。ここにきてくれたらすごく喜ぶだろう、と」

いって、私は財布をとりだした。首をふりかけたニコライの目が釘づけになった。

一万円札をだし、カウンターにおいた。

「かけてくれたら、あんたのものだ」

「かけるだけでいいのか」

「ああ。ただしギルシュひとりと話をしたい。手下はいらない」

「手下って……」

「ロランやニカ、それ以外の奴も」

ニコライの手が一万円札をつかんだ。

島内携帯をとりあげた。番号を押し、耳にあてると、私に背を向けた。そのすきに私はマカロフを防寒着のポケットから抜き、腰に移した。

「やってみる」

「ギルシュさんですか。ニコライです。いやあ、暇ですよ。この天気ですから。でもひとりだけ日本人の客がいて、ギルシュさんと話をしたがっているんです――」

いって、私をふりかえった。

「イシガミだ」

「イシガミって男です。お巡りですよ」

私はすっかりぬるくなったビールを口に運んだ。不安が急速にふくらんでくる。ひどく愚かな真似をしてしまったのではないか。

ギルシュは「もうお前とは話さない。店で会っても話しかけるな」といっていた。なのに呼びだされたら、どれほど怒るだろう。ボリスの手間を省いてやろうと考えるかもしれない。

「ひとりです」

ニコライがいった。やがて、

「わかりました」

といって、電話を切った。

「くるそうだ。あんたすごいな。ギルシュさんのほうからくるんだぜ」

「いろいろ事情があるんだ。私にもウイスキーをくれ」

ニコライは頷き、シーバスリーガルのショットを私の前においた。私は一気に飲んだ。喉から腹にかけ、熱いものが広がるのを感じる。唇をかみしめ、ストゥールから降りると、防寒着を脱いだ。いざというときに動きにくい。

「ギルシュはひとりでくるって？」

わざと明るく訊いた。ニコライは首をふった。

「何もいってなかった」

そうだろう。わざわざそんなことを教える男ではない。

吹雪のせいか、ギルシュはなかなか現われず、私は「キョウト」の出入口を見つめていた。ボリスがいきなり入ってきて撃ちまくる可能性もゼロではない。

やがて曇ったガラス扉の向こうに人影が立った。背が低く、ギルシュだとすぐにわかった。うしろに人がいるかはわからない。

扉が開かれた。革のコートを着たギルシュがいて、その背後に私は目をこらした。

吹雪の舞う暗闇しか見えない。私は息を吐き、ウイスキーのお代わりを頼んだ。

扉を閉めたギルシュはその場から私を見つめている。

「きてくれてありがとう」

私は頭を下げた。

「馬鹿なのか」

ギルシュは独特の、軋(きし)むような喋(しゃべ)り方でいった。私が黙っていると、

「それともよほど腕に自信があるのか」

いって、ギルシュは私に近づいてきた。

「ウォッカをだせ」

ニコライに命じた。ニコライがショットグラスに注ごうとすると、

「よこせ」

カウンターにのびあがるとボトルをひったくった。グラスに注ぎ、かたわらにボトルをおく。よじ登るようにしてストゥールにかけた。立っているときより頭の位置が高くなる。

一杯めをひと息で飲み干し、恐ろしい目で私をにらんだ。

「あっちへいってろ」

見ているニコライに顎をしゃくった。ニコライはカウンターの端に移動し、もたれかかって煙草(たばこ)に火をつけた。

「『本屋』に会った。いろいろ話してくれた」

私は小さな声で告げた。

「じゃあ俺に用はない筈だ」

「教えてもらいたいことがある」

「俺はガイドじゃねえ」

「他に訊ける人間がいない」

いらだったようにギルシュは首をふった。

「耳が聞こえないのか」

「洞窟には何があるんだ。または、何があったんだ?」

かまわず私は訊ねた。どうせ拒まれるのなら、先に質問だけでもぶつけてやる。

ギルシュの首が止まった。

「洞窟?」

訊き返す。

「C棟の下、海岸の岩場に洞窟がある。昔は上から降りていけたらしいが、今はC棟があるので海からしか近づけない。ニシグチはそこにいこうとしていた」

「知らないね」

「あるいはいったかもしれない。アルトゥールがボートに乗せて連れていって、洞窟で殺した」

「洞窟で？　死体があったのは『ビーチ』だろうが」

「『ビーチ』は殺害現場じゃない。殺してからわざわざ『ビーチ』まで運んだんだ」

ギルシュの表情が変化した。興味を惹かれたようだ。

「なんでそんな面倒な真似をする？」

「洞窟に注目が集まるのを避けたかったからだ。死体が見つからなかったら、ヨウワは島中を捜索する。そうなったら、皆が知らなかった洞窟の存在が明らかになる」

ギルシュは無言だった。「それがどうした」とはいわない。

「昔、日本人はその洞窟に神さまがいると思っていた。日本人がいなくなってからは、ソ連軍が何かに使っていたようだ」

ギルシュはウォッカを注ぐと、喉に投げこむようにあおった。やがていった。

「大昔、この島で大量殺人があった」

「三十八人が殺された」

私がいうと、こちらに顔をむけた。

「『本屋』は、生き残った島民の息子だ」

私がつづけると、

「そうだったのか」

とつぶやいた。

「犯人のひとりは島の人間で、もうひとりはよそからきた人間だったそうだ。そいつらはたぶん洞窟に隠されていた財産を狙ったのだと思う」

「『本屋』がそう話したのか」

私は首をふった。

「私の想像だ。憎しみだけで、三十八人も殺す奴はいない」

「ただ人を殺したかったとしたら？」

「そういう奴はまず子供や老人を狙う。それに仲間もいない。生き残ったのは子供と老人だ」

ギルシュは黙った。

「洞窟に何があったか、聞いてないか」

「何があろうと大昔の話だ。そんなことより自分の身がかわいくないのか。ボリスはお前を本気で殺すつもりだ」

私は息を吐いた。泣きたくなる。答のかわりに威しが入った。

「この天気で島からは逃げられないし、私の身に何かあったら、エクスペールトも国境警備隊も、まっ先にあんたを疑う」

「俺が奴を呼んだのじゃない」

「わかってる。勝手にきたのだろう」

ギルシュは息を吐き、ウォッカを飲んだ。

「奴とロランはガキの頃からの仲間だ」

「今朝、ボリスはオレンジの制服を着ていた。あんたが渡したのじゃないのか」

ギルシュは首をふった。

「もうひとりガキの頃からの仲間がいて、プラットホームで働いている。海が荒れたんで、今は戻ってきて、ボリスと『エカテリーナ』にいった」

「『ダンスクラブ』にいるとばかり思ってた」

「それなのに俺を呼びだしたのか」

「あんたがどこまでボリスの味方か、知りたかった」

「お前の味方じゃねえ」

「わかってる。あんたが助けてくれるとは思ってないし、エクスペールトや国境警備隊も助けてはくれない。彼らが動くのは、私に何かあってからだ」

ギルシュは身じろぎし、私の肩ごしに宙を見た。

「仲間はいないのか」

「いる、といいたいが、いない。上司は、日本の警察の立場を守るために私をここに送った。事件の解決など初めから期待されてなかった」

「だったらなぜ、あれこれ嗅ぎ回る?」

奇妙だが、笑えてきた。

「なぜかな。性分なのだろう。知りたがりなんだ」

にやにやと笑う私をギルシュはあきれたように見つめた。

「知りたがりは長生きできねえ」

「わかってる。プラットホームで働いている奴の名は何というんだ？」

「おい、俺をメス犬にする気か」

ギルシュの表情が険しくなった。

「そうじゃない。だが私が殺されたら、あんたはつらいことになる」

「殺されるつもりか」

「冗談じゃない」

私は上着の前を開いて見せた。ギルシュはマカロフの銃把を見つめた。

「お巡りだから、もってるってわけか」

「借りものさ。エクスペールトからの」

パキージンが私のうしろ盾だと思いこむのを期待して、告げた。ギルシュは今にも唾を吐きそうな顔になった。

「奴の考えはわかってる。邪魔な奴を、お前に殺させる気だ」

ギルシュは見抜いていた。パキージンは私にマカロフを渡したとき「オロテックの操業に障害となる存在を、君はとり除くことができる」といった。

「あいつは独裁者になりたいんだ」

「ずっと対立してきたのか」

「そうじゃない。お互いビジネスマンとして、俺たちはつきあってきた。だが自分以上に力をもつ奴がでてくるのは許せないのさ」

「あんたがそうなのか」

ギルシュは私をにらんだ。

「俺は権力なんかに興味はない。金儲け(かねもう)をしたいだけだ」

「そういえばいい」

フンとギルシュは鼻を鳴らした。

「この島で、俺は必要悪なんだ。『エカテリーナ』や『ダンスクラブ』がなかったら、こんなせまっ苦しいところで誰が働くかよ。パキージンだってそれはわかっている。だからって俺が好き放題やったら、奴は許さない」

「いっておくが、私は殺し屋じゃない。銃を借りても人殺しはしない」

「ボリスのでかたによっちゃ、そうはならない。ちがうか」

「自分の命は守る」

ギルシュは笑った。

「お巡りは便利だな。誰かに鉛玉をぶちこんでも、自分を守るためだったといいわけできる」

私は黙っていた。ギルシュもそれ以上何もいわず、四杯めのウォッカをあおった。

やがていった。

「金だ」

一瞬何をいっているのかわからなかった。

「金が、洞窟にはあった。ひい祖父さんが見たんだ。この島がオロボ島とロシア語で呼ばれているのは、錫がとれたからだ。だが錫だけじゃなくて金もとれた。海が荒れると、波で金が海岸に打ち寄せられたそうだ」

漂砂鉱床という言葉を稲葉が口にしていたのを思いだした。

――比較的浅い海底にある、特定の鉱物が集まった地域だ。比重の大きい鉱物が、潮や海流などで分離されて濃縮されたものらしい
私は息を吸いこんだ。金がとれることは、もちろん島民の秘密であったにちがいない。島外に伝われば人が押し寄せてくる。共有の財産として洞窟に隠し、みだりに換金することもなかったろう。

「プラットホームじゃモナザイトを掘っている。モナザイトのとれるところでは高い確率で金もとれる。ただ金は比重が大きくて集まりやすいんで、あっというまにとり尽されるらしい」

ギルシュはいった。

「そうだったのか」

私はつぶやいた。

「金のことは、誰も知らねえ。ひい祖父さんは身内にだけ話した。さもないと命の恩人に迷惑がかかる」

「だがそれを奪おうと考えた者が九十年前にいた」

「島民に裏切り者がいたんだ」

「もうひとり仲間がいた。ロシア人だったかもしれない。犯人は二人いて、そのうちのひとりを『本屋』の母親は一九三〇年代から四〇年代に樺太、ユージノサハリンスクで見た。何か商売をしていたようだ」

ギルシュは目を細めた。

「ユージノサハリンスクにいたなら日本人だろう」

「当時は日本人とロシア人が共存していた。やがてソ連軍が占領し、日本人は追いだされた」

ギルシュは無言だった。

「ソ連軍がこの島に施設を作っていたのは知っているか」

私は訊ねた。ギルシュは答えない。拒否しているというより、考えこんでいるように見えた。

「ヤク中を閉じこめてたと聞いたことがある」

やがていった。

「それだけか」

「軍隊がやることなんてわかるか。パキージンに訊けよ」

「訊いた。軍の収容所があったと答えた。重度の麻薬中毒者が百人くらい収容されていたそうだ」

「それだけか。洞窟については奴は何といった？」

「存在は知っているが、何もないただの穴だと」

「それを信じたのか」

「いや」

私は首をふった。

「エクスペールトは、サハリンの警察署長と交渉して、私が訊問できるようアルトゥールをこの島まで連行させてやるといった。そうすれば、私が洞窟に立ち入ろうとしないと考えたようだ」

「つまり洞窟には、奴の隠したいものがあるってことだ」

私はギルシュを見つめた。

「何だと思う？」

「さあな。隠したい理由にもよるだろうよ。オロテックにとってマズいのか。日本人のお前だから見せたくないのか」

「日本人の私に」

虚を衝かれた。オロテックにとって不利益になる何か、という想像はしていた。だが日本人の私に見せたくない何か、という考えはなかった。

「奴らはこの島にあった日本人の家や墓や何もかもをぶっ壊した。洞窟に入れなくなったのだって、入れないように建物を作ったからだ。わかるか。他の島じゃ、日本の領土だった時代の建物は、壊れたのじゃない限り、そのまま使っている。オロテックは、この島をまっさらにしたんだ」

ギルシュの口調には怒りがこもっていた。

「あんたはオロテックができる前の、この島を知っているのか」

ギルシュは深々と息を吸いこんだ。

「一度だけ船できたことがある。だが上陸はできなかった。国境警備隊に追い払われた」

「国境警備隊に？」

「オロテックができる前から、この島には国境警備隊の詰所があった。国境警備隊は小型のボートに乗って、近づく船をかたっぱしから追い払っていた」

厄介な話だった。国境警備隊が何かを守ろうとしていたのなら、それが洞窟と関係している可能性は高い。

私はグラチョフには洞窟に関する話はしていない。もししていたらグラチョフの対応はおそらくちがったものになっただろう。

「金（きん）をとりにきたのか、そのときは」

私の問いをギルシュは否定しなかった。

「もしいくらかでも残っていたら、とは思った。が、考えてみりゃ、島民を殺した奴らがもっていったろうし、多少残っていたとしても、生きのびた連中が根こそぎもちださなかったわけがない」

「その後も金がとれたかもしれない」

「日本人がいなくなってからは、軍の連中がとっちまったにちがいない。今は、プラットホームで吸い上げる鉱石の中に多少混じっているていどだって聞いた」

もし採算がとれるほどの埋蔵量なら、安田（やすだ）や中本（なかもと）も知っているだろう。

「オロテックではなくて、ソ連軍がまっさらにしたのかもしれない。パクの話では、ソ連軍はこの島で秘密の実験をしていたという」

「その話は俺も聞いたことがある。だがここは日本に近すぎる。こんな場所で秘密兵器の実験なんてする筈がない」

ギルシュはヤンと同じことをいった。

「もし秘密兵器の実験ではなかったら？」

私はいった。

「秘密兵器じゃなきゃ何なんだ」

「ここには麻薬中毒者の収容施設があった。重度の中毒者や政府に対して批判的な思想のもち主が収容されていたとエクスペールトはいっていた。つまり軍にとっては不必要な人間だ」

「だったら処刑すればすむ」

「かわりに実験の対象にしたのだとしたら？」

「つまり人体実験、てことか」

私は頷いた。

「生物兵器や化学兵器の開発に使われたのかもしれない」

自分で思いついたものの、ひどく不気味な考えだった。

「この島なら何か事故が起こっても、わざわざ封鎖する必要はない。エクスペールトはクナシリやエトロフにも収容所はあったといったが、そこには一般の住民もいた。が、この島には一般人はいなかった」

「この島でゾンビの実験でもしていたってのか」

ギルシュの薄気味悪そうな顔は見ものだった。

「ゾンビとはいってない。だが、実験施設をそのまま残しておいたら、民間人、それも外国の民間人の目に触れる。それでまっさらにしたのかもしれない」

「だったら洞窟には何がいるんだ。人体実験の生き残りか」

ギルシュはつぶやいた。

「まさか」

パキージンの言葉を思いだした。

――収容所の建物を残し、宿舎として再利用しようと考えたのだが、前も話した通り、パイプラインを引く都合で、収容所を撤去することになった
つまり、ソ連軍は建物を放置していったのだ。

「そうか、わかった」

私は思わずつぶやいた。

「何がわかったんだ」

「オロテックの建設条件だ。ロシア政府との契約で、この島に残されていた構造物をすべて撤去することを強いられたのだと思う。きれいさっぱり過去を清算した状態でなければ、外国企業との合弁は認められなかったんだ」

ギルシュはじっと私の顔を見つめている。

「結果として日本人墓地もすべて更地にされてしまった。日本人のものもソ連軍のものも、この島に作ったものはすべて壊し、消しさることを条件に、ロシア政府はオロテックの建設許可をだした。パキージンがエクスペールトになったのは、彼自身が政府機関の出身だからだ」

「KGBだろ。お前は誰から聞いた?」

「グラチョフ少尉だ」

「あの若造か」

「グラチョフ少尉の話では、オロテックはロシアの極東経済に影響力をもっているそうだ。だから政治家や軍人、警察官であってもエクスペールトとの対立は望まないという」

パキージンの〝前身〟について聞いた話はしなかった。

ギルシュは無言だ。

「日本語の表現で『臭いものに蓋をする』という言葉がある。ソ連軍がこの島でしたことが臭いもので、オロテックがその蓋だ」

私はいった。その蓋がちゃんと機能しているかどうかを監視するために送りこまれたのがタチアナで、ヤンは蓋のすきまをのぞきたくてしかたがない。

「国境警備隊の若造は、どこまで知っている。オロテックの秘密を守れと上から命令をうけているのか」

ギルシュの言葉に私は首をふった。

「わからないが、せいぜいオロテックともめるな、というていどだろう」

「オロテック」

吐きだすようにギルシュはいった。

「特別扱いの陰で、何をしてるかわかったものじゃない。お前だってそうだ」

ギルシュは私をにらんだ。

「日本の警察には何か他の目的があるのだろう。ニシグチを殺した奴を捜すフリをして、本当は何がしたいんだ？」

　私は首をふった。

「他の目的なんかない。私は本気でニシグチを殺した犯人を見つけたいんだ。ただそれをしようとすると、この島の過去にかかわってくる。九十年前の大量殺人、ソ連軍の施設、オロテックの建設条件」

　その上、ボリスだ。心の中でつけ加えた。

　ギルシュはウォッカをあおった。

「パキージンやグラチョフを問い詰めたいが、そんな真似をすれば島をほうりだされる」

　私はいった。

「おかしな男だ。日本の警察は、立場を守るためだけにお前をここに送りこんだのだろう。ニシグチを殺した犯人を見つけて、何の得がある」

「得なんかない。いったろう。知りたがりなんだ」

　視界の隅でニコライが動いた。我々が背を向けた入口を見ている。

　扉が開き、冷たい空気が流れこんだ。私はふりかえった。

「ギルシュ！　まさかあんたがメス犬とはな⁉」

　ボリスがロシア人の大男二人とともに立っていた。ひとりは「ダンスクラブ」にいたロランだ。もうひとりは防寒着の下からのぞくオレンジの制服で、オロテックの社員だとわかった。

ギルシュはゆっくりとボリスをふりかえった。ロランがあわてた顔でいった。

「よせ、ボリス」

「誰がメス犬だと？」

ウォッカの壜をつかみ、ギルシュはストゥールをすべり降りた。

「そうじゃないか。この野郎は日本のお巡りだ。メス犬じゃなけりゃお巡りと酒を飲まないだろうが」

ボリスは「フジリスタラーン」に現われたときと同じ革のコート姿だった。

「やめろって」

ロランがボリスの肩に手をかけた。それをふりはらい、ボリスはコートから拳銃を抜きだした。

ボリスに詰め寄りかけたギルシュの足が止まった。

「ロラン、こんなチビのどこが恐いんだ。何だったら、俺が今ここで片づけてやる」

「やめろ！　ボス、勘弁してやってください。こいつは酔ってるんです」

ロランはボリスの腕をつかんだ。もうひとりのロシア人は無言でようすをうかがっている。ニコライがしゃがんだ。

「離せ！　この野郎」

ボリスが銃口をロランの顎の下にあてがった。ロランが体をこわばらせた。

「撃てよ」

ギルシュがいった。

「そのかわりお前も終わりだ。この島から生きてでられると思うなよ」

ボリスは片方の眉を吊り上げた。

「この島の王様のつもりか。だったらお前を殺(や)れば、俺が王様になれるな」

「死人は王様になれない」

マカロフを抜き、ボリスに狙いをつけて私はいった。

「お前が撃てば私も撃つ」

安全装置を外した。

「メス犬どうしの友情か」

ボリスはせせら笑った。ギルシュが私をふりかえり、眉をひそめた。

「お前のせいでメス犬だと思われてる。そいつをしまえ」

「断わる。ボリスが誰よりも撃ちたいのは、この私だ」

ギルシュは首をふり、ボリスに目を戻した。たいした度胸だ。

「お前、本当は俺を消しにきたのか」

ボリスは無表情になった。

「そうなのかよ、ボリス」

銃口をつきつけられたままロランが目を動かした。

「頭の回るチビだな」

「誰と話をつけた。ピョートルか」

ギルシュがいった。

「誰だ、ピョートルって。まさか墓の下のロシア皇帝じゃないのだろう」

私は訊ねた。誰も答えない。

「誰だってお前には関係ねえ。ただこの島のボスはもうじきかわるってことよ。俺に何かあったら、お前ら終わりだ」

いって、ボリスはロランの顎から銃口を外した。

「いくぞ、オレク」

ずっと無言でいたロシア人にいって、店の扉に歩み寄った。途方に暮れたような表情で、ロランがボリスとギルシュを見比べた。

「ボス……」

ギルシュは険しい目でボリスを見ていた。

ボリスは開いた扉の前で、ギルシュを指さした。

「王様は交代だ。殺されたくなけりゃ、お前が島から消えろ、ギルシュ」

「ふざけるな」

ボリスはにやりと笑った。

「じきにわかる」

そしてて店をでていった。オレクと呼ばれたロシア人があとを追う。ロランは迷い、ギルシュをうかがった。

「どっちがボスか、お前が決めろ」

ギルシュがいった。ロランは唇をかみ、首をふった。

「許してください。あいつは、ほんのガキの頃からの友だちなんです」

「そんな友だちに銃をつきつけたのか」

ロランは今にも泣きだしそうだった。無言で「キョウト」をでていく。

風の唸りとともに雪が舞いこみ、やがて静けさが戻った。

私は息を吐き、マカロフの安全装置をかけた。カウンターにおく。

ギルシュが歩みよってきた。空になっていた私のグラスにウォッカを注いだ。私は無言でそれをなめた。

「こいつで奴を殴るつもりだったが、そうしたら撃たれていたな」

ストゥールによじ登り、ギルシュはいった。妙に楽しそうな顔をしている。

「気のせいかもしれないが、嬉しそうだ」

私はいった。

「あんなのはひさしぶりだ」

ギルシュはウォッカをあおり、にやりと笑った。

「ピョートルって誰だ？」

「ハバロフスクのボスだ。ボリスがウラジオストクで幅をきかせられるようになったのは、ピョートルのあと押しがあったからだ。もういい加減くたばってもおかしくない歳だが、跡継ぎを決めないんで手下は困っている。ピョートルににらまれたら、極東じゃ商売ができない」

笑みを消したギルシュが答えた。

「あんたもピョートルには逆らえないのか」

「極東でもここはふつうの島じゃない。だからピョートルの縄張りじゃないと俺は思っていた。ピョートルはちがう考えのようだ」

「ボリスがこの島のボスになったら、ピョートルにアガリが入るわけだな」

「ハバロフスクもウラジオストクも、昔より景気が悪い。ピョートルは一番多くアガリを納めた奴を跡継ぎにするつもりかもしれない」

むっつりとギルシュはいった。

「日本のヤクザも同じだ。金を稼いだ奴が出世する。ボリスを今のうちに追いだしたほうがいい」

「俺を殺すまで奴はここをでていかない。ピョートルのあと押しをうけているなら尚さらだ」

「あんたを敵に回して、この島にいられるのか」

ギルシュはすぐには答えず、考えていった。

「おそらく、さっきの野郎以外にも、奴には手下がいる。いざとなればそいつらを使って喧嘩を売ってくるだろうな」

「それはオロテックの社員ということか」

「そうだ。オロテックの社員でもないのにこの島にいるのは、ここや『エカテリーナ』や『ダンスクラブ』、食堂で働いている人間だけだ。皆、俺の部下だ。ここで商売を始めるときにエクスペールトと俺がとり決めた」

私はギルシュに顔を寄せ、小声で訊ねた。

「パキージンにアガリを納めているのか」

「儲けの十パーセントだ」

ギルシュは低い声で答えた。私は頷いた。そういうとり決めがあるから、ギルシュはパキージンに逆らえないのだ。

「もしピョートルが二十パーセントを申しでたらどうなる?」

私は訊ねた。ギルシュは私をにらんだ。

「俺を追いだすのはそう簡単じゃねえ。俺が島をでるならついてくるって奴もいる。女たちとだって、俺はきれいなつきあいをしている。味見を禁止しているからな」

味見とは、新人の売春婦にただ乗りすることだ。非合法の売春を商売にしている者で、味見をしない人間はいない。経営者も用心棒も、役得とばかりにただ乗りする。拒否はできない。すれば私刑(リンチ)にあうか、客につけなくなる。

「立派だな」

私はいった。からかわれていると思ったのか、ギルシュは私をにらんだ。

「本当だ。味見をしないマフィアなんて会ったことがない」

「俺はマフィアじゃない。ビジネスマンだ」

「だからピョートルはボリスを送りこんだんだな。あんたが死んだら、皆いうことを聞くしかなくなる。あいつの本業は女だ」

ギルシュは頷いた。

「奴の噂は聞いていた。ウラジオストクよりでかい商売ができるというんで、トウキョウにいったのだろう」

私は息を吐いた。ウォッカを飲む。

「そのトウキョウにいられなくしたのが私だ」

ギルシュは首をふった。

「なるほど。俺が奴に狙われる原因を作ったのはお前か」

どきりとした。確かにそうなる。思わずギルシュを見つめた。

ギルシュがにやりと笑った。

「お前を責める気はない。ボリスがいなけりゃ、ピョートルは別の野郎をこの島に送りこんだろうさ」

私はほっと息を吐いた。二人で黙ってウォッカを飲んだ。

「嵐がおさまってからが勝負だ」

ギルシュがつぶやいた。

「船がいききできるようになったら、ピョートルは助っ人に殺し屋を送ってくるかもしれん。お前も用心しろ。ボリスは、お前を必ず狙う」

私は頷いた。定期船には、アルトゥールも乗せられてくるかもしれない。そうなれば、西口が洞窟にいったのかどうかを確かめられる。

そして海が穏やかになれば、ゴムボートで洞窟に渡ることも可能だ。

「忙しくなるな」

私はつぶやいた。時計を見た。じき午後十一時になる。発電所に向かう前に一度宿舎に戻ったほうがいいような気がした。

「まだニシグチを殺した犯人を捜すのか」

ギルシュが訊ねた。

「天候が回復しなけりゃこの島からでていくこともできない。他にすることがあるか」

私は答えた。ギルシュはあきれたように首をふった。

18

地下通路を走るようにして宿舎に戻った。ギルシュの言葉を信じるなら、ウラジオストクかサハリンから助っ人がくるまで、ボリスは私を襲わないかもしれない。が、実際に拳銃を向け合った今、いつボリスがその気にならないとも限らなかった。

といって、ボリスに銃を向けた自分の判断がまちがっていたとは思わない。

銃を扱い慣れた犯罪者であっても、ひとたび人に向ければ興奮状態になる。人を殺す力を得たと実感できるからだ。

ボリスはロランの顎の下に銃口をあてがった。胸を狙うより確実に命を奪う位置だ。心臓は肋骨(ろっこつ)に守られている上に意外に小さな臓器だが、口蓋(こうがい)をつき抜けた弾丸はまちがいなく脳幹に達する。銃で自殺するのに最も確かな方法は、銃口をくわえ、上に向けて引き金をひくことだ。

銃弾の種類によっては、死体の顔は近親者が見てもそうとわからないほど破壊されたり変形するが、当人には瞬時に死が訪れる。

以前、自殺を装って殺されたチェチェン人の死体を見たことがある。顔が風船のようにふくらんでいた。発砲と同時に銃口から噴出したガスのせいだ。弾丸が頭蓋骨の中で止まったので、抜け道のないガスが顔面を膨張させたのだった。

もしボリスがロランを撃ったら、まちがいなく次には私かギルシュを撃ったろう。そんな一触即発の状態でありながら引き金をひかなかったボリスは落ちついていたともいえる。

銃を向け合えば、殺される恐怖から、先に撃とうと考えるのがふつうだ。それをしなかったのは、警察官の私が先に撃つことはないと確信していたか、より確実な方法で私たちを殺す決心をしていたかのどちらかだ。

おそらくは後者で、ギルシュはそのことで、ボリスの狙いを察したのだ。

私は稲葉あてにメールを打った。ボリスがこの島に現われたのは潜伏が目的ではなく、ピョートルと呼ばれるハバロフスクのマフィアのあと押しをうけ、ギルシュの座を奪うためであったと告げる。

ギルシュはパキージンに島でのビジネスの利益の十パーセントを払っている。場合によっては、それより高い歩合を条件にパキージンがビジネスをボリスに任せる可能性はある。その結果、私とギルシュのあいだには、ボリスに命を狙われるという共通点が生まれた。

さらに九十年前の大量殺人の動機が判明したことも記した。漂砂鉱床から流れついた金を島民が隠匿していて、犯人の目的がそれを奪うためであったという、私の推測だ。金は島の東部、かつての日本人集落の近くにある洞窟に隠されていて、西口はその洞窟に渡ろうとしていた。実際に渡ったのかどうかは、サハリンで勾留されているアルトゥールの訊問がかなえば判明する筈だ。ただし、九十年前に奪われた金が、西口殺害の動機であるとは考えられない。動機の解明には、洞窟へ渡らなければならないが、現在それは不可能なように思われる。

中国情報機関の人間の協力で渡れるかもしれない、とは打たない。反対されるのはわかりきっていた。

酔いをさまそうとシャワーを浴びているあいだに稲葉から返信が届いた。

『ピョートルは、ハバロフスクからウラジオストク一帯を支配下におくウラジーミル・ヒョードルフの通称であると思われる。ヒョードルフは、ヴォル（大親分）の称号をもつ、数少ないマフィアのひとりである。手下にはロシア人以外にグルジア人や朝鮮族系のマフィアもいて、縄張りが誰にうけ継がれるかは、モスクワのジャーナリズムも関心を寄せているらしい』

メールは、私が生きのびるためにはおよそ役立ちそうもない情報から始まった。

『オロテックが島内の犯罪組織と上納金の契約を交していたことじたいは、驚くにはあたらない。問題は、ヒョードルフとギルシュの抗争に君が巻きこまれてしまった点だ。現場を離脱する判断は君に委ねるが、小職としては一刻も早い離脱を勧告する。

一方で金が隠匿されていたという情報を君がどこから得たのかを明らかにしていないのが、私は気になっている。深入りしすぎているのではないか。捜査権限がなく、あくまでも協力者として滞在しているのだということを忘れないでもらいたい。万が一、受傷しても評価の対象にはならない。以上だ』

私が心細くなるよう、あえてそっけなくしたような印象だ。この島で私に万一のことがあれば、自分にも責任が及ぶ、そこで今は一刻も早く逃げだせといいたいのだ。

稲葉が小さな胸を痛められるように、天候のせいで一両日はこの島をでられそうにないと私はメールを返した。ヘリは修理中で、海も船がだせないほどの大荒れだ。ボリスの助っ人としてピョートルが殺し屋を送ってくる可能性はあるが、天候が回復するまで、その助っ人も上陸できないだろう。したがって島に留めおかれているあいだは調査を続行する。

送信してすぐに私物の携帯が鳴った。

雑音の向こうから稲葉が叫んだ。

「何を考えている?!」

「生きのびる方法です。この島がもっと南にあって泳ぎが得意なら、今すぐにでも海に飛びこみたいのですがね」

「天候が回復するまで、部屋に閉じこもって鍵をかけておけばいいだろう」

「お忘れですか。今私がいる部屋も、オロテックの施設です。パキージンがボリスと手を組めば、合鍵が即座に渡る」

「だったら発電所とか、人目の多いところにいたらどうだ」

「オロテックに出向している日本人に安心感をもたらすのが、目的の第一だったのではありませんか。私が命を狙われ逃げ回っていると、ヨウワ化学の人たちに伝わったら、まるで逆の結果になります」

「まだそんな減らず口を叩くのか」

稲葉の声に怒りがにじんだ。

「真面目(まじめ)な話です。調査を進めるにつれ、ここでは利害関係が非常に複雑であることがわかってきました。ソ連軍の秘密施設がかつて存在したこともあり、オロテック内部に中国情報機関やロシア政府の監視員が派遣されています」

「産業スパイだろう」

「初めはそう思いましたが、どうやらちがうようです。中国の人間は、例の洞窟に何らかの軍事機密が隠されていると疑っているようです」

「君にそれを話したのか」

「ええ。私が日本の警察官であることは知られています」

雑音がひどくなり、稲葉の返事が聞こえなくなった。

おさまるのを待って、私は告げた。

「逃げ隠れしていても、この島にいる限り安全は確保されません」

「だったらどうするんだ？」

「利害関係によっては、私の味方になってくれる人間がいます。その協力を得て生きのびる他ありません」

「ギルシュと結託するつもりなのか」

「選択肢のひとつではあります」

「パキージンがボリスと手を組めば、一蓮托生（いちれんたくしょう）だぞ」

「今のところその気配はありません。パキージンは私を別の目的に利用する気です」

「別の目的？」

「オロテックの操業に障害となる人物の排除です。彼は護身用の拳銃を私に貸与しました」

「うけとったのか?!」

「この状況で、うけとらない選択肢があると思いますか」

雑音のおかげで、稲葉の文句を聞かずにすんだ。

「そろそろ面談の時間なので切ります」

「誰と面談だ？」

「ヨウワ化学の社員で、西口と仲のよかった荒木という人物です。洞窟について何か聞いていたのではないか、疑っています」

「慎重な行動を頼むぞ。特に、預かった武器を使うときにはな」

「今のところボリス以外の誰かを撃つつもりはありません」

「ふざけてる場合か」

「ふざけていません。課長も私の立場になればおわかりになります。交代しませんか」

返事はなかった。ひどく子供じみたことをいったと思ったが、私の気分はよくなった。

「では失礼します」

携帯を切り、服装を整えた。十一時四十分に宿舎をでた。

地下通路に降りたところで島内携帯が鳴った。右手に拳銃を握りしめたまま、左手でひっぱりだし、耳にあてた。

「はい」

「今どこにいるの？」

タチアナの声が耳に流れこんだ。

「これから発電所に向かうところです。どうしたんです？　明日、電話をもらう筈でしょう」

「ひとりでお酒を飲んでいたら、あなたの声が聞きたくなった」

古典的すぎるセリフだが、頬の筋肉がゆるむのを感じた。

「頼んだことはわかりましたか？」

私は訊ねた。

「少し調べてみた。でも電話じゃ話せない。仕事は何時に終わる？」

「たぶん、一時までには」

「じゃあ、そのあと待ってる」

長い一日になりそうだ。だがしめくくりがタチアナの部屋というのは、悪くない。たとえ女スパイだとわかっていても。

用心しながら地下通路を進み、発電所に到着した。社員証をかざしてゲートをくぐるとほっとした。フィルムバッジを着け、発電所内に入る。

午前零時まであと五分ほどあったが、ロビーにはすでに荒木がいた。畳んだ防寒着をかたわらにおき、ソファに腰かけている。眼鏡（めがね）のレンズのせいで、表情までは見てとれない。

歩みより、

「今朝は、おやすみのところを失礼しました。あのあと眠れましたか」

と訊ねた。荒木はゆっくりと首を回し、頷いた。

「寝ましたよ。寝ないともたないんで。ここじゃ、睡眠不足だと、すぐ風邪をひくんです」

私は隣に腰をおろした。

「わかります。特に今日はひどい天気だ」

「この時期は多いんです。強風で、一日おきにプラットホームの作業が中止になったりします。地球温暖化のせいらしいですよ、爆弾低気圧が増えたのも」

淡々と荒木はいった。

「そうなんですか。ところで荒木さんは洞窟の話を、何か西口さんから聞いていませんでしたか?」

「洞窟?」

荒木は訊き返した。眼鏡の奥の瞬きが止まった。

「何ですか、洞窟って」

「C棟の下の岩場に、潮が引くと入口の現われる洞窟があるのをご存じですか」

「いいえ」

私は荒木を見つめた。

「それがどうかしたのですか」

「西口さんはその洞窟をとても見たがって、渡る方法を探していました。話を聞いたことがあるでしょう？」

「ないです」

そっけなく荒木は答えた。嘘をついていると直感した。だがこのタイプの人間は、嘘をついたと決めつけると、かえってかたくなになり、最後は貝のように口を閉ざしてしまう。

「そうですか。ところで、昔この島で大量殺人が起きたという話を聞いたことはありませんか」

荒木は首をふった。

「まるで知りません」

「一九三二年、昭和七年に、複数の犯人によって、老人と子供を除く島民の大半が殺害されたのです。一説によれば、殺された人たちは目を抉られていたともいわれています」

荒木の表情は変化しなかった。

「誰が殺したんです？」

「犯人はつかまっていません」

「本当にあったことなんですか」

　私は頷いた。

「かつて樺太の警察に勤務していた人物の関係者からも証言を得ています。それによれば、三十八人が殺害されたそうです」

「そんなにたくさん……」

「この島のことを西口さんはいろいろと調べていました。極東地域で育ったロシア人には、この島で起こった大量殺人の話は有名だそうです。西口さんもロシア人からその話は聞いていたと思うのですが、荒木さんには話さなかったのでしょうか」

　荒木は黙っていた。

「実は今朝、設計部の方から呼びだしをうけました。亡くなる数日前、西口さんと話をしたというのです」

　荒木の表情が動いた。

「設計部の誰です？」

「それはちょっと。その方はオロテックが建設される前のこの島の地形に詳しく、西口さんからいろいろ訊かれていたそうです。西口さんはこの島のどこに日本人の集落があったのかを確かめようとしていました」

「『ビーチ』じゃないんですか」

「『ビーチ』は波が打ちあげるので、住宅を作るには適さなかったそうです。その方の話では、今のC棟が建つあたりに集落があったのではないかということでした。今はいけませんが、岩場を伝って降りれば、さっきお話しした洞窟にも、その当時ならいくことができた」

荒木は無言だ。洞窟に何をしにいくのか、とは訊かない。

「洞窟には何があったのでしょうね」

私はいった。

「知りません」

「荒木さんならどう思います？　今から百年近く前の話です。集落は海を見おろす崖の上にあり、そこから降りた岩場に洞窟がある。波によって作られた自然の洞窟で、潮が満ちると、入っていくことはできない」

荒木の顔を見つめていった。

「しかしすべてが水に沈んでしまうことはなかったようです。水につかるのは入口だけで、内部にはものをおいたり、人がいることもできた。そんな場所を、荒木さんなら何に使いますか？」

荒木は不意に眼鏡を外した。制服のポケットからだした布でレンズをみがきだす。

「僕にわかるわけがない」

「想像をうかがっているんです。歴史がお好きなのでしょう」

荒木は下唇を何度もかんだ。

「ふつうに考えるなら、神さまをまつりますね。当時の人は今より信心深かったでしょうし、海に生きている漁師は縁起をかつぐともいいます」

　私は頷いた。

「神さまをまつった。なるほど」

「石上さんはいったのですか」

　荒木が訊ねた。

「今は陸伝いにいくのが困難です。いくとすれば、ボートで渡る他ない。それを西口さんはアルトゥールに頼んでいた」

「アルトゥールというのは、前にいっていた人ですか？」

「ええ。アルトゥールの先祖はこのあたりの出身で、本人は小型ボートの操縦員をしていました。三月十六日にサハリンで逮捕され、今はサハリン警察に勾留されています。もしかすると殺された三月十日、西口さんを洞窟まで運んだかもしれない」

「そのアルトゥールが西口くんを殺したのですか」

「わかりません。実際に西口さんを洞窟に連れていったかどうかも判明していない」

「洞窟にいったことのある人はいないのですか？」

　荒木の問いに、私は首をふった。

「まだそういう人とは会っていません。オロテックでも、洞窟の存在を知る人は少ないようだ」

「昔ここに日本人が住んでいたことを知ってる人だって少ないんです。当然かもしれません」

「そうですね。オロテックは、かつてここが日本人の島であった痕跡をすべて消そうとしているように思いませんか」

「どうしてです？」

「C棟を建てた場所にあった集落だけでなく、この発電所の南東部にあった日本人墓地も壊し、地ならしをしている。ご存じなかったのですか」

「知りませんでした」

「さらにもうひとつ」

私は声をひそめた。

「実はこの島に旧ソ連軍の秘密施設がおかれていた、という情報もある」

「いつのことですか？」

「はっきりとはわかりませんが、一九八〇年代だと思います。オロテックは、そうした軍の施設もすべてとり壊した上に建設されたようです」

「本当ですか」

私はさも重大な秘密であるかのように頷いた。

「本当です。その施設が洞窟を利用していた可能性もある」

「誰から聞いたんです？」

「エクスペールトも施設の話は認めました。他にも知っていた人がいる」

　荒木は深呼吸した。

「西口くんは……」

　いいかけ、黙った。私は待った。

「洞窟には宝があるかもしれない、といっていました」

「どんな宝です？」

　荒木は無言だ。

「洞窟のことは荒木さんも知っていたんですね」

　嘘をついたとは責めず、私はいった。

「島にきて最初に、西口くんが教えてくれました。どこかに洞窟があって、そこに宝が隠されているかもしれない。まるで宝島じゃないですか。でも――」

　いって荒木は唾を呑んだ。

「説明はつくんです。この島の南側の海底にある漂砂鉱床。比重が大きい鉱物がむきだしになる。錫石や金、鉄鉱石などです。海が荒れると、そういう鉱物が波で打ちあげられる。一番わかりやすいのが『ビーチ』です。『ビーチ』には、今でもわずかですが砂金が打ちあげられています。かつてこの島に住んでいた人たちは、その金を集めていたにちがいないんです。お祖父さんからのいい伝えだけでなく、鉱物学的にも根拠がある話だと西口くんはいっていました」

「大量殺人の動機もそこにある、と西口さんはいっていませんでしたか？」

荒木は深々と息を吸いこんだ。

「その話を、西口くんは知らなくて、初めてロシア人から聞いたときはすごくびっくりしていました。たぶん『エカテリーナ』の女の子からだったと思います」

「ニナですか」

「名前までは知りません。僕はああいうところは好きじゃないんで。西口くんも本当はいきたくないのだけれど、話を聞きたいからしかたなくいく、といってました。でも大量殺人があったことと金の話を結びつけてはいなかったな」

「西口さんのひいお祖父さんは、その大量殺人が起こる四年前にこの島を離れています。ですから事件のことを知らなかったかもしれない」

荒木は頷いた。

「なぜ、嘘をついたのです？」

私は訊ねた。

「え？」

「洞窟のことも大量殺人のことも、初め荒木さんは知らないといった。なぜです？」

荒木は再び下唇をかみはじめた。

「疑われたくなかった、から」

「疑われるとは、西口さんを殺した犯人として、という意味ですか」

荒木は小さく頷いた。

「なぜ疑われると思ったんです？」

「本当は、僕もいっしょにいく筈だった」

「どこへ？」

「洞窟です。でも、風邪をひいていけなかった。熱がでたんです」

「それはいつです？」

「三月十日の朝です」

「西口さんと荒木さんと他には？」

「西口くんが交渉した、ロシア人の船員です。その船員が午前五時に『ビーチ』に船外機つきのボートをもってくることになっていました」

「船員の名はわからないのですか」

荒木は頷いた。

「西口くんは洞窟にいくのをすごく楽しみにしていて、戻ってきたら、どうだったかを聞かせてくれることになっていました。僕は三十九度近く熱がでて、とても動けなかったんです。部屋でずっと連絡を待っていたのですが、なくて。夕方になってようやく少し動けるようになったんで、携帯に電話をしたのですがつながらなかった。そうしたら夜になって、『ビーチ』で死体が見つかったって知らされた」

「そのときに申しでようと思わなかったのですか？」

「誰に申しでるんです？　ここは日本じゃないんです。死体は国境警備隊がもっていったというし、そうなったら調べるのも彼らでしょう。ここじゃなくてユージノサハリンスクに連れていかれるかもしれない。僕はロシア語が喋れないし、西口くんが金を捜していたなんていったら、もっと疑われる。それに何より、洞窟にいくなんて計画をたてていたと会社に知られたら、クビになるかもしれない」

「なぜです？」

「北方領土にいる以上、問題となるような行動や発言はつつしむように、という指示がでています」

私は荒木を見つめた。怯えている。

「西口さんはその指示にしたがう気はなかった？」

「まさか船員と交渉してまで洞窟に渡るつもりでいたとは思わなかった。だから、いっしょにいこうといわれたときはあせりました」

「では熱がでたというのは――」

「それは本当です。嫌だな、困ったなと思っていたら、前の晩からさむけがしてきて、風邪をひいたのだとわかりました」

「西口さんはひとりでもいく気だったのですか？」

荒木は頷いた。

「潮回りがあるから、日をかえるのは難しいといっていました。あの日は大潮で、午前五時半が干潮だったんです。潮が引いているうちに洞窟に上陸し、上げてくる前に撤収しなければ、帰れなくなると船員にいわれたようです」

「なるほど」

「最初、西口くんが殺されたと聞いて、その船員がやったのだと思いました。洞窟には、西口くんがいった通り金が隠されていて、船員はそれをひとり占めしようと思ったんだって。もしそうなら、いっしょにいく筈だった僕も危ない。でも変だと思ったんです」

「何がです？」

「洞窟に金があって、それをひとり占めしたいのだったら、洞窟で殺して、死体をおいてくればすむ。わざわざ『ビーチ』まで運んできた理由がわからない」

「確かにその通りですね」

「もしかすると洞窟に渡る前に、西口くんは殺されたのかもしれない。そうであるなら、洞窟には渡ってはいけない理由がある。それを、いっしょにいく筈だった僕にわからせるため、わざと目を抉った死体を『ビーチ』に放置した」

「荒木さんに警告した、ということですか」

　荒木は頷いた。

「僕の名まで知っているかどうかはわかりませんが、あとひとり日本人がくる予定だったのを船員は知っている筈です」

「いけないというのを、西口さんに伝えたのはいつです？」

「あの日の四時です。宿舎の地下で待ちあわせていました。なので電話でそういいました」

「西口さんの反応は？」

「そんなに具合が悪いのか、と訊かれました。実際咳もでていて、それを聞いて、それじゃあしょうがないね、と。でも日にちを今からかえるのは大変だから、ひとりでいってくると」

「不安がってはいなかった？」

荒木は首をふった。

「子供の頃からの夢がやっとかなうって、すごく興奮していました」

私は頷いた。これまでの話からしても、矛盾のない反応だ。荒木が同行しようがしまいが、西口は洞窟いきを決行したにちがいない。

「西口さんは、そのロシア人の船員に金の話はしていたのでしょうか」

「していません。話せば先回りされるかもしれない。相手はいつでも船をだせるのですから」

「それなら洞窟にいきたい理由を、何と船員に説明したのですか」

「先祖の墓参りです。洞窟に先祖の墓があるかもしれないと西口くんは説明したといっていました」

「ロシア人にとって、もし洞窟が人を立ち入らせてはいけない場所なら、その時点で話を断わることもできたとは思いませんか。船で上陸するのは技術的に難しいなどといって」

私がいうと、荒木は虚を衝かれたような表情になった。

「殺す必要はなかったと思うのですが」

「でも、でも、実際は殺された」

荒木は下唇を盛んにかんで、つづけた。

「その船員が知らないだけで、他のロシア人が洞窟にいくのを許さなかったのだとしたら？　待ちあわせた『ビーチ』に、別のロシア人がきて、西口くんを殺したのかもしれません。きっとそうです。船員から洞窟にいくのを聞いた、別のロシア人が止めようとして、『ビーチ』で待ち伏せたんだ」

「船員はどうしたんです？」

「わかりません。でも、別のロシア人が『俺がかわりにいってやる』とかいって、交代したのかもしれない」

「確かに可能性はあります。ただし一点、西口さんが殺されたのは『ビーチ』ではない」

私が告げると、荒木は大きく目をみひらいた。

「そうなんですか」

「血痕も争った跡もない。波打ち際などであれば流されてしまった可能性はありますが、死体が発見された場所で殺害されたのでないことだけは確かです」

「じゃあ、じゃあいったい、西口くんはどこで……」

「わかりません。洞窟で殺された可能性もあるが、なぜ、わざわざ死体を『ビーチ』まで運んだのか。唯一、それに答をこじつけるとすれば、洞窟に注目を集めたくなかったということです。西口さんの行方がわからなければ、島内の捜索がおこなわれるだろうし、荒木さんが洞窟の話をする可能性もある。そこで、死体を洞窟に放置せずに『ビーチ』まで運んだ」

荒木はうつむき、頷いた。

「そうですね。もし西口くんがずっと行方不明だったら、僕だって、洞窟のことをいわないわけにはいきませんでした」

荒木が西口を殺したのなら、逆に「ビーチ」まで運んではこなかったろう。洞窟に放置し、知らぬフリをすればすむ。ただしその場合は、船員の口から伝わる危険はある。

もちろん荒木と船員が共犯なら話は別だ。しかしロシア語を話せない荒木が船員と共謀するとは考えにくかった。

「ずっと黙っていてすみませんでした。恐かったんです。僕を国境警備隊に引き渡さないでください」

顔を上げ、荒木がいった。

「もちろん、そんなことはしません。あなたが犯人だとは思っていませんから」

「本当ですか?!」

荒木は声を大きくした。私は頷いた。

「よかった！　ありがとうございます」

「ただし、荒木さんもご存じのように、この島で私に警察官の権限はありません。ですからこれから先も、あなたが拘束されないとはいいきれない」

「僕のことを国境警備隊に話すのですか？」

荒木は顔をゆがめた。

「今のところ、そのつもりはありません。しかしサハリンで逮捕されたアルトゥールを訊問できるように、エクスペールトがとりはからってくれました。もしそれが可能になったら、アルトゥールの口から、洞窟にはもうひとり日本人が渡る予定であったと伝わる可能性があります」

荒木は表情をこわばらせた。

「荒木さんも気づいているように、西口さん殺害犯として最も疑わしいのは、アルトゥールです。たとえ犯人ではないとしても、犯人に関する情報をもっている可能性が高い。アルトゥールから話を聞ければ、西口さんを殺した犯人が判明するのではないかと私は考えています」

荒木の顔を注視しながら告げた。

この時点で、洞窟に渡らなかったという荒木の主張を裏づける証拠はない。西口とともに洞窟に渡り、殺害して「ビーチ」に放置した可能性はある。アルトゥールが、荒木も洞窟に運んだと証言したら、容疑は一気に濃くなる。

荒木は瞬きをしていった。

「そうですね。西口くんが『ビーチ』で殺されたのじゃないという石上さんの話を聞いたら、よけいロシア人が犯人じゃないかと思えてきました。洞窟に先回りして、西口くんを殺し、船員と運んだのかもしれません。洞窟にはきっと何かあるんです。アルトゥールはきっとそのことを知っています」

私は頷いた。嘘がバレるという不安を感じているようすはない。

いずれにせよ、アルトゥールから話を聞けば、さまざまな事実が判明する。問題は、そうなったとき、私がこの島にとどまるべきかどうか、という点だった。

ピョートルがボリスに助っ人を送ったらアルトゥールと同じ船で上陸する可能性がある。そうなれば、ボリスとギルシュのあいだで抗争が始まり、いやおうなく私も巻きこまれる。

パキージンや国境警備隊がどちらの側につくか、あるいはどちらにもつかないかすら、今の段階では不明だ。

荒木が時計を見たので、そろそろ仕事にいかなければならない時刻だと、私は気づいた。

「ご協力ありがとうございました」

口止めをしなくとも、荒木がこのことを会社に報告するとは思えなかったが、

「西口さんとの件については、誰にも話さないでください。まだ容疑者が完全にかたまったわけではないので」

と告げた。荒木は深々と頷いた。

「もちろんです。会社に知られたら、大変なことになるかもしれない」

そこまでの騒ぎになるとは思えなかったが、人ひとりが亡くなっている以上、企業の対応がどのようなものになるか、予測はつかない。

私は立ちあがり、荒木が発電所の奥に入っていくのを見送った。

フィルムバッジを返し、ゲートをでて地下通路に入った。人通りが少なく、温度が下がっているように感じる。

温度については気のせいだろう。拳銃をポケットの中で握りしめながら地下通路を進んだ。

タチアナの部屋はA－3棟の三階の12号室だ。

管理棟の出入口から地上にでると、激しい吹雪にさらされた。人けはまったくなく、波の打ちつける音が、風の音に負けないほど大きい。フェンスごしに、岸壁にあたった波が、高くしぶきをあげるのが見えた。

防寒着のフードをかぶりたいのを我慢してA－3棟に進んだ。フードをかぶると雪からは顔を守れても、視界が極端に閉ざされる。

いつどこから襲撃されるかわからない状況では、とても恐ろしい。体を丸め、伏せた顔をときおり左右に向けながら歩いた。

Ａ－３の前にきたときはほっとした。曇ったガラス窓のはまった扉を押し、ロビーに入った。階段はロビーの中央にある。

建物の中は静かだった。ロビーを抜け、階段を登った。Ａ－３棟はそれほど大きな建物ではないので、階段の幅も狭い。

一階から二階へ向かう階段の途中の踊り場に達したときだった。

照明が消えた。

19

一瞬、視界がまっ暗になり、次に緑色の非常灯がうっすらとあたりを照らしだした。

何が起こったのかわからず、私は踊り場で立ち止まった。

停電だろうか。

階段の天井には蛍光灯がとりつけられているが、それらがすべて消えている。階下をうかがったが、ロビーの照明も消えたようだ。

緑色の非常灯は、各階階段にひとつだけで、かろうじて足もとが見えるていどの明るさしかない。

バタン、という扉の閉まる音が頭上でして、私はふりあおいだ。

上の階に、誰かがいる。

「こんばんは」

私はいった。タチアナかもしれない、と何の根拠もなく思ったのだ。

不意に眼前で火花が散った。カーンという金属性の音がして、キュンという唸りとともに何かが耳もとをかすめた。

一瞬後、それが銃弾だと気づいた。どこからか飛んできた弾丸が階段の手すりに当り、火花を散らして跳弾となって耳もとをかすめたのだ。

私はあわてて反対側の壁にへばりついた。

銃声はしなかった。ただ銃弾だけが飛んできた。

身を低くし、拳銃をひっぱりだした。

銃声がないせいか、撃たれたという実感に乏しい。しかも上と下、どちらから狙われたのか、まるでわからない。

ただドアの閉まる音は上から聞こえた。

息を殺し、全身を耳にして狙撃者の気配を感じとろうとした。

そのときになって気づいた。マカロフの安全装置をかけたままだ。

安全装置を外し、両手でマカロフを上に向けた。狙撃者が上にいるなら、この階段を降りてくる。上の階からは、今の私の位置を狙えない。

掌が汗ばみ、マカロフのグリップがぬらついた。

タンタンという足音が上から響いた。

くる。階段の上方にマカロフの狙いをつけた。

足音がやんだ。だが見える範囲に人の姿はない。斜め上の階段の手すりのすきまに目をこらす。そこから狙われているかもしれない。

走ってもいないのに息が荒くなっている。

バタンという音がした。またどこかで扉が閉まった。

狙撃者が引きあげたのだろうか。それとも引きあげたフリをして、私が動くのを待っているのか。

この状況を逃れるには下にいくしかない。が、動けば気配を察知され、撃たれる危険がある。

私に見えない位置から発射された弾丸が直接命中することは、角度的にはありえない。といってここにずっといるわけにもいかない。

両脚の膝から下が痺れてきた。ゆっくりと体の位置をずらす。

突然、懐ろで島内携帯が鳴りだし、とびあがった。危うくマカロフの引き金をひきそうになる。

鳴っている携帯はそのままに、私は動いた。階段を駆け降りた。逃げるなら今しかない。

一階に達すると、ロビーにでた。照明が消されているせいで、ロビーは階段より暗かった。目についた、備品のソファの陰に私はとびこんだ。銃弾などまるで防げない、合板に布を貼っただけの安物だが、体を押しつけると、少し落ちついた。

携帯をひっぱりだし、ボタンを押した。

「もしもし（アロー）」

耳にあてなくとも、タチアナの声とわかった。私はあたりを見回しながら、携帯をもちあげた。

「まだなの？　どこにいるの」

携帯の画面に「1:40」と時刻が表示されている。私は二十分近く、踊り場にうずくまっていたのだ。

「そっちはどこだ」

「部屋に決まってる。あなたを待っているのよ」

「ピストルをもってか」

思わず荒々しい口調になった。

「何をいっているの」

「A－3棟にきたら、いきなり階段の明りが消え、弾丸が飛んできた」

タチアナははっと息を呑んだ。

「本当なの」

「私がここにくることを知っているのは君だけだ。もちろん撃った奴が、誰でもいいから殺してやろうと考えていたのなら話は別だ」

「怪我をした？」

「外したのが残念か」

「イシガミ、わたしは医者よ。それを気にするのは当然でしょ」

タチアナの声が氷のように冷たくなった。

「なぜわたしがあなたを撃つの」

急に不安になった。

「君じゃないのか」

「もしあなたを殺すなら、部屋で殺す。そのほうが確実」

説得力はある。

「確かに。じゃあ頼みがある。管理棟に連絡して、この建物の明りをつけてもらってくれ」

「待って」

タチアナが動く気配が伝わり、

「部屋の外にでちゃ駄目だ！」

私は急いでいった。

「確かに廊下と階段の明りが消えてる」

「すぐに部屋に戻って、鍵をかけるんだ」

「大丈夫。誰もいない。一度切るわ」

いって、タチアナは電話を切った。つながりを断たれたとたん、私は恐怖がこみあげるのを感じた。

タチアナが犯人でないのなら、誰が狙撃したのだ。

ボリスか。

だがボリスのもっていた銃に消音装置(サプレッサー)はついていなかった。

私は階段でまったく銃声を聞いていないし、そこまで効果のある消音装置は軍用品以外ありえない。

突然あたりに光が満ち、まぶしさに目を細めた。ちかちかと蛍光灯がまたたき、階段にも明りが戻る。

といって狙撃者が消えたわけではなかった。この建物をでていく人間を、私は見ていない。狙撃者は、まだ中にいる。

「イシガミ！」

タチアナが階段を駆け降りてきた。スウェットの上下を着て、携帯を手にしている。

「タチアナ！」

私はソファの陰から立ちあがった。タチアナの目が私の手のマカロフに向けられたが、すぐに目をそらし、いった。

「よかった。無事なのね」

「安心はできない。犯人はまだこの建物の中にいる。明りは君がつけさせたのか」

　タチアナは頷いた。

「もう大丈夫。犯人は逃げた」

「どうしてわかるんだ」

「降りてくるあいだ、誰にも会わなかった」

「じゃあどこかの部屋にいる。弾丸が飛んでくる少し前、ドアの閉まる音を聞いた」

「本当に撃たれたの？」

「こっちへ」

　私は階段へ向かった。一階と二階のあいだの踊り場で立ち止まり、痕跡を探した。

「これを」

　錆びて鉛色をした手すりの一部分がくぼみ、磨いたように光っている。そのくぼみから周囲を探すと、天井近くの壁に黒い小さな穴があるのを見つけた。

「上から飛んできた弾丸がここで跳ねて、壁にめりこんだんだ」

　タチアナは指先で手すりに触れ、壁の穴を見上げた。

「イシガミ、わたしを肩にのせて」

「今か」

「今よ」

有無をいわせない口調だった。私はしゃがみ、タチアナを肩車した。スウェットに包まれた太股(ふともも)が私の顔をはさみ、よい香りがした。

「壁に寄って」

私は指示にしたがい、タチアナは壁にできた穴をのぞきこんだ。

「そのまま」

スウェットのポケットに携帯を押しこむと、小さなナイフをとりだした。折り畳んでいた刃をひきだし、穴にさしこむ。

「いつもそんなものをもっているのか」

見上げているとこぼれた漆喰(しっくい)が目に入りそうになり、私は顔をそむけた。

「護身用にね。おもちゃみたいなナイフだけど、相手のどこを切るべきか、わたしには知識がある」

タチアナは答えた。穴から掘りだされた金属片が踊り場の床に落ち、乾いた音をたてた。

私はタチアナを肩からおろした。タチアナは金属片を拾いあげた。

「銃弾ね。潰れている」

タチアナは掌を私につきだした。手すりと壁に当たったせいで、弾頭は変形していた。

「撃った人を見た？」

タチアナの問いに首をふった。

「銃声すら聞いていない。階段を登っていたら照明が消え、いきなり手すりに銃弾が当たる音がしたんだ」

「撃ってきたのは一発だけ?」

「おそらく」

「なぜ一発だけだったのかしら」

「わからない。威しのつもりだったのか、途中で気がかわったのか。撃った奴もその場にしばらくとどまっていた」

「なぜわかるの?」

「ドアの閉まる音を二度聞いた。撃たれる直前と、少ししてからと」

「犯人はこの建物の住人ということ?」

「私はずっと下にいた。誰かがでていくのを見ていない」

タチアナは私を見つめた。

「きて」

階段を登る。三階を過ぎ、さらに上に登った。屋上へと階段はつづいているようだ。

階段のつきあたりに金属製の扉がある。

「たぶんあなたが聞いたのはこのドアの音」

いってタチアナがノブに手をのばした。

「待った! だったら犯人は屋上にいる」

私はいってマカロフをひっぱりだした。タチアナは首をふった。

「いない。見ればわかる」

ドアを開いた。

とっさに私はマカロフをかまえた。吹雪が吹きこんでくる。港の明りが屋上にも及んでいて、意外に明るい。

屋上をぐるりと囲んだフェンスが見え、一部が空中に浮かんでいた。渡り廊下だ。

「A－3、A－4、A－5のみっつの建物は屋上でつながっているの。火災になったときの避難路として」

私のうしろに立ったタチアナが説明した。両腕で胸を抱いている。

私は屋上にでた。降り積もった雪の上に、うっすらと足跡が残っていた。屋上をよこぎり、渡り廊下に向かっている。

「部屋に戻って」

私はタチアナに告げ、屋上に足を踏みだした。

「国境警備隊に連絡する」

タチアナはいって、扉の向こうに消えた。

金属製の扉が閉まる音は、確かに私が聞いた音に似ていた。

私はマカロフを両手でかまえ、屋上を進んだ。足跡は早くも輪郭がぼやけ始めていた。

そのひとつに私は自分の靴をあてがった。私とほぼ同じか、少し大きい。これが犯人の足跡なら、ギルシュの可能性だけは否定できそうだ。

足跡は渡り廊下につづいていた。立ち止まったり、うろついたような痕跡はない。

渡り廊下は、補強した鉄板を固定しただけの構造で、フェンスに囲まれていなかったら、踏みだすのを躊躇するような代物だ。幅は一メートルほどで、長さは約十メートルある。

渡り廊下の先はA－4棟の屋上だった。足跡は屋上をよこぎり、階段の出入口の扉までつづいている。

扉のノブをつかんで回した。鍵はかかっておらず、扉はわずかに軋みながら開いた。

扉の内側の床を私は注視した。濡れた足跡が階段の最初の段までつづいていた。

犯人がここから下に降りたのはまちがいないようだ。そしてこのA－4棟のどこかの部屋に入ったか、でていったのかはわからない。

私はマカロフを握ったまま階段を降りた。犯人が待ちかまえている可能性は低い。もし私を本気で殺すつもりだったら、A－3棟で階段を降りてきた筈だ。

ボリスではない、と思った。わざわざ明りを消し、サプレッサーをつけた銃で狙撃するのはマフィアのやり口ではない。

その一方で、私が武装しているのを知っているボリスなら、初弾で仕留め損なったので撤退した可能性はある、と考えた。

ボリスでないのなら、誰だ。

私を襲う人間は、他にもこの島にいる。「ビーチ」で私を殴った犯人だ。あのときボリスはまだこの島にいなかった。

自分の人気のなさに泣きたくなった。どれほど嫌われているのか。

犯人の遺留品を捜し、私はゆっくりと階段を降りた。誰とも出会わず、照明が消えることもなかった。

だが一階まで降りると、制服の兵士が二人待ちかまえていた。

「動くな！」

ＡＫ－74をつきつけられ、私は立ち止まった。ひとりに見覚えがあった。詰所にいた若い兵士だ。

「銃を渡せ」

私は即座にしたがった。二人ともひどく緊張している。もし私がロシア語を理解できず、銃を渡さなければ撃たれたかもしれない。

Ａ－４棟の前に国境警備隊の４ＷＤが止まっていた。エンジンをかけたままで、ヘッドライトも点いている。

「乗れ」

私は言葉にしたがい、詰所に連行された。

20

ストーブのおかれた小部屋は人でいっぱいだった。グラチョフ少尉にもうひとりの兵士、タチアナと私の四名だ。

「部下が捜索した結果、A－4、A－5棟の屋上、階段に、怪しい人物はいなかった」

「おそらくA－4棟のどこかの部屋に潜んでいるのでしょう。あるいはそこが犯人の住居かもしれません」

グラチョフの言葉に、私は答えた。

「今日の昼、君はボリス・コズロフに危害を加えられるかもしれないと訴えてきた。現実になった、ということかね」

ストーブのかたわらにはテーブルがあり、四人分の紅茶とマカロフ、そしてタチアナが掘りだした銃弾がのっている。

「もしコズロフなら、A－4棟に住む人物がかくまったことになります」

「オロテックにはコズロフの協力者がいたな」

グラチョフは手帳を広げている。

「オレクという人物です」

グラチョフは部下の兵士を見た。兵士は頷き、小部屋をでていった。

「どうして名前がわかった？」

「四時間ほど前に、バー『キョウト』でコズロフと会ったのです。コズロフは、二人のロシア人といっしょで、ひとりはロランといい、『ダンスクラブ』の従業員、もうひとりはオロテックの制服を着ていて、コズロフにオレクと呼ばれていました」

「『キョウト』では何も起きなかったのか」

「コズロフは銃をもっていました。しかし私ももっていたし、その場にギルシュもいました。その結果、緊張した空気にはなりましたが、争いにはならなかった」

「撃ち合いを回避した、という意味かね」

私は頷いた。兵士が戻ってきて、グラチョフにメモを手渡した。

「オレク・べーレンスキーという人物が、オロテックのプラットホームに勤務している」

それを見たグラチョフはいった。

「その人物かもしれません」

「べーレンスキーの住居はA－4棟の二階にある」

グラチョフがいうと、タチアナが立ちあがった。紅茶のカップをとり、

「コズロフはイシガミを狙い、失敗したのでべーレンスキーの部屋に逃げこんだのね」

といった。

「だとしてもわからないことがある。なぜコズロフは、私がA－3棟にくるのを知って

いたのだろう。しかも管理事務所に協力者がいなかったら、照明を消せない」
私はタチアナを見つめた。
「あなたが尾行されたのよ。その上でベーレンスキーなり他の仲間が、照明を消した」
尾行には注意を払ったが、百パーセントなかったと断言することはできない。
「共犯者が管理事務所にいれば、監視カメラの映像から、イシガミがA－3棟に入った
ことはわかる」
グラチョフはいった。
「そうなら、犯人の映像は残っていない。共犯者は消去するでしょう」
タチアナが紅茶をすすり、つぶやいた。
映像は根室のサポートセンターにも送られている。私は思ったが、ここでは何もいわ
ないことにした。
グラチョフが咳ばらいをした。
「プライバシーに立ち入るつもりはないが、イシガミがこんな深夜にブラノーヴァ医師
の部屋を訪ねた理由を教えてもらいたい」
「わたしが彼を呼んだ。背中の怪我の経過を見たかったのと、彼の調査の状況に興味が
あった」
タチアナは平然と答えた。
「私は午前一時まで発電所の従業員と会っていました。殺されたニシグチの友人です。

彼の勤務シフトの都合で、その時間になってしまい、それからブラノーヴァ医師の部屋を訪ねるしかありませんでした」

グラチョフの顔が赤らんだ。

「イシガミの調査への興味は、医師としてのものですか？」

「もちろん。他に何があるの」

タチアナが見つめたので、グラチョフはさらに顔を赤くした。

「オロテックの勤務医として、わたしはコズロフの身柄の拘束を、国境警備隊に求めます。コズロフは、イシガミだけでなく、島内に居住する者すべてに対し、危害を及ぼす可能性がある」

タチアナは目をそらさず、いった。グラチョフは、だが頷かなかった。

「エクスペールトと明朝、協議し、対応を決める」

「エクスペールトにはわたしから伝える。国境警備隊は迅速な対応をすべきよ」

「島内の治安維持は我々の職務でもあるが、オロテックの社員が関係している以上、エクスペールトの許可が必要だ」

グラチョフはいった。

「つまりエクスペールトの許可がなくては国境警備隊は動かないということ？」

タチアナの顔が氷像のように冷たくなった。

「そうはいっていない」

グラチョフは首をふり、私に目を向けた。

「イシガミは警察官だから、銃に関する知識もあるだろう。『キョウト』で、コズロフのもっている銃を見たか？」

私はテーブルを目で示し、

「それと同じだ」

と答えた。

「ＰＭでまちがいないか」

ロシア人はマカロフ拳銃のことをＰＭと呼ぶ。

私は頷いた。

「それが何なの？」

タチアナが訊ねた。グラチョフは立ちあがり、テーブルの上の弾丸を手にとった。

「仕事柄、私には銃器の知識がある。ＰＭの弾丸は九ミリマカロフ弾だが、この弾丸はそれよりも小さい」

「階段の手すりに当たってから壁に刺さっていた。砕けたのよ」

タチアナはいった。

「イシガミは狙撃されたとき、手すりに弾丸が当たるまで、まったく気づかなかった、といったな？」

「その通り。銃声はまるで聞いていない。サプレッサーをつけた銃を使ったのだと思う」

「コズロフのＰＭにはサプレッサーがついていたのか？」

私は首をふった。

「ついていなかった。ついていたとしても、あれほど音をたてないサプレッサーは、簡単には手に入らないだろう」

「何がいいたいの、グラチョフ少尉」

タチアナが険しい声をだした。

「これはＰＳＳに使用される特殊な銃弾だと思われる」

グラチョフがいった。

「ＰＳＳ？」

私は訊き返した。タチアナの顔がこわばった。ＰＳＳが何であるか、タチアナは知っているようだ。

「ＰＳＳとは何ですか」

私はグラチョフに訊ねた。

「特殊自動拳銃の略称で、別名はレフチェンコピストル。ＫＧＢが開発した暗殺用の消音拳銃だ。ＰＳＳの弾丸は、通常の銃弾とはちがい、カートリッジの中に火薬と弾頭をへだててピストンが入っている。カートリッジを撃発させると、燃焼ガスに押されたピストンが弾頭を射出するが、同時にカートリッジの先端を塞ぎ、ガスの噴出を防ぐ。そのため銃声が発生しない。PSSに使われるSP－4弾薬の弾頭直径は七・六二ミリで、この弾丸とほぼ一致する」

「コズロフは二種類のピストルをもっているということ？」

　タチアナが訊ねると、グラチョフは首を傾げた。

「PSSをもつのは、限られた種類の人間だ。スパイや特殊部隊、あるいはテロリスト。マフィアに渡っている可能性は、ごくわずかだ」

「つまりA－3棟で私を狙撃したのは、コズロフではないかもしれないと？」

　私は驚いたようにいった。その可能性には気づいていた。が、容疑者としてボリスが拘束されたなら、それはそれで歓迎できる。

「照明を消し、消音拳銃で狙撃するのは、マフィアの手口とはいえない。暗殺に慣れたプロフェッショナルのやり方だ」

　グラチョフは答えた。

「でも失敗している」

　タチアナがいい返した。グラチョフは私を見た。

「イシガミはコズロフと日本で会っている。コズロフの犯行だと思うか」

「断言はできません。もしコズロフだったら、一発目を外しても逃げたりせず、止めを刺そうとしたでしょう。犯人はコズロフではなかったかもしれませんが、彼が私を殺したがっている事実はかわらない」

「つまりイシガミを狙っている人間が、この島には複数いる、ということね」

タチアナはいった。私は頷いた。

「『ビーチ』で私が殴られたとき、コズロフはまだこの島にはいませんでしたから」

「その話は初耳だ」

グラチョフがいった。

「彼の背中には打撲傷がある。一昨日(おととい)の夜、誰かが彼を殴りつけたの。わたしがさっき経過を見たいといった、背中の怪我はそのときに負った」

グラチョフは私を見た。

「その話をなぜ昼間、しなかった？」

「問題を複雑化させると思ったのです。私を襲撃した人物の目的がわからない」

「ニシグチを殺した犯人が、つきとめられるのを恐れたのではないか？」

グラチョフの問いに私は首をふった。

「犯人につながるような証拠を、私はまだ見つけていません」

グラチョフは私を見つめた。

「そうと気づかずに手にしているのではないか？　君は見過していて、犯人はいつ気づかれるかと怯えている。それならば、今夜君を狙撃したのは、ニシグチを殺した犯人かもしれない」

「手段がちがう」

タチアナがいった。

「ニシグチはナイフで刺し殺され、イシガミは銃で撃たれた。犯人はなぜニシグチを銃で撃たなかったの？」

誰も答えなかった。私は咳ばらいをした。全員の目が集まる。

「私は、警告かもしれないと考えています。『ビーチ』で私を殴った人物も、今夜狙撃してきた人物も、本気で私を殺す意志はなく、私に調査をやめさせるかこの島をでていかせることを目的としていた」

「だから止めを刺さなかったというの？」

タチアナの言葉に私は頷いた。

「管理事務所に問い合わせて、私を狙撃した人物が監視カメラの映像に残っていないか、調べてください。それとA－3棟の照明を落とすことのできる職員についても」

「それはエクスペールトに求めるべきだな」

答えて、グラチョフは時計を見やった。午前三時になろうとしていた。

「あと数時間もすれば、エクスペールトは起きる。今は就寝中だ。私なら朝まで待つ」

タチアナが皮肉のこもった視線をグラチョフに向けた。

「国境警備隊もエクスペールトには気をつかっているのね」

グラチョフはまた顔を赤くした。

「オロテックとの摩擦を望んでいないだけだ」

「わかりました。そうします」

　私がいうと、安心したように頷いた。

「宿舎に戻るなら、部下に送らせよう。ないとは思うが、同じ晩に二度も狙撃されたくはないだろう」

　タチアナといいたかったが、今夜のところはあきらめることにした。

「ありがとうございます。ぜひお願いします」

　私がいうと、グラチョフはタチアナを見た。

「ブラノーヴァ医師も、別の部下に送らせる」

「わたしは結構。ひとりで帰れる」

　答えて、タチアナは私を見た。

「イシガミ、明日、また連絡する」

「待っています」

　私は頷き、国境警備隊の詰所をでた。

21

　島内携帯の鳴る音が、私を眠りの底からひきずりだした。

「はい」

とっさに日本語で返事をしたが、返ってきたのはロシア語だった。

「今すぐに私のオフィスにきてもらいたい。いったい何が起こっているのか、説明を求める」

パキージンだ。私は体を起こし、時計を見た。午前七時を少し過ぎている。ウォッカを飲み、ベッドにもぐりこんだのは四時近くだった。

「今からうかがいます」

私はいって、ベッドを降りた。バスルームに入り、用を足して顔を洗った。

詰所からの帰りがけ、グラチョフは拳銃を返してくれた。私が日本からもちこんだのではなく、パキージンからの借りものであるとわかったからだ。もし日本からもちこんでいたら、離島するまで預かるところだ、といった。

きのうの昼と夜の二度、グラチョフと話してはっきりしたのは、この島では国境警備隊の隊長より、オロテックのエクスペールトが上位に立つということだ。就寝中のパキージンを起こすのすら、グラチョフは避けた。

防寒着をつけ、マカロフをポケットにさしこんで宿舎をでた。食堂でコーヒーをふたつ買い、管理棟のパキージンのオフィスをめざした。

パキージンは私の顔を見るなり、いった。

「今日未明、PSSを用いて君を狙撃した人物がいる、との報告を先ほどうけた」

私は頷いた。

「グラチョフ少尉が知らせたのですか？」

パキージンは答えなかった。

「島内で発砲事件が起こったことは見過せない問題だ。容疑者を特定できるかね？」

私は首をふった。

「ボリス・コズロフではないのか？」

「私を殺したいと思っているのは確かでしょうが、やり方が彼らしくありません」

私はコーヒーの入った紙コップをさしだして答えた。コーヒーをすすると、少しだが頭がすっきりした。眠けは、宿舎をでた瞬間に吹きとんでいた。今日も風と雪が荒れ狂っている。

パキージンはコーヒーをうけとったが、口をつけずデスクにおいた。

「コズロフがどこにいるのか、わかるかね？」

「ロランという『ダンスクラブ』の従業員かオレク・ベーレンスキーというオロテックの社員といっしょだと思います」

「ギルシュの庇護(ひご)の下か？」

「いいえ。コズロフとギルシュは対立しています」

「なぜわかる？」

「昨夜あれから、私がギルシュといるところにコズロフが現われ、ギルシュを殺すと威したのです」

パキージンの表情はかわらなかった。

「なぜギルシュを殺す?」

「コズロフは、この島におけるギルシュの地位を狙っているようです。それについてはあなたの同意が必要だと思いますが」

私は挑発するようにいってみた。睡眠不足のわりには頭が冴えている。

「ボリス・コズロフと会ったことはない。ギルシュの、この島における地位という君の言葉も理解できない。私はギルシュにいかなる地位も与えていない」

「するとコズロフは、ありもしない地位を求めていることになります」

「ピョートル」の話をもちだすべきか迷っていた。

パキージンはつかのま黙り、いった。

「コズロフは、島内にある慰安施設の経営権を求めている、と理解しよう」

「それについて、コズロフがより高い施設使用料をあなたに払うと提案する可能性がある、とギルシュはいいました。ギルシュの死後になりますが」

「誰かを殺して経営権を入手するような人物と契約はしない」

パキージンの目に怒りが浮かんだ。

「それを聞いて安心しました」

「なぜだ」

「あなたがコズロフのような男と組むとは思いたくない」

「マフィアなどと親しくするつもりはない。なぜそんな疑いをもったのだ？」

「調査の過程で、あなたの以前の職業に関する噂話を聞きました。かつての職場で、あなたは、その、排除の専門家であったと」

怒りを爆発させるかと思ったが、パキージンは平然としていた。

「はっきりいったらどうだ？　暗殺の専門家だったと聞かされたのだろう」

私は頷いた。パキージンの口もとが歪んだ。笑ったのだと少しして気づいた。

「君はそれを信じたのか」

「あなたには、その噂を信じるに足ると思わせる空気があります」

パキージンは私から目をそらし、窓に向けた。踊り、叩きつける白い壁が視界を潰している。きのうより天候はさらに悪化していた。

「君は部外者だから明すが、その噂は私が流した。KGBにいたのは事実だが、暗殺は職務ではなかった。だがそう思わせることで、従業員は私に対し敬意を払う」

「ではKGBを退職後、あなたが経歴をいかした仕事で蓄財した、という噂もあなたが流したのですか。その金をオロテックに投資した」

「馬鹿げている。私はオロテックに入る前はモスクワで警備会社を経営していた。君は私が殺し屋をして稼いだ金をオロテックに注ぎこんだと聞かされたのか」

「一生殺し屋でいたい人間などいない。どこかでまっとうな仕事につこうと考えるでしょう。それも、できれば地位と収入の両方が保証される仕事に」

私はいった。冴えていると思ったが、寝呆けて単に無謀になっていただけかもしれない。

「殺し屋だったからには私がマフィアとつながっていると考えたのだな。誰がそんな話を君にした？　まさかギルシュではないだろうな」

「ちがいます」

「では誰だ？」

パキージンは私をにらみつけた。

「お答えできません。今後の調査に協力を得られなくなる」

やはり無謀だっただけのようだ。

「調査を禁じることもできる」

「マフィアとつながっているという不名誉な噂の原因を作ったのはあなたです」

私はパキージンを見返した。

パキージンは深々と息を吸った。

「この島で、私にそんな口をきく人間はいない」

「その結果、あなたは最も望まない立場に身をおく羽目になっています」

「最も望まない立場？」

「真実から遠ざけられた立場です」

「殺人者をつきとめることがそれほど重要なのかね」

「あなたにはちがうかもしれませんが」

「自分の身を守りたくないのか」

「窓も扉もないまっ暗な部屋に、毒蛇と閉じこめられているのが私です。隅に隠れじっと動かなくても、毒蛇に咬まれるかもしれない」

「毒蛇を殺すほうがいい、と？」

「何もしないで咬まれるよりは」

　パキージンと私は見つめあった。

「君には、私が与えたＰＭがある」

「それが唯一の拠り所です」

　パキージンの頬がゆるんだ。やがていった。

「もしＡ－３棟で君を狙撃したのがコズロフでないのなら、誰だ？」

「この島の人間についてはあなたのほうが詳しい。ＰＳＳをもちこんだのは誰だと？」

「ＰＳＳは、暗殺に使われる。つまりこの島で暗殺を遂行しなければならない立場の者がもちこんだと考えるべきだ。オロテックにそのような者はいない」

「むろん表向きは別の仕事をしているでしょう」

「そういう人物をひとり、君はよく知っている」

「その存在には理由がある、とあなたがいった女性ですか」

　パキージンは頷いた。

「確かに疑わしいとは思っています。狙撃されたとき、私は彼女の部屋に向かう途中でした。私がくることを彼女は知っていた。私がそれをいうと、殺すなら自分の部屋のほうが確実だと彼女は答えました。死体の処分方法を考えなければその通りです」

「殺す気がなかったとしたらどうだ」

「そうであるなら、可能性を否定はできない。それでも彼女には共犯者が必要です。狙撃される直前、A-3棟の共用部の照明が消されました」

「それは事実か」

　私は頷いた。

「階段を登っている途中で明りが消え、私は立ち止まりました。その直後、音もなく飛んできた弾丸が手すりにあたったのです。ちなみに壁にくいこんでいたその弾丸を、彼女が掘りだし、結果PSSから発射されたとわかったのです」

「彼女がそう断定したのか」

「断定したのはグラチョフ少尉です」

　グラチョフはそこまで告げなかったのだろうか。それともパキージンに報告したのは、グラチョフではなく国境警備隊の別の兵士なのか。

　パキージンはデスクの上の電話をとりあげ、私に訊ねた。

「狙撃された時刻は？」

「午前一時二十分前後です」

電話機のボタンを押したパキージンは、応えた相手に告げた。

「今日の午前一時二十分前後、A－3棟の共用部の照明を落とした者がいる。調べろ。今すぐだ」

パキージンは受話器を握りしめたまま待った。やがて答があり、訊ねた。

「管理事務所内ではなく、建物から落としたのか」

長い返事を聞き、

「わかった」

と受話器をおろした。私が届けた紙コップの蓋を外し、ひと口飲んだ。

「A－3棟の照明は、A－3棟屋上にある配電盤で落とされていた。ブラノーヴァ医師の通報をうけ、事務所では別回線で電源を復旧させたそうだ。その後調査した結果、配電盤で落とされていたことが判明した」

「監視カメラに電源を落とした人物の映像は映っていませんか」

「屋上に監視カメラはない」

「階段や踊り場はどうなのです？」

「A－3棟の各階階段前にカメラはある。が、照明が落ちていたので、映像では何かが動いているとしかわからなかったそうだ。照明が復旧してからは、ブラノーヴァ医師と君が映っていた」

「A－4棟の監視カメラはどうなのですか？」

「A‐4棟には一階の出入口以外カメラはない。A‐3棟は女子職員専用だから設置した」

つまり狙撃者はA‐4棟から渡り廊下でA‐3棟の屋上に入り、配電盤を操作して照明を落としてから、私への狙撃をおこなったのだ。タチアナではない。タチアナなら、屋上にあがる前に、カメラに映ってしまう。

「地下通路の監視カメラに、私を尾行している人間が映っていないかを調べられますか。今いった時刻の少し前です」

「ここで調べられる」

パキージンはいって、デスクの上のコンピュータを操作した。やがて地下通路の映像がモニターに映しだされた。

尾行者はいない。映っているのは私ひとりだ。びくびくと背後を警戒しながら、管理棟へとつながる階段を登っていた。

「この映像は、誰でも見られるのですか」

パキージンは頷いた。

「管理事務所のメインシステムにアクセスできる権限をもつ者なら、誰でも自分のコンピュータに映像をとりこめる」

「権限というのはどのレベルです？」

「港湾、プラント、発電所、プラットホームのそれぞれの責任者、及びその補佐。パスワードを知る者」

つまり無制限に近い。誰でも私の居場所をつきとめられるというわけだ。

私は息を吐いた。

「カメラのおかげで安全だと考えるのは大きなまちがいだったということですね。狙撃者はいつでも標的がどこにいるのかを、映像で知ることができる」

「犯罪の抑止を目的として設置したのではない。事故の防止のためだ」

私は頷く他なかった。ひとつだけ明るい情報があるとすれば、タチアナが私を撃った犯人ではなかったとわかったことだ。

「彼女以外にＰＳＳをもちこむ人間はいると思いますか」

「中国の軍用拳銃はＰＭのコピーを採用している。ＰＳＳのコピーが、中国の情報機関で使用されていても驚くにはあたらない」

「しかし中国人には、私を狙う理由がありません」

「ニシグチ殺害の犯人逮捕を防ぎたいと考える中国人がいたらどうだ？」

「それは、ニシグチの殺害犯が中国人だという仮定ですか」

「殺人犯が中国人ではないと断定できる理由が君にはあるのか？」

パキージンにそう訊かれ、私は返事に詰まった。

「ニシグチは中国人との接点がほぼありませんでした。殺意を抱くほどの関係があった中国人がいるとは思えない」

しかたなく、私はそう答えた。

「その前提がまちがっていたら？　ニシグチの死体を発見したのは中国人だ」

私は息を吸いこんだ。ウーが犯人ではない、と私は考えていた。が、ウーと会う直前に「ビーチ」で襲撃をうけたのは事実だ。

「私は当初、ニシグチの殺害犯は日本人だろうと思っていた。君の調査は、ロシア人にもその可能性があることをつきとめた。中国人を排除する理由はないと思うが？」

「私が中国人を容疑者から排除したのは、ニシグチが殺された理由が、この島の歴史にかかわっていると考えたからです。オロテックが作られる前、中国人はこの島に足を踏み入れてはいません」

パキージンはコーヒーをすすった。

「君の知らない、中国人とこの島の関係があるかもしれない」

私ははっとした。

「あるのですか」

「ただの仮定だ。そういう事実を知っているわけではない。だが君も、中国の工作員がこの島にいないと考えてはいないだろう」

「もちろんです。プラントの保安体制を考えれば、情報機関の人間がいることはわかります。ただ、PSSを使えば、犯人が工作員であると認めるようなものです」

「それは狙撃に失敗したからだ。もし成功していたら、わからなかった」

「私の死体から銃弾をとりだせば判明します」

「その解剖はいつおこなえる？　ニシグチの死体ですら、解剖に付されていない。君の死体が、サハリンなりネムロに運ばれて解剖される頃、犯人はとうにこの島を離れている。そうなれば逮捕どころか、容疑者として特定することすら難しい」

「昨夜の犯人と『ビーチ』で私を襲撃した犯人が同一人物なら、殺すことまでは望んでいないと感じています」

「なぜかね」

「『ビーチ』でも、昨夜のA－3棟でも、確かに殺されかねない状況ではありましたが、犯人に確固たる意志があれば、私に止めを刺すことができたのに、それをしなかった」

パキージンは息を吐いた。

「ふつう、殴られたり撃たれたりした人間は、犯人の殺意を感じるものだ。君はそれを感じなかったというのか」

私は首をふった。

「その瞬間は殺されるという恐怖を感じました。今の考えは、あとになって感じたものです」

「コズロフは君に確固たる殺意をもっている。それゆえ君は、昨夜の犯人をコズロフではないと考えている」

「おっしゃる通りです」

「だがコズロフは武装している」

　私は頷いた。

「私と同じPMを所持しているのを見ました」

　パキージンは息を吐いた。

「コズロフを拘束するように、国境警備隊に要請する。オロテックにとって、マイナスにしかならない存在だ」

　私はほっとした。やっと少し安心できそうだ。

　パキージンがその場から国境警備隊に連絡するものと思っていた。が、パキージンはいった。

「ご苦労だった。仕事に戻りたまえ」

　国境警備隊への連絡はしないのですか、という質問を私は呑みこんだ。灰色の目には、それを許さない厳しさがある。

　グラチョフ少尉との会話を、私に聞かせたくないのだ。

「わかりました。コズロフの身柄を拘束したら知らせていただけますか。彼は日本の司法当局からも追われている」

「むろんだ。ただし、取調べる許可を君に与える約束まではできない。コズロフが何を目的にこの島にきたのか、確かめるのが先だ」

　やむをえない。

「『ピョートル』です」

私は告げた。パキージンは首を傾げた。

「何者だと？」

「本名はウラジーミル・ヒョードルフ。ハバロフスクからウラジオストク一帯を支配下におくマフィアのボスです」

「ヒョードルフの名は聞いたことがある。『ピョートル』という渾名なのか」

私は頷いた。

「ヒョードルフは、この島の慰安施設からも利益を得る権利が自分にはあると考え、ギルシュを排除するよう、コズロフに命じたようです」

パキージンは沈黙した。

「コズロフはそのために拳銃をもってこの島にきました。島の状況を知らせる友人や手下もいる。ギルシュさえ殺せば、慰安施設の経営権が簡単に手に入ると考えたのでしょう。しかし私の存在も含め、予想外の展開となり、助っ人を呼ぶ可能性があります」

「助っ人？」

「『ピョートル』に兵隊の派遣を依頼する。ギルシュと私を、コズロフひとりで排除するのは難しいと思えば、そうします。今、コズロフといっしょにいるロランは、もともとはギルシュの手下ですから、ボスに銃を向けられるか微妙ですし、オレク・ベーレンスキーはマフィアではない。オロテックの社員です」

「殺し屋を呼ぶと？」

「ええ。国境警備隊もそれほど数がいるわけではありません。有能な殺し屋のチームが五人もいれば、目的は達成できる」

ロシアは、世界でも有数の、優れた殺し屋の買い手市場だ。軍の特殊部隊やKGBの暗殺部隊崩れが溢れ、簡単に買い叩ける。

彼らが日本に入りこまないのは、装備の現地調達が難しいことと、彼らにそこまでの金を払う組織がないからだ。そこまで魅力的な麻薬市場や売春利権が日本には存在しない。

パキージンは深々と息を吸いこんだ。

「君が奴らの専門家だったことを忘れていた」

私は首をふった。

「やめてください。私は言葉が喋れるという理由だけで、この仕事をさせられているのです」

「だが殺し屋を送りこまれたら、戦う他ない。ちがうかね」

「そうなる前にこの島からでていきたいと思っています。ニシグチ殺害犯を特定して」

「できなかったら？　それでも逃げだすのか」

「上司は私に離脱を命じました。問題は、その手段が今はないことです。天候のせいで船もだせず、ヘリも今、機体が修理に入っている」

「あったとしても、この風では飛べない」

パキージンはいった。そして訊ねた。

「コズロフの背後にヒョードルフがいるという情報はどこから得た」

「ギルシュとコズロフの会話です。ギルシュが『ピョートル』の名を口にし、コズロフは否定しなかった。この島のボスはもうじきかわる、自分に何かあったら、お前ら終わりだ、といいました」

パキージンを最も刺激するであろう、ボリスのセリフを思いだし、いった。

「ボスだと」

案の定、パキージンはつぶやいた。小さく首をふる。

「そのチンピラに、誰がここの責任者であるのかを教えてやろう」

そして出口を指さした。

「今日中にコズロフの身柄を拘束して連絡する。それまで君は、コズロフ以外の誰かに殺されないようにすることだ」

私は立ちあがった。

「用心するようにグラチョフ少尉にいってください。コズロフは、相手が誰であろうと銃口をためらいなく向けます」

パキージンは答えず、私を見つめた。私は彼のオフィスをあとにした。

宿舎に戻った私は、もう一度眠ろうと試みた。ベッドに体を横たえ、目を閉じる。

——今日中にコズロフの身柄を拘束して連絡する。それまで君は、コズロフ以外の誰かに殺されないようにすることだ

パキージンの言葉がずっと頭の奥でリフレインしている。

コズロフ以外の誰かに殺されないようにすることだ。

コズロフ以外の誰かとは誰だ。

「ビーチ」で私を襲った人物。そして昨夜、A－3棟の階段でPSSを発射した人物。

二人が同一人物であるという証拠はない。

だがもし同一人物なら、ボリス・コズロフでないことは確実だ。

ベッドから起きあがり、パソコンをとりだした。「ビーチ」で襲われた直後、メモを作ったのを思いだしたのだ。まず冒頭の、

①「犯人が私を襲った動機」に目を走らせる。

A、犯人は「ビーチ」に近づく者なら誰でもよかった。

B、犯人は私の調査に危機感を抱き、排除しようとした。

これを作ったとき、私は犯人に殺意があったと信じていた。重さのある鈍器で殴りかかられたからだが、銃や刃物ほど確実に命を奪える凶器ではなかった。

そして皮肉なことに昨夜PSSを使って狙撃された私は、三番目の答を思いついた。

C、犯人は私に恐怖を与え、調査を中止させようとした。

BとCは似ているが、少し異なる。Bの犯人の目的は私の排除で、Cは調査の中止だ。

つづいて作ったメモには、

②「犯人が私の調査に危機感を抱いた理由」

とあり、

A、犯人は西口殺害犯で、私に正体を暴かれると考えた。

B、西口殺害以外の島内犯罪、たとえば薬物密売に関する調査を不快に感じ、警告あるいは排除を考えた。

と書いている。このとき私の頭には、ギルシュの存在が大きくあった。彼の店や部下について調べ回る私に対し、不快感を抱いた彼がやらせたのではないかと疑っていたのだ。

今はそうした疑いをギルシュにはもっていない。が、そうであっても②のBの可能性がなくなったわけではなかった。

私の調査を不快と感じる人間が、私の想像の及ぶ範囲外にも存在する。私はそれに気づいていなかったのだ。

西口殺害の捜査に携わり、期せずして私はこの島の過去について知った。九十年前に起きた大量殺人、ソビエト連邦時代に存在した秘密施設。西口が島の歴史に興味をもっていたからこそ、私も知ったのであり、それこそが殺害の動機にかかわっている筈だ。

そしてその過去を暴かれたくないと考える人間が、存在しているのだ。それが何人であるかは、まるでわからないが。

⑤「私を襲った人物と西口を殺害した人物は同一犯か」に目を向けた。
A、同一犯である。ならばアルトゥールは容疑者から除外される。
B、異なる。その場合、②のBが動機である可能性は高い。
「ビーチ」で私に殴りかかったのと、A－3棟で消音拳銃を発射したのがそれぞれ別人であり、しかも西口殺害犯とも異なるという仮定すらできることに、私は吐きけを覚えた。

　だがここは三組もの犯人像を考える前に、「ビーチ」とA－3棟は同一犯であると仮定しよう。

　同一犯と考える理由は、「本気で私を殺そうとしなかった」からである。「ビーチ」でもA－3棟でも、犯人は確実に私を仕留めようとはしていない。

　消音拳銃すらもちだしていながら、〝警告〟で終わらせているのだ。これは奇妙だといわざるをえない。
⑥「再襲撃から身を守る方法」
⑦「襲撃を報告すべき対象」
　の二つを私は削除し、新たな項目をたてた。
⑥「犯人が確実に私を仕留めようとしなかった理由」
A、明確な殺意をもたずに襲撃した。
B、私からの反撃を恐れた。

Aなら、犯人は私に対し反感や嫌悪を抱きつつも本気で殺すつもりはなかった。「もしかすると死ぬかもしれないが、そうならなくとも恐い思いはさせてやろう」という動機だ。

Bなら、犯人は自分が傷つくのを恐れ、さらに正体を決して知られたくないと考えている。特にA－3棟の屋上の配電盤を操作して照明を落としてから狙撃に及ぶという行動が、それを証明していた。

一連の犯行がボリス・コズロフらしくないと感じる理由が、ここにあった。ボリスなら、私を襲撃したと知られるのを恐れないだろうし、中途でやめたりもしない。たとえ誰かに見られようと、私を確実に仕留めようとする。

逆にいえば、この犯人は、「私の知る人物」だ。それゆえに正体を悟られまいとしている。

タチアナ。まず浮かんだのは彼女だった。が、タチアナがA－3棟の狙撃犯でないことは、監視カメラに映像が残されていないことからもわかる。それにタチアナが狙撃犯なら、壁にめりこんだPSSの弾丸を採取しなかったろう。

狙撃の凶器がPSSだと断定されることは、彼女にとり決して有益ではない。実際、グラチョフが銃弾をPSSに使用されるものだといったとき、彼女は顔をこわばらせた。

彼女がただの医師ではないと私が知っていると彼女が確信しているかどうかは不明だが、パキージンやもしかするとグラチョフにも自分の正体を知られていると考えているからこそ、顔をこわばらせたのだ。

タチアナは「島の過去を暴かれたくない」という立場の人間かもしれないが、私を襲った犯人ではない。

ではタチアナ以外にPSSを所持している可能性のある人物は誰だ。

――PSSは、暗殺に使われる。つまりこの島で暗殺を遂行しなければならない立場の者がもちこんだと考えるべきだ

パキージンの言葉を思いだした。この島で暗殺を遂行しなければならない立場の人間が他にいるのか。

ヤン。彼が中国の情報機関に属する人間であることはまちがいない。

――ソ連はかつて、クナシリ、エトロフ、シコタンの三島だけで陸軍一個師団八千人を配備し、エトロフには四十機からなるミグ23の部隊をおいていた。連邦崩壊後も、対艦ミサイル「バスチオン」がエトロフに、「バル」がクナシリに、それぞれ配備されている

彼が私に告げた言葉だ。ロシア製の武器のコピーが中国で使われている事実を踏まえれば、ヤンがPSSを所持していても不思議はない。

ただ、ヤンには私を狙撃する動機がない。

ヤンはこの島に存在したソ連軍の秘密施設に関する情報を集めていて、共同で調査をおこなう提案を私にした。その彼に、私を襲う理由はない。私が負傷したり、万一死亡

したら、彼の調査にはむしろマイナスになる。

　パキージン。襲撃という姑息(こそく)な手段を使わなくても、私の調査を妨害、禁止できる地位にある。パキージンに、私を襲う動機はない。

　ヨウワ化学の社員はどうだ。PSSを入手できるとは思えないが、もし私の調査を不快と感じる者がいるとすれば、それは西口殺害犯以外にはありえない。つまり⑤のAだ。

　オロテックにつとめるロシア人の中に同様の人間がいるかどうか、私にはわからなかった。だが西口殺害に関与した者なら、日本人による調査を警戒している筈で、新参者である私の動向に神経を尖(とが)らせて不思議はない。しかも管理事務所のメインシステムにアクセスできる者なら、誰でもカメラの映像を使って私を監視できる。

　私の想像の及ぶ外に、私の調査を不快と感じる人間がいるとは、そういうことだった。

　私を襲った犯人をつきとめれば、西口殺害犯が特定できるというなら、〝襲われがい〟もある。が、PSSを使用した狙撃は、むしろそれを遠ざけているような気がしてならなかった。なぜかははっきりとはいえないが、西口を殺した者が私を狙撃したとは思えないのだ。

　眠けはすっかり覚めていた。パキージンとグラチョフが、ボリスをいつ拘束するのかはわからないが、このまま閉じこもっているのが賢明とも思えない。それに空腹だった。

　私は防寒着と拳銃を身につけ、食堂に向かった。空腹を満たすのとパクに会うためだった。パクからは、まだ聞ける話があるような気がする。

パクはきのうの朝と同じく、本を並べたテーブルのかたわらにすわっていた。〝客〟と金のやりとりをしている。テーブルには本や雑誌の他にＤＶＤもあった。ケースには入っておらず、どうやら海賊版のようだ。それが映画なのかポルノなのかはわからない。

「おはようございます」

パクは私に気づくといった。いつもより遅い時間だからか、食堂は空いていた。私はイクラのブリヌイを試してみることにした。

「洞窟に何があったのか、わかりました」

私は彼のかたわらにすわり、告げた。パクは私を見た。

「ギルシュさんから聞いたんです。この島の浜には金が打ちあげられることがあり、住民はそれを集めて、洞窟に隠していたんです」

パクの表情は変化しなかった。

「知っていましたか」

「そうかもしれない、とは聞きました」

「お母さんからですか」

パクは首をふった。

「母は何も知らなかったと思います。でも樺太には春勇留島から引っ越した人が他にもいて、そういう噂はありました」

「九十年前の事件は、洞窟に隠されていた金を奪おうとしたものかもしれません」

パクは私を見つめたまま、答えた。

「だったとしても、今さらどうすることもできません。奪われた金は、とっくになくなっています」

「確かにその通りでしょうね」

「犯人は生かしておいた子供や年寄りも恐がらせました。自分たちを捜させたくなかったからです」

「犯人が誰だか通報させないために威した、という意味ですか」

「母はそう思っていました。犯人のことを忘れようと思い、そのうち本当に忘れてしまった。人は、思いだしたくないことを忘れられるといっていました」

「樺太にきてから犯人を見たことも忘れていた？」

パクは頷いた。

「あれから考えていました。母が見たのはロシア人だったのか日本人だったのか、どちらだろう、と」

私はパクを見つめた。

「日本人だったと思います。もしロシア人だったなら、ロシア人だといったでしょう」

「すると春勇留島に住んでいた人だったのですか」

「それが不思議なんです。母は、島の人全員の名前を知っていました。だから会ったら、その人の名をいった筈です」

「つまり山田さんなら、山田さんを見た、といったということですね」

「はい。会ったことはないけれど、春勇留島の日本人の名前を何度も母から聞いたことがあります。隣の家のシバタさん、船をもっていたカワグチさん、仲のよかったワタベさんのところのタツエちゃん、といった具合に。小さい島だから、住んでいる人全員と友だちだったんです」

「にもかかわらず、樺太で見かけた人の名を口にしなかった？」

パクは再び頷いた。

「そうです。名前を忘れてしまったのかもしれません」

「あるいは島の外からきた日本人で、名前を知らなかったとか」

「島の外からくる日本人はたいていショーニンです。薬屋や本屋、洋服屋」

ショーニンが商人であると、あとの言葉を聞いて気づいた。行商人が島を訪れていたのだ。

「名前を知らなくても、薬屋や本屋と呼んでいました」

いってからパクは目をみひらいた。

「そうか。そうかもしれません。商人だから名前を知らないし、樺太でも何かを売っていた」

「何を売っていたのでしょう」

パクは首を傾げた。

「それは忘れてしまいました。でも薬や洋服ではなかったような気がします」

「本。あるいは別の何か、ですかね」

「わかりません。私が島にいたわけではないので」

その通りだ。私は質問をかえることにした。

「戦争が終わってしばらくしてから、ソ連軍がこの島に何かの施設を作ったという話を知っていますか」

パクは瞬きした。

「聞いたことはあります」

「オロテックがこの島に建設されたとき、それまであった軍の施設をすべて撤去してしまったようです。そしてその結果、あの洞窟には、陸からは近づけなくなった」

「神さまの洞窟ですか」

私は頷いた。パクはわずかに沈黙し、

「今も昔も、入ってはいけないところはいけない」

といった。私は声を低くした。

「実は、殺された西口さんは洞窟に入ったかもしれません」

パクは首を傾げた。

「ロシア人の船員に、洞窟まで運んでくれるように頼んでいて、その日に殺されたのです」

「洞窟に入ったからではありませんか」

「洞窟に入ったら、なぜ殺されるのです？」

「神さまのバチがあたったのです」

「お母さんがそう島の人にいわれていたのは、金を隠しているのを秘密にするためだったと私は考えています」

「でも金がないのに西口さんは殺された。それも目を抉られて」

「犯人は九十年前の事件の真似をしたんです」

「なぜ真似をしたんです？」

「それはわかりません。警告なのか、それともむしろ注目させようとしたのか。いずれにしても九十年前にこの島で起こった事件について知っている者がやった」

パクは考えこんだ。ひどくいかめしい表情になる。

「九十年前の事件のことを、樺太やウラジオストクで育ったロシア人なら、皆知っています。日本人はどうですか」

私は首をふった。

「ロシア人より知っている人は少ないと思います。生き残った人はごくわずかだったし、そのあとソ連軍に占領されたこともあって記録は失われてしまいました」

「西口さんは知らなかったのですか。先祖がこの島の人だったのでしょう？」

「そうです。お祖父さんから、ひいお祖父さんが住んでいた頃の島の話を聞き、西口さんは強い興味をもっていたようです。おそらく金の話も聞いていたのだと思います。それで洞窟にいこうと考えたのです」

「洞窟にまだ金があると思っていたのですか」

「ひいお祖父さんは事件のことを知らなかった可能性があります。事件のことを知らなければ、金が奪われたとは考えなかったかもしれない。もちろん手つかずで金がそっくり残されているとまでは思わなかったでしょうが、少しは残されているかもしれない、と」

パクは息を吐いた。

「人間は欲が深いです」

「ええ。昔も今もそれはかわらない」

私の島内携帯が鳴った。

「起きていた？」

タチアナの声に、現代にひき戻された。

「ええ。診療所ですか」

「午前中は休む。今どこ？」

「食堂です」

「あとであなたの部屋にいっていい？　私のところにくるのは不安でしょう。また襲われるかもしれない」

何と答えたものか、わからなかった。確かにA－3棟を訪ねるのは気がすすまない。といって、宿舎の私の部屋にタチアナを迎えいれるのが危険ではないとどうして判断できるのか。狙撃犯がタチアナではないとしても、彼女が私の味方だとは、断言できない。

「あなたに頼まれたことを調べた」

タチアナの声が低くなった。

「頼まれたこと」

「前にこの島にあった施設について調べるよう、わたしに頼んだ。忘れたの？」

「覚えています、もちろん」

「ウラジオストクの知り合いに電話をして訊いた。その話をしたい。いつ頃、部屋に戻るの？」

「一時間以内には戻ります」

「わかった。十一時までにはいく」

告げて、タチアナは電話を切った。私は時計を見た。じきに午前十時になる。

「明日の船で帰るのですよね」

私はパクにいった。

「船がでるようになるまでは帰れません。天気予報では、この風は午後になったらおさまるといっているので、明日の夕方の船はでるかもしれません」

食堂の壁には二台のテレビがかかっていて、ロシアのテレビ番組とNHKの両方が映されていた。

私はいった。

「電話番号を教えていただけますか」

パクは携帯電話をとりだした。その番号をメモした。島内携帯からではつながらない。

「あなたはきっと立派な警察官です」

パクがいった。それを聞いて、私は不意に涙がでそうになった。そんな言葉をかけられるとは思ってもいなかった。

「とんでもない。何をしていいかもわからないし、逃げだしたいとしか考えていません」

「いえ」

パクは首をふり、私の目を見つめた。

「あなたはきっと犯人をつかまえる」

「私はこの島では何の権限もありません。国境警備隊もいます」

パクはもう一度首をふった。

「この島は、もともと日本人の島でした。日本人が犯人をつかまえなければいけない」

「プレッシャーですね」

私はいった。パクは首を傾げた。

「プレッシャーの意味がわかりません」

「いいんです。できる限りの努力はします」

私は笑った。

22

部屋に戻った私は北海道警察の横山にメールを打った。

九十年前、歯舞群島を行商していた商人について君島光枝が父親から何か聞いていないか確かめてもらいたいという依頼だ。今とちがい、島の住人は簡単には北海道に渡れなかった。食料はともかく、衣服や薬などを売りにくる行商人がいて不思議はない。当然、その行商人にも縄張りがあっただろうし、たとえば三ヵ月や半年に一度訪れていれば、それぞれの島の事情に詳しくなったろう。島民の側からも、他の島や内地の情報を与えてくれる数少ない存在として重宝されたにちがいない。

行商人が九十年前の事件の犯人のひとりであった可能性は高い、と私は感じていた。行商人なら、金の存在に気づけたかもしれないし、島民ではないので冷酷な犯行にも及べる。

稲葉からメールが届いていた。安否の確認と荒木との面談での収穫を問いあわせている。

とりあえず生きている、調査は続行中だという返信を送り、パソコンを閉じたとき、ドアチャイムが鳴った。扉にはのぞき穴がついている。

キャップをまぶかにかぶった人物が扉の外に立っていた。キャップの下に押しこんだ金髪がひと房、頬にかかっている。

マカロフを右手に握ったまま、ドアロックを解いた。あたりを見回し、素早い身のこなしでタチアナは扉をくぐった。

タチアナが私の部屋にいる、という状況が現実とは思えず、笑ってしまう。

「何をにやにやしているの」

キャップを脱ぎ、髪をかきあげたタチアナはいった。スウェットの上下と運動靴に、ダウンのロングコートといういでたちだ。コートは「プラダ」だった。

脱いだコートをうけとり、私は壁のコートかけに吊るした。タチアナは部屋を見回した。

「ロシア人の宿舎とかわらないのね」

「好きな場所にどうぞ」

タチアナは空いている椅子に腰をおろした。

「何か飲みますか」

「ビール、ある？」

私は頷き、冷蔵庫から缶ビールをだした。

「走ってきたから喉が渇いた」

タチアナはいってビールを開け、あおった。

「何がわかりましたか」

缶をおろし、タチアナは私をにらんだ。

「ビジネスライクなのね」

私は肩をすくめた。

「正直、あなたとどう接したらいいのか、わからなくなりました。とても魅力的だけど怒っているときもあるし、昨夜はあんなことがあった」

タチアナは頷いた。

「あなたを撃った犯人とニシグチを殺した犯人はちがう」

「ニシグチを殺した犯人がＰＳＳをもっていたなら、それを使った筈です」

タチアナは私の目をのぞきこんだ。

「あなたはわたしを疑った」

私は頷いた。

「あなたがＰＳＳをこの島にもちこむ可能性がある、と教えてくれた人がいたので」

「誰かはわかっている」

タチアナは目をそらした。

「否定はしないのですか」

「何を？　ＰＳＳをもちこんだことを？　わたしはもちこんでいない。そんな任務は求められていない」

「どんな任務なのですか」

「医師として、島民の健康管理にあたる」

「それだけですか」

「オロテックの健康管理」

「オロテックの？」

「操業を妨害したり、企業情報を盗みだそうとする者について情報を集める」

「それも医師の仕事ですか」

「そうよ」

　私はタチアナを見つめた。

「あなたはどこに所属しているのです？」

「どこだと思う？」

「ＦＳＢ」

　ＦＳＢはロシア連邦保安庁の略称だ。防諜（ぼうちょう）と犯罪捜査の専門機関であり、かつてＫＧＢと呼ばれていた組織をそっくりうけついでいる。

　タチアナは横を向いた。

「ＦＳＢではない。ないけれど、依託をうけている」

「権限も与えられているのですか」

タチアナは頷いた。

「オロテックには多くの外国人が勤務していて、それを隠れミノにロシアの国防情報を収集しようとする可能性がある。そういう人物を特定し、活動に干渉する。最悪の場合は島外に退去させる」

「干渉に暗殺は含まれない？」

「通常は」

「通常は？」

「オロテックに潜入した外国工作員の中には、強硬な手段でわたしたちの干渉を排除しようとする者がいるかもしれない。そういう工作員に対抗する必要が生じれば、武器を使う場合もある」

「それはあなたではない？」

「わたしじゃない」

「つまりあなた以外にもＦＳＢの依託をうけた人物がこの島にはいるのですね」

「答えられない」

タチアナはいった。ビールを呷(あお)り、空になった缶を握り潰す。意外に握力が強い。

「それが誰だか答えなくてもかまわない。問題はその人物がＰＳＳをもっているかどうかです」

私はタチアナの目を見つめた。タチアナは無言で見返した。

「答えてください」

「そんな話をしにきたのじゃない」

タチアナは立ちあがろうとした。私は腕をつかんだ。ふりほどかず、タチアナはそれを見た。

「この島にいられなくなってもいいの」

「誰がこの島にいたいといいました。私を殺すと公言しているマフィアがいるような島に。本当はさっさとここをでていきたかった。なのに海が荒れ、ヘリコプターも使えない。この島にきたのは上司の命令で、きてよかったと思ったのは、あなたと仲よくなれたときだけだ。そのあなたに会おうとしたら、ＰＳＳで狙撃された。今の私に、この島にいたい理由なんてありません」

「ニシグチを殺した犯人はどうでもいいの？」

「ニシグチを殺した犯人と私を襲撃した犯人は別で、今重要なのは、私を襲撃した犯人です。あなたはその人物を知っていて、かばっている」

当てずっぽうでいった。が、タチアナは否定しなかった。

「手を離して」

冷ややかにいった。私は手を離した。

タチアナは私を見た。

「あなたがその人間に襲われることはもうない」

「なぜわかるのです」

「彼はあなたを誤解していて、その誤解をわたしがといた」

「誤解？」

「あなたが警官であるとわかったとき、この島のことを調べにきた日本の工作員だと考えたの。殺人の捜査にあたるフリをして、オロテックを嗅ぎ回るつもりだと。あなたが中国国家安全部の人間と接触したので、まちがいないと確信した」

「中国国家安全部の人間とは誰のことです」

「この島ではヤンと名乗っている。彼には部下がいて、その部下がニシグチの死体を発見した」

「ウーのことをいっているのですか」

タチアナは頷いた。

「私はウーを『ビーチ』に呼びだした。ヤンの前では訊けない話をしようとして。それを中国国家安全部との接触だと考えたのですね」

タチアナは無言だ。

「私が『ビーチ』にいったとき、あなたのいう、誤解をした人間も『ビーチ』にいた。偶然ですか」

「あなたはこの島にきたときから監視されていた。すべての動きをチェックされていたのよ」

「つまり私を襲うために『ビーチ』にきた」

「あなたのとった行動はひどく不審で、ニシグチが殺されたことへの報復を考えていると思われたの」

「報復？」

訊き返し、気づいた。

「ニシグチのことも日本の工作員だと思っていたのですね」

「彼は島にきて日が浅かったにもかかわらず、多くのロシア人と接触し、この島について調べ回っていた。当然、注目を集める」

「その結果、あなたの仲間がニシグチを殺したのではありませんか」

「ちがう。それについては厳しく問い詰めた」

「問い詰めた人物の名を教えてください。その人間が私に向けてＰＳＳを発射したのでしょう？」

「わたしを犯罪者にするの？　答えたら、わたしは裏切り者になる」

「どうやって誤解をといたのです？」

タチアナは首をふった。

「いわない」

私とタチアナは見つめあった。タチアナの目の奥に悲しみのような色があった。私は驚き、思わず言葉に詰まった。

「この島での任務は、わたしのキャリアの中ではとても重要だった。ニシグチが殺されたことで、それがとても危うくなっている。あなたも政府に身をおく人間ならわかるでしょう?」

「ロシア政府は何を守りたいのですか」

タチアナは泣き笑いのような顔になった。

「それを答えたらわたしは終わりよ」

「ではこう訊きましょう。ロシア政府が守りたいのはオロテックなのか、それ以外の何かなのか」

タチアナは冷たい表情に戻った。

「オロテックじゃない」

「ニシグチを殺したのは、本当にあなたの仲間ではないのですか」

「ちがう」

「その人物と話をさせてください」

「できるわけがない」

「つまり彼はまだ私に対する誤解をといていない。あなたはただ干渉をやめさせようとしただけで」

タチアナは肩をそびやかした。

「それはまちがっていた? 寝た男が殺されても平然としていればよかったの?」

私は深呼吸した。

「そのいいかたは卑怯です。あなたが私と寝たのは、恋愛感情からではない」

タチアナの目がくるくると動いた。

「興味からよ。職業としての興味、女としての興味。嫌悪を感じるような男には決して興味をもたない」

「それが、いいわけですか。私が工作員ではないと、どうして相手を説得できないのです？」

タチアナはみひらいた目で私を見つめた。

「答えましょうか。その相手ともあなたは寝たからだ。その結果、向こうは任務と感情を分けて考えられなくなっている」

タチアナは顔をこわばらせた。

「彼は私を工作員だと疑っただけでなく、嫉妬の感情から襲撃した」

「だとしてもあなたを殺すつもりはなかった。国境警備隊の詰所で、犯人が本気であなたを殺すつもりではなかったというのを聞いて、わたしは気づいた。彼はあなたをこの島から追いだしたい」

「ニシグチのときは殺したのに？」

タチアナは激しく首をふった。

「ちがう！　彼は殺していない」

ドアチャイムが鳴った。タチアナははっと息を吞み、小声でいった。

「彼よ。わたしと連絡がつかないからここにきた」

「なるほど。監視カメラの映像をたどれば、あなたがこの建物に入ったとわかるわけだ」

再びチャイムが鳴った。タチアナは首を強く振った。切迫した声でいった。

「では駄目。二人でいるところを見られたら、わたしがスパイにされる」

私がテーブルにおいたマカロフを見た。

「それをもっているところを見られたら、あなたも確実に工作員だと見なされる」

私は扉を見た。ロックされている。だが外にいる人物は合鍵をもっているかもしれない。

マカロフをつかんだ。ドアノブが回った。だがロックのせいで扉は開かなかった。

マカロフをかまえたまま、私は忍び足で扉に近づいた。のぞき穴から外にいる人間を見届けるつもりだった。

のぞき穴に目をあてた。人影はなかった。

私は息を吐いた。冷たい汗がわきの下を流れ落ちた。

ふりかえり、タチアナを見つめた。

「なるほど、彼か」

とっさにいった。誰も見ていないが、タチアナはそれを知らない。

「まだいるの？」

　私はのぞき穴に再び目をあてた。

「今、離れていくところだ」

　吊るしたタチアナのコートのポケットの中で電話の振動音がした。

「でないのですか」

　タチアナは目を閉じ、首をふった。

「あなたがこの島にくる前、わたしは上司に、彼の現在の任務に対する適性には問題がある、というリポートを送った。そのことが上司から彼に伝わって、激しく怒った。わたしが彼と寝たにもかかわらず、そういうリポートを送ったことを裏切りだと思ったのね。実際は、寝たのも彼の適性を知るためだったのに」

「つまりその時点から、彼とあなたの関係は悪化していた。ちなみにそれはニシグチが殺される前ですか、あとですか」

「前よ」

「ニシグチとは寝ていませんよね」

　タチアナは苦笑し、首をふった。

「まさか。彼とは話したこともなかった」

「あなたとの関係の悪化が理由で、外国工作員の疑いをかけた人間に対し、彼が強硬な手段をとったとは考えられませんか」

「それはない。あなたに対する感情とニシグチにかけていた疑いは別よ」

「初めて会ったときから、私に好意的ではなかった」

わざといった。

「診療所にくる患者すべてに対し、彼はそういう態度をとる。診療所では、わたしの立場が上になる。それが気にいらない。工作員としては、彼のキャリアのほうが長いから」

「イワンとあなたの年齢の差は？」

「彼のほうが二つ下だけど、工作員としてのキャリアは彼が四年長い」

「彼はこれまで誰かを殺したことがありますか？」

私は感情を顔にださないよう努めながら訊ねた。タチアナは首をふった。

「わたしの知る限り、人を殺したことはない。もともと暴力的な人間ではない」

「あなたに対する感情が理由で暴力的になったのかもしれない」

襲撃者がイワンだと判明したことで、少し心に余裕が生まれた。会ったこともないロシア人から命を狙われていたわけではなかった。

「しかもＰＳＳをもっている」

タチアナは目をそらし、頷いた。

「ＰＳＳは、この島の前の任務で支給されたものだといっていた。それをもちこんだのは護身用だと」

「あなたも銃をもっていますか」

　タチアナは頷いた。

「任務につくときは所持が義務づけられている」

「今も？」

「まさか」

　タチアナは笑った。作り笑いとすぐにわかった。

　私はタチアナを見つめた。

「改めていいます。私は日本の工作員ではありません。この島にきたのはニシグチの殺害で動揺している、オロテックの日本人社員を安心させるためでした。同様にニシグチも工作員ではなかった。彼が興味をもっていたのは金です」

「金？」

「ええ。今もこの島の資源となっている漂砂鉱床には金が含まれています。九十年前までこの島に住んでいた日本人は、浜に打ちあげられる金を集め、村の共有財産として隠していたのです」

「それでニシグチは島の歴史をいろいろ探っていたのね」

「そうです」

「その金はどこに隠されていたの」

「今私たちがいる建物の下、海岸の岩場にある洞窟です」

タチアナの表情が暗くなった。洞窟について何か知っているようだ。

「九十年前に起こったという殺人事件は、その金が理由なの?」

「おそらく。九十年前、この島の住民三十八名が殺され、生き残ったのは老人と子供の十数名だけでした。当時洞窟には、島民にとっての信仰の対象があるとされ、子供は立ち入ることを禁じられていた」

「よくそんなことがわかったものね」

「生き残った少女の息子がこの島にきています。彼は金のことなど知りませんでした」

「息子?」

「『本屋』です」

「イワンがいっていた行商人ね」

「そうです。彼の母親は日本人で、九十年前までこの島にいました」

再びタチアナのコートの中で振動音が鳴り始めた。

「でたほうがいい」

「何というの? ここであなたといる、と?」

私は首をふった。思いつき、訊ねた。

「イワンの出身はどこです」

「カスピ海沿岸のどこか。父親は海軍の将校で、あちこち転々として育ったと聞いた」

「ウラジオストクにいたことは?」

「あったと思う。それが何か？」

「子供の頃いたなら、九十年前の事件の話を聞かされている」

「そんな歳じゃない」

「クラブ『エカテリーナ』で働く二十歳くらいの娘も知っていた」

「だとしてもそれが何なの？」

「ニシグチを殺した犯人は、明らかに九十年前の事件を意識していた。だからこそ目を抉った。イワンがニシグチを殺し、九十年前の事件と関係があるように見せかけたのかもしれない」

「イワンじゃない」

「なぜ、そう断言できるのです？」

タチアナは深々と息を吸いこんだ。

「ニシグチが殺されたとき、イワンはわたしといた」

「何月何日のことをいっているのですか」

「三月十日よ。前の晩から朝まで、わたしはイワンの部屋にいた」

「イワンの部屋というのはどこです」

「A－4棟の三階にある」

私は胸に痛みを感じた。タチアナがイワンの部屋に泊まったと聞いて、嫉妬の感情がこみあげたのだ。

「それが初めてですか」

　タチアナの目が冷たくなり、胸の痛みがさらに増した。

「答える義務はないけれど答えてあげる。初めてじゃない。彼がわたしのリポートに激しく怒ったので、それをなだめるために彼の部屋にいた」

「私と寝たこともイワンは知っているのですか」

「疑っている。否定はしたけど」

　私は息を吐いた。タチアナは自分の体を調査の道具として使うことをためらわない。その結果、彼女に恋愛感情を抱いた男によってトラブルが生じている。

「私が工作員であるかを知るために、あなたは私と寝た」

「はっきりいうのね」

「その結果、工作員ではないと確信した。しかしそれをイワンにはいえない」

　タチアナは顔をそむけた。振動音が鳴りやんだ。

「嫌な男ね」

「トラブルの原因を作ったのはあなただ」

　いいすぎかもしれないと思ったが、タチアナは無言だった。

「この島にあった施設について教えてください。さっきあなたは、ウラジオストクの知り合いに電話で問い合わせたといった」

「ごめんなさい。あれは嘘。そういわなければあなたに会えないでしょう」

「何のために私に会うんです」

「あなたのことが心配だったから」

「イワンがまた私を襲うと思ったのですね」

いってから気づいた。

「昨夜遅く私を呼びだしたのは、イワンにいわれたからですか？」

タチアナは首をふった。

「ちがう！　彼はずっとあなたを監視していたの。あなたが発電所からA－3棟にくる映像を見て、わたしと会うつもりだと気づいたのよ」

「嘘だ」

「嘘じゃない！」

「では彼をここに呼んでください。直接、彼から聞く」

タチアナは目をみひらいた。私が目をそらさずにいると、目を伏せた。

「あなたの電話を監視したの」

「電話を監視した？」

「オロテックから支給される携帯は、番号を登録すれば会話をすべて録音できる。あなたやヤンに支給された携帯は録音されていて、管理事務所のコンピュータでそれを聞くことができる。イワンにその権限はないけど、管理事務所に協力者を作ったの。それであなたがわたしの部屋にくると知っていた」

ヤンはそれを知っていたのだ。私はサポートセンターの坂本の言葉を思いだした。プ、ラント、の周辺では電話もつながらない、といっていた。

「権限があるのは誰です？」

「エクスペールトだけよ」

タチアナはパキージンとも寝たのだ。だからこそ知っている。

「何なの」

「島内携帯での会話が録音されているとイワンに教えたのはあなたですね」

タチアナは大きく息を吸い、頷いた。

私は思わず首をふった。タチアナを哀れに感じた。体で得た情報は、体を通して流れでて、結果、彼女のマイナスに働いている。

「わたしが本気であなたを心配しているのが信じられないの」

「信じます。あなたは正直すぎる。それがトラブルの原因でもある」

「でも、ある？」

「もちろん美しいことが一番の原因です。こんな島にあなたのような美人がいれば、皆夢中になる。あなたの気を惹くためなら、何でもするでしょう。問題は、そういう男たちに対してあなたがごほうびを与えすぎたことだ」

タチアナは殴られたような表情になった。

「ひどいことをいうのね」

「襲われたのは、あなたではなく私だ」

タチアナは唇をかみ、私を見つめた。

「わたしはどうすればいいの」

「本当にイワンを説得することです。このままでは、いずれ彼は、あなたとの関係が疑わしい人間すべてに危害を及ぼしかねない」

タチアナは首をふった。

「そこまで馬鹿じゃない。彼は、任務とわたしとの関係を混同しているだけよ」

「だから危険なんです！　恋敵はすべて敵の工作員だと思いこみかねない」

タチアナと私はにらみあった。やがてタチアナは息を吐き、

「わかった。彼ともう一度話す。上司にもいって任務から外す」

といった。

「彼がそれをうけいれるといいのですが」

「キャリアは短くても、地位はわたしのほうが上。最終的にわたしの指示を、彼はうけいれざるをえない」

「あくまでもそれを拒否したら？」

タチアナは首を傾げた。

「どういう意味？」

「最後はあなたに怒りが向かう」

タチアナの目に強い光が宿った。

「そのときは、わたしが対処する」

恐怖は感じていないようだ。

「わかりました。では、もう一度あなたにお願いします。この島にあった施設について情報が欲しい。ニシグチの殺害犯をつきとめるためには、その情報が必要です」

タチアナがそれについて知っているのはまちがいない。ロシア政府が守りたいのはオロテックではない、と彼女はいった。

「それをあなたが手に入れることは許されない。もしそうしようとするなら、結果として工作員と同じ扱いをうける」

「そこまで守るべきものなのですか」

タチアナは答えなかった。不意に私の首に両手を回し、引き寄せた。

また色仕掛けかと思ったがちがった。

「イシガミ。あなたとわたしの関係は、今日で終わり。これからは医師と患者でしかない。一度だけだけど、いい思い出になった」

耳もとでいって、体を離した。とっさのことで、私は何といっていいかわからず、タチアナを見つめた。

「さよなら」

タチアナはいって、壁からコートをとり着こんだ。扉を開け、外にでていく。冷たい空気が流れこみ、一瞬で寒けを覚えた。

扉が閉まった。軽い靴音が遠ざかり、私は何か夢でも見ていたような気持になった。もちろん夢ではなかった。テーブルに残された、潰れたビール缶に残るルージュの色がそれを物語っていた。

23

扉に鍵をかけ、立ちあげたパソコンの画面を見つめていた。見つめてはいたが、思い浮かぶことはなかった。

何かを得たわけでもなかったから失ったわけでもない。そう自分にいい聞かせていただけだ。

失ったような気がして、しかたがなかった。

時刻は午後二時を過ぎていた。ボリスの身柄の確保は終わっただろうか。

皮肉な話だ。ボリスがいなくなっても、イワンという代わりが現われた。

島内携帯が鳴った。

「イシガミです」

「パキージンだ。コズロフといっしょにいる可能性がある社員だが、オレク・ベーレンスキー以外に誰か知っているか」

「いいえ。あとはギルシュの手下のロランしか思いあたりません」

「ベーレンスキーの部屋に、ボリス・コズロフはいなかった。ロランは所在が不明だ」

「今はどちらです」

「オフィスにギルシュといる。コズロフをグラチョフと部下が朝から捜しているが、見つかっていない」

「今からうかがってよろしいですか」

パキージンとギルシュが二人でいるという光景が想像つかない。

「待て」

ギルシュと会話をする気配があって、

「いいだろう、待っている」

と告げてパキージンは電話を切った。

ボリスが島の中を逃げ回っているのだとすれば、私とでくわす可能性もある。そのときはためらわず、私を撃つだろう。

マカロフの薬室に初弾を装塡し、安全装置をかけてポケットにつっこむと、部屋をでた。

犯罪者が警察官に敵意を抱く理由は単純だ。仕事——金儲けを邪魔し、刑務所にぶちこもうとするからだ。警察官さえいなければ、仕事はやりやすい。

ボリスの場合はもう少し複雑だ。だまされたことへの恨みが加わっている。

潜入捜査の第一歩は、犯罪者の信頼を得ることから始まる。できる奴だと思われ、頼れる仲間になれるよう、努力をする。

プロの犯罪者には、自分を大きく見せたがる傾向がある。人を殺したことがないのに、何人も殺してきたといったり、過去の犯罪で得た稼ぎを何倍にもふくらませて自慢する。潜入捜査官はそんな見栄を張らない。過去の犯歴を吹聴すればボロがでる可能性がある。控えめな態度で、しかし求められた仕事はきちんとこなす。

結果、「おとなしいが仕事はできる」という評価をされ、仲間から信頼されるようになる。犯罪組織のボスにまで登りつめることはないが、二番手、右腕的な立場におかれることは多い。

そういう人間が実は潜入捜査官であったとわかったとき、大きな恨みを買う。信頼の深さと恨みの大きさは比例するのだ。

ボリスは私を「天才」と呼び、取引には必ず同行させた。警察官とはおそらく疑っていなかった。正体がバレたのは、池袋署の暴力団担当刑事が〝恩を売るため〟に流した内偵情報が暴力団から伝わったからだ。

もともと「お巡りではないか」と疑っていた人間が潜入捜査官だったと判明するのと、仲間と信じていたのを他者からの密告で潜入捜査官であると知るのとでは、怒りに大きなちがいがある。

潜入捜査中に正体が発覚すれば、決して無事ではすまない。よくて袋叩き、ほとんどの場合は殺される。殺されるのも、警察官と知った上で殺すのだから、遺体を発見されないように、埋められるか沈められるのが基本だ。

その上で、殺されかたに差が生まれる。

疑われていたのが発覚したのであれば、頭に一発、で終わらせてもらえる可能性もある。信頼を得ていたら、そうはいかない。時間をかけ、苦痛と恐怖をたっぷり味わうことになる。一寸刻み五分試しという奴だ。

私にとって唯一の救いは、この島でそれをする余裕がボリスにない点だ。ギルシュが仲間だったら、私をさらって痛めつけることもできたろうが、現状では出合いがしらに弾丸を撃ちこむくらいのものだ。

もちろんそれでも死は死だ。痛いだろうし、苦しむだろう。が、痛めつけられ殺されることを考えれば、かなりましといえる。

正体が露見した潜入捜査官の死体を、過去二度、見たことがある。犯罪組織に拉致され、救援に向かったものの間にあわなかった。

ホラー映画のような現場だった。死体の顔には安堵(あんど)の表情があった。理由は、苦痛から解放されたからだ。死を願い、かなえられ、感謝していたと、逮捕されたマフィアのメンバーがいうのを聞いたとき、私は吐いた。

イワンへの対処はさらに厄介だ。おそらく昨夜以上に憔悴(しょうすい)し、私への憎しみをたぎらせている。タチアナが私の宿舎に入り、電話に応えなかったことで、嫉妬の感情をふくれあがらせたにちがいない。

工作員の訓練を受けたイワンは、私を日本の工作員であると思いこんでいて、タチアナがそれを否定しても、裏切りととるだけだ。イワンにとって、タチアナの行為は、国家と自分の両方に対する反逆にしか思えない。

イワンは、私を排除する正当な理由を得たと考えるだろう。次は威しではなく、ＰＳＳを発射する。

地下通路を、私は防寒着のフードをかぶって駆け抜けた。監視カメラで位置を確認されないためだ。もし通路で待ち伏せされていたら、そのときは撃ち合うしかない。

ボリスとイワンと。どうしてこんな危険な島に閉じこめられる羽目になったのか。稲葉を恨んだ。ここに派遣したのは稲葉だ。

なにが「しばらく東京を離れられる仕事がある。マフィアとはかかわらない」だ。

ポケットの中で握りしめたマカロフのグリップが汗でぬらついた。ボリスかイワンか、どちらかが今、目の前に現われたら、問答無用で私は撃つだろう。

だからなのか、管理棟のエレベーターにひとりで乗りこんだときは安堵で膝が砕けそうになった。

パキージンのオフィスに足を踏み入れた私を見て、すわっていたギルシュがいった。

「なんてツラしてやがる」

パキージンは無言で眉をひそめると立ちあがり、デスクのひきだしからウォッカの壜をとりだした。紙コップに注ぎ、私にさしだす。

私はうけとり、口にあてがった。大量ではないが、ひと息では飲み干せない。むせないですみそうな量を飲んだ。喉が焼け、そこから下が熱くなった。

思わずため息がでた。

「すわれ」

ギルシュが自分のかたわらの椅子を示し、私は紙コップを握ったまま腰をおろした。

思わず笑いがこみあげた。この島で、最初に私にやさしくしてくれたと思ったのはタチアナだったが、彼女のせいで襲撃される羽目になった。今、私にやさしくしてくれるのは、初めて会ったとき「叩きだす」とすごんだ強面のボスだ。

笑う私に、ギルシュは眉をひそめた。残りのウォッカをあおった。

「大丈夫か」

「ああ」

私は頷き、空になった紙コップを握り潰した。

「ボリスが見つからないと聞いた」

「ロランもいない。エクスペールトの話では、オレクは今朝、プラットホームに戻るといってボートをだしたそうだ」

ギルシュがむっつりといった。私はパキージンを見た。

「ボートを？　海が荒れているのに誰も止めなかったのですか」

「波はだいぶおさまってきている。プラットホームでの作業は難しくても、航行の許可はでていた。船酔いをする人間にはつらいだろうが、定期船も明日には運航を再開する筈だ」

パクも同じようなことをいっていた。

「プラットホームに問いあわせましたか」

私の問いにパキージンは頷いた。

「オレク・ベーレンスキーは、持場に戻っている。しかしプラットホームにオレクの乗ったボートが到着したのは、午後二時だった。港をでたのは午前八時だ。波があり、スピードをだせないとしても、港からプラットホームまでは一時間もあれば到着する」

「つまり、寄り道をしていた」

「五時間あれば、ゼリョーヌイやユーリ、ハルカルに寄ることも可能だ」

パキージンは歯舞群島の名を口にした。ゼリョーヌイは志発島、ユーリが勇留島、ハルカルは春苅島のことだ。

「人は住んでいるのですか」

「ハルカルにはいないが、ゼリョーヌイには海産物の加工場があるし、ユーリには季節労働者の宿舎がある。どちらも住民がいるし、定期船の寄航もある」

「オレクがボリスをどちらかの島に逃がしたと？」

「ロランもいっしょだ」

ギルシュが答えた。私はギルシュを見た。
「あんたを裏切ったのか」
「奴は国境警備隊に知り合いがいた。グラチョフがボリスをつかまえようとしていると
いう知らせがいったのだろう」
「それで逃げだしたのか」
「ロランは俺のところには戻れねえ。ボリスがつかまったら、ピョートルに泣きつこう
にも、あいだをとりもってくれる奴がいなくなる」
「マフィアどもが勝手にこの島を縄張り争いの材料にしている。そんな真似は決して許
さない」
パキージンがいった。
「ボリスは戻ってくる。執念深い上に、自分の利益を人に奪われるのが我慢できない性
分です」
私はいった。
「ボリス・コズロフに上陸する許可をオロテックはだしていない。許可を得ていない人
間が上陸して、その身に何が起こったとしてもオロテックは関知しない。君ならその意
味がわかるだろう」
パキージンは私を見つめた。私は息を吐いた。
「あなたの期待に沿えるとは思えません。ボリスはこの島をでていったし、戻ってくる

としても、そのとき私はいない」

「君の仕事は終わっていない。ニシグチ殺害犯をつきとめていないのだろう」

「確かにつきとめてはいませんが、ボリス・コズロフは犯人ではありません」

「犯人は誰なんだ」

　ギルシュが訊ねた。私はギルシュに目を移し、首をふった。

「それを知るには洞窟に渡る必要がある」

「なぜだ」

　今度はパキージンが訊ねた。

「殺された当日、ニシグチは洞窟に渡ろうとしていました。アルトゥールにその手配を頼んだ」

「アルトゥールはサハリンにいるのに、どうしてそんなことがわかった?」

「本来ならニシグチはもうひとりの友人と洞窟に渡る筈でした。しかしその友人は当日病気になり、いけなくなった。本人から聞きました」

「信用できるかね? その友人がニシグチを殺し、いかなかったといっているのではないのか」

「もしそうなら、決して私に話さなかったでしょう。ニシグチが洞窟に渡ろうとしていたことは彼とアルトゥールしか知らず、アルトゥールはつかまっています。それに彼にはニシグチを殺す理由がない」

「ニシグチが殺された理由を、君は知っているのか」

「答は洞窟にあります」

パキージンの目を見つめ、私はいった。

「九十年前にこの島で起こった大量殺人の動機も、洞窟に隠されていたものでした」

「おいおい、まだあるというのじゃないだろうな」

ギルシュがいったので、パキージンはギルシュを見やった。

「何があるというんだ？」

「金です」

私が答えると、パキージンは首をふった。

「ありえない。洞窟には何もない」

「あなたは入ったことがない、と以前私にいった。入ったことがないなら、何もないと断言できないのではありませんか」

パキージンは私をにらみ、息を吸いこんだ。

「何もないといった部下の話を、私は信じている」

「何もないなら、私が調査に向かってもかまいませんね」

ギルシュが私を見やった。あきれたような表情だった。もしかすると感心しているのかもしれない。

「どうやって調査する？　崖を降りるのか」

「ボートが使えるといいのですが。アルトゥールのように、乗せてくれる船員を捜します」

まさかヤンに協力を頼むとはいえない。

パキージンは私をにらんだ。

「それとも、私といっしょに洞窟にいっていただけますか？」

「俺はいく」

ギルシュがいったので、パキージンは驚いたように訊ねた。

「なぜだ」

「ひい祖父さんの話をしたろう。子供の頃から、ずっといってみたいと思っていたんだ」

答えてギルシュはにやりと笑った。

「ニシグチと同じだな」

私はいった。

「別に金があると思っているわけじゃない。ただの好奇心だ」

「好奇心はときに命にかかわる災難をもたらす」

パキージンがいった。私はパキージンを見つめた。

「あなたは反対なのですか」

パキージンは答えなかった。ぎりぎりの駆け引きだ。あまりに追いつめれば、パキージンは地位を笠にきて、洞窟への渡航を禁じる可能性があった。

「エクスペールトは、洞窟にあるものを俺たちに見せたくないのさ」

ギルシュが私の側についた。パキージンは息を吐いた。

「君の目的はニシグチ殺害犯の捜査ではないのか。ロシア政府の機密を探るスパイだと疑われてもいいのか」

「おっと」

ギルシュがつぶやき、私を横目で見た。

「そうなのか」

「まさか。しかしそう疑っている人間は他にもいる」

「PSSで君を狙撃した人物だな」

パキージンがいい、私は頷いた。

「『ビーチ』で私を襲ったのも同じ人物です。彼はニシグチにもスパイの疑いをかけていた」

「そいつが殺したのか」

ギルシュが訊いた。

「いや。そうなら簡単だが、彼にはアリバイがあった」

「誰なんだ」

ギルシュがじれったそうにいった。私はパキージンから目をそらさず告げた。

「あなたはご存じの筈だ」

パキージンの表情はかわらなかった。ギルシュはわけがわからないというように、私とパキージンを見比べている。

「君と私の考えている人物が同じなら、動機はひどく個人的なことだ」

「ええ。嫉妬です。ちなみにニシグチには嫉妬される理由はありませんでした」

パキージンは横を向いた。

「君が気づいたのは、彼に殺意がなかったからか」

「いえ、彼女から聞きました。しかも今は殺意をもっている。今朝、彼女は私の部屋にきて、その話をした。彼は彼女を追いかけ回していて、おそらく逆上している」

「いったい誰の話をしてるんだ?!」

ギルシュが声を荒らげた。

「タチアナ・ブラノーヴァ医師と看護師のイワン・アンドロノフだ」

パキージンが答えた。

「あの女医が何だってんだ」

「二人はFSBだ」

パキージンがいったので、ギルシュは目をむいた。

「FSBだと。なんだってFSBがこの島にいる。産業スパイの取締りか」

「それもある。が、オロテックよりもっと重要なものを守ろうとしているようだ」

答え、私はあと戻りができない言葉を口にしてしまったと気づいた。

「それが何であるか、ブラノーヴァ医師は君に話したのか」

パキージンの表情が険しくなった。この男にブラフは通じない。聞いていると答えたら、身柄を拘束されるかもしれない。

「残念ながら聞いていません」

「君が洞窟にこだわる理由は、それを知りたいからではないのか」

「私が知りたいのは、ニシグチを殺した犯人です。ＦＳＢが守りたいのが何であろうと、それが洞窟にないものであれば、私にとってはどうでもいい」

パキージンは首をふった。

「信用できない」

デスクにおかれた電話が鳴った。パキージンは私から目をそらさず、受話器をとった。

「はい（ダー）」

「わかった」

相手の声に耳を傾け、

と答えて、受話器をおろした。

「グラチョフ少尉からだ」

「奴が見つかったのか?!」

ギルシュが声をあげた。パキージンは首をふり、私をにらんだまま答えた。

「イワン・アンドロノフがブラノーヴァ医師を人質にして診療所にたてこもっている。アンドロノフはPSSを所持していて、君を呼べ、といっているそうだ」

　喉が一瞬で渇いた。私は手の中の紙コップの残骸に目を落とした。恐怖がこみあげる。

　パキージンがデスクのひきだしからマカロフをとりだした。弾倉をあらため、遊底を引いて初弾を装塡した。腰のベルトにはさみ、私に訊ねた。

「もっているか」

　私は無言で頷いた。

「よろしい。ではいこう」

「待ってください。私が交渉にいくのはかまわないとして、彼と撃ち合いになるのは避けたい」

「怖気づいてやがる」

　ギルシュが吐きだした。

「もちろんだ。私は日本人で、イワンはロシア政府機関の人間だ。何かあったとき、ロシアの法律はどちらの味方をする？」

「なるほど」

「私が証言してやる。いった筈だ。この島の最高責任者は私だと」

　パキージンがいった。その言葉を信じるしかない。逃げだすのはどう考えても不可能だ。

私は頷き、立ちあがった。泣きたい気持だった。タチアナの誘惑に負けなければ、こんなことにならなかった。

「俺もいくぞ」

ギルシュがいい、パキージンは止めなかった。

エレベーターに乗りこみ、自分の考えちがいに気づいた。タチアナと寝なくても、同じ事態は起こった。イワンは私にスパイの疑いをかけた。その上でタチアナと親しくしていると思いこめば、事実がどうであれ、私を憎んだにちがいない。

それを避けるためには、タチアナと会ってはならなかった。が、調査のためには会う他なく、つまりこの島にきたことそのものが、まちがっていたのだ。

24

A－6棟に向かうため地上にでると、風がおさまっていることに気づいた。寒さも少しやわらいだようだ。

A－6棟の入口にはAK－74を手にした若い兵士が立っていた。パキージンに敬礼し、

「少尉が中で待っておられます」

といった。私とギルシュに目を向けたが、入るなとはいわない。

パキージンは頷き、A－6棟の入口をくぐった。診療所の待合室となっている廊下に

グラチョフと二人の兵士がいた。兵士二人は床に膝をつき、ＡＫ－74を肩にあてがっている。銃口は診療所を向いていた。

「状況を説明しろ」

パキージンがいった。

「ボリス・コズロフ発見のために、Ａ区画の建物を順番に捜索していたところ、診療所内にいるブラノーヴァ医師とアンドロノフが争っていました。私が駆けつけると、そこからアンドロノフは銃をつきつけ、でていけと威しました。仲裁に入った部下にアンドロノフが顔をだして、イシガミを呼べ、さもないとブラノーヴァ医師を殺すといったのです」

グラチョフは小窓を示していた。

「診察室には入りましたか」

私は訊ねた。グラチョフは首をふった。

「扉には鍵がかかっている」

パキージンが私を見た。お前の出番だ、というわけだ。

「イワン！」

私は小窓から直線にあたらない壁ぎわに立ち、呼びかけた。いきなり撃たれたくない。

「イシガミだ」

診療所の内部からは何の音も聞こえなかった。

「イワン！」

私はもう一度呼びかけた。汗が噴きでてきた。防寒着を脱ぎ、マカロフを手に握った。

いきなり小窓が開き、イワンが顔をのぞかせた。首を巡らせ、壁ぎわに立つ私を見た。

「中に入れ」

「ブラノーヴァ医師は無事か」

私は訊ねた。

「わたしは大丈夫」

イワンの背後からタチアナの声が聞こえた。

「何が望みだ。いってみろ」

パキージンが訊ねた。イシガミの命だとイワンが答えたら、ちょうどいい、くれてやるというかもしれない。

イワンはパキージンに目を向けた。

「タチアナは祖国を裏切った。俺は任務を果たす」

「誤解をしている。私はただの警察官で、スパイじゃない」

「嘘だ」

「本当だ」

「本当よ」

私の声とタチアナの声が重なり、それがイワンをいらだたせた。

「お前たちは二人で、国家の機密を暴こうとしている」

「機密とは何だ」

　私はいった。

「知っているくせにとぼけるな」

　イワンは私をにらんだ。

「ニシグチが死んだので、お前は代わりとして送りこまれた。中国のスパイとも協力している」

「私はニシグチを殺した犯人をつきとめたいだけだ。君が殺したのか」

「俺は誰も殺していない。まだ、な」

「君の行動は、任務だと理解されない危険がある。武器をおいて投降しろ」

　パキージンがいった。イワンはパキージンに目を移した。

「あんたの指図はうけない。俺はロシア政府の人間だ」

「私が以前何をしていたのか、知らないわけではないだろう。私の忠告を聞くべきだ」

　思ったよりイワンは冷静だった。彼が守ろうとしている「国家の機密」を知りたかった。そのためには診察室に入る他ない。

　好奇心はときに命にかかわる災難をもたらす――パキージンがついさっき口にした言葉だ。

「あんたは金儲けに目がくらんで、愛国心を失っている」

パキージンは深々と息を吸いこんだ。

「私が愛国心を失っただと。何のためにオロテックが建設されたのか、君は知らされて、ここに送りこまれた筈だ」

「エクスペールト！」

タチアナの声が響いた。

「イシガミがスパイではないとしても、それ以上の話をここですべきではありません」

止めるな、と叫びたいのを私は我慢した。

「もう遅い。スパイではないとしても、イシガミは日本政府の人間だ。ここにいること自体が不適切だ」

パキージンがマカロフを抜いた。

「原因を作ったのは、ブラノーヴァ医師、君だ。その責任を、しかし君はとれない」

銃口が私を向いた。背筋が瞬時に冷えた。

「エクスペールト……」

私はパキージンを見つめた。

「まだ機密は保たれています。イワンは誤解しているんです」

タチアナがいった。

「そうかもしれないが、明らかになるのは時間の問題だ」

パキージンの手にしたマカロフが小窓からのぞくイワンの顔に向けられた。

バン、という銃声がして、窓枠に血がとび散った。イワンはうしろ向きに倒れこんだ。

「エクスペールト！」

グラチョフが叫んだ。パキージンはジャケットから鍵束をとりだし、兵士に投げた。

「扉を開けろ、六番の鍵だ」

兵士が鍵をさしこみ、診察室の扉を開けた。マカロフを握ったグラチョフともうひとりの兵士が入った。やがてグラチョフが姿を現わした。私が見たことのない小型のオートマチック拳銃を手にしている。

「アンドロノフがもっていました。PSSです」

パキージンは頷き、診察室に入った。私はあとにつづいた。

タチアナがデスクの椅子に電気コードで縛りつけられていて、兵士がほどいていた。イワンは床に仰向けに横たわっている。銃弾は顔の中心に命中し、頭の下に血だまりがあった。

パキージンはそれを無表情に見おろし、私に告げた。

「アンドロノフは事故か自殺で処理できるが、君の場合、外交問題となる危険がある。短期間にこの島で日本人二人が死ぬ、というのは好ましくない」

「だから私ではなく、彼を撃ったのですか」

「そうだ」

それだけではない。交渉の過程で「国家の機密」が洩(も)れるのを防ぎたかったのだ。

「イシガミ」

タチアナがかたわらに立ち、私の腕をつかんだ。

「こんなことになるなんて」

タチアナがつぶやくと、パキージンはふりむいた。

「上司に状況を報告し、この島を退去する準備をしたまえ。交代の医師は、こちらで手配する」

タチアナは息を呑んだ。私から手を離し、パキージンに向き直る。

「上司の指示がなければ、退去できません」

「上司の誰だ」

タチアナとパキージンはにらみあった。

「名前をいえ」

パキージンがさらにいった。

「部外者にはお答えできません」

パキージンは息を吸いこみ、体がひと回り大きくなったように見えた。

「部外者だと。誰にものをいってる。私はオロテックのエクスペールトだ。君は自分の軽率な行動がこの事態をひき起こしたという認識がないようだな」

「その軽率な行動を、エクスペールトも楽しまれたのではありませんか」

タチアナが低い声でいった。パキージンは表情をかえずに答えた。

「あれは君の趣味だ。情報収集の手段だと、君は思いこんでいるようだが、いろいろな男と寝るのを楽しんでいるだけだ。その結果がこれだ」

イワンの死体を示した。タチアナの顔がこわばった。

「寝た女にすべての男がやさしくすると思っているならまちがいだ。それとも君を訓練した教官が愚かだったのか」

タチアナの顔がまっ赤になり、私はそれ以上見ていられず、目をそらした。タチアナは無言で診療所をでていった。

私は息を吐いた。言葉が何も思い浮かばない。

「PSSには弾丸が四発残っていました」

グラチョフがこれまでのやりとりをまるで聞いていなかったような顔でパキージンに告げた。

「それは証拠品として預かる。死体を運びだせ」

グラチョフは頷き、銃をさしだした。

「ではニシグチの死体といっしょに保管します」

ギルシュがデスクのかたわらに立ち、床からコードを拾いあげた。

「コズロフの捜索を再開しろ」

PSSを受けとったパキージンはグラチョフに命じた。

「了解しました」

パキージンは私に目を向けた。

「私のオフィスに戻ろう」

「俺は遠慮しておく」

ギルシュがいった。パキージンは気にとめるようすもなく、頷いた。

「勝手にしろ」

廊下にでると、外にいた兵士にパキージンは命じた。

「管理事務所にいって、ここを清掃させろ」

私とパキージンはオフィスに戻った。パキージンはウォッカの壜をとりだし、紙コップに注いで私を見た。

「結構です」

パキージンは無言で、ウォッカを呷った。

「私の対応が不満か」

無言でいた私に訊ねた。

「何もいってません」

パキージンは私を見た。

「人を撃ったのは久しぶりですか」

私は訊ねた。パキージンは表情をかえなかった。

「この島では初めてだ」

「あなたに関する噂は、まちがっていなかったのではありませんか」

パキージンは首をふった。

「人を撃ったことがないとはいわない。が、暗殺は職務ではなかった」

ポケットからだしたPSSをデスクの上におき、自分のマカロフと並べた。さらにもう一杯、ウォッカを注いだ。

「こうしたことからは離れられると思っていた」

「オロテックの業績だけを気にする、静かな生活を望んでいた？」

「そうだ。それはまちがっているのか。私はマフィアなどとつきあう気もないし、日本人が殺された理由も知らない。なぜだ！　なぜ、私の平和を壊そうとする?!」

ウォッカを呷り、叫んだ。紙コップを床に投げつけた。

「君の上陸を許したのは、これ以上、この島で犯罪が起こるのを防止できると信じたからだ。だが、どうだ？　マフィアがここを縄張り扱いし、誰とでも寝る同僚にのぼせた愚か者が銃をふり回す。すべて君が原因だ。マフィアは君の知り合いだし、あの女と寝たことが、今日のこの事態をひき起こした。君が日本人でなければ、まっ先に撃ち殺しているところだ」

私は息を吐いた。

「おっしゃる通りです。でもひとつだけ反論したい」

「いってみろ」

　パキージンはデスクの上の二挺の銃に目を向け、答えた。

「オロテックにはもともと秘密が隠されていました。島にあった日本人の集落や墓地を潰し、施設を作った。この島の過去をすべて消すためです。タチアナやイワンは、その秘密を守るために、この島に送りこまれ、あなたも承知していた。つまりオロテックは大きな秘密の上に建てられている。それを、まるで存在しないかのようにふるまっているだけだ。ここがそんな場所であると、私はまったく知らずにきました」

「オロテックで働く、多くのロシア人、日本人、中国人がそうだ。彼らはこの島の過去に何の興味ももたない」

「だから、ニシグチは殺されたのです」

　パキージンは目を上げた。

「ニシグチは、この島の過去を知ろうとしていた。しかしそれはロシアの国家機密を暴きたいからではなく、ささやかな欲と冒険心にかられたものだった。彼のひい祖父さんが、祖父さんに伝えた話を、ただ確かめたかっただけなのです。にもかかわらず、彼は殺されてしまった。その理由が、この島の秘密にあるのなら、それは彼の責任ではないし、私の責任でもありません」

　パキージンは深々と息を吸いこんだ。

「ニシグチの行動を止める者はいなかったのか」

「いませんでした。私に警告する者はいた。しかしニシグチには誰も目を向けていなかった。だからこそ彼は洞窟に渡ることができた。そして命を落とす羽目になった」

「ここは日本ではない。好き勝手に動き回る許可など与えていなかった」

「だとしても、殺されて目を抉られるほどの罪を犯したのでしょうか」

「あれは警告だ」

「誰が誰に警告したのです？」

　パキージンは答えなかった。私はパキージンを見つめた。

「君は、私がニシグチを殺したと思っているのか」

　私は首をふった。

「動機はあっても、あなたはこの島でそんな真似をする必要のない、唯一の人間です。ニシグチが洞窟で何を見たにせよ殺さずにその口を封じることができる。捕えて、死ぬほど威すこともできるし、こっそりどこかに閉じこめておくのも可能だ。殺した上に目を抉る必要など、あなたにはまったくない」

　いった瞬間、私はあることに気づいた。パキージンの表情が変化したからだ。

「私を告発する気なのかと思ったぞ」

「私の告発など、何の力もない。この島ではもちろんのこと、日本に帰ったあと、したとしても上司に握り潰されて終わりです。それこそ外交問題になる」

　気づいたことは口にせず、私はいった。パキージンは無言でいたが、やがて口を開いた。

「日本の警察官がくると知らされたとき、君のような人物だと、私はまるで思わなかった。ロシア語もろくに喋れないくせに型通りの質問ばかりするような、つまらない男だろうと想像していた。だがそれは裏切られた。君は優秀な上に、ブラノーヴァ医師とも親しくなった。感心したよ。君は信じないだろうが、私は君を気に入った」

「信じます。そうでなかったら、ＰＭを私に貸さなかった」

パキージンは頷いた。

「その通りだ」

「それで私をどうするのです？　タチアナのように叩きだす？　それともスパイ容疑で逮捕しますか」

「ニシグチを殺した犯人を、君はまだつきとめていない。君がこの島にいる限り、君の処遇に関する権限を、私はもっている。犯人をつきとめるまで、君の立場はかわらない、といっておこう」

安堵していい筈なのに、まったくそんな気分にはならなかった。私は黙っていた。

「コズロフが島を去り、アンドロノフが死亡したことにより、当面、君に対する危険はなくなった。捜査に専念できるのではないかね」

「その通りですが、私が捜査をつづければ、この島の秘密にかかわらないわけにはいきません。今は知りませんが、いずれは知るかもしれない」

今は知りませんを、強調して告げた。

「君が知った、そのときに考える」

「私が知るのは問題ないとお考えなのですか」

「いった筈だ。君の処遇に関する権限を私はもつ、と」

つまり生かすも殺すも胸三寸、ということだ。

「ニシグチを殺した犯人はつきとめろ。だが秘密を知った以上、この島からはだしてやらない？」

パキージンは微笑んだ。

「優秀な男だ」

25

宿舎に戻ると、横山からメールの返事が届いていた。が、それは今朝送った行商人に関するものではなく、殺された島民の遺体状況についてのものだった。

それによれば、死因は撲殺、刺殺、射殺などさまざまではあるが、強い殺意を抱いた者による犯行と推定され、どの被害者も一撃で致命傷となるような傷を負っていることを除けば、共通点はなかった。

目は抉られていなかったのだ。

九十年前の大量殺人で、犯人は三十八名の命は奪ったが、眼球には手を触れていない。目を抉った、潰したというのは、あとから怪談についた尾鰭（おひれ）だった可能性が高い。

ならばなぜ西口は目を抉られたのか。

九十年前の事件と西口殺害を関連づけるのが犯人の狙いだ。

つまり犯人は怪談を信じている。

私はパソコンに手をのばしかけ、止めた。

パキージンと話していて、私が気づいたのは、西口を殺した犯人と目を抉った犯人は別人の可能性がある、ということだった。

殺人と死体損壊が、別々の人物によっておこなわれたとすれば、事件の見えかたが大きくかわってくる。

パキージンは西口を殺してはいない。しかし目を抉った可能性はある。

理由はこの島の秘密だ。西口の死体は、殺害現場とは異なる「ビーチ」にあった。

殺害現場が洞窟だったとしよう。洞窟に西口を連れていった、あるいは洞窟にすでにいた人物に西口は刺殺された。

それを何らかの方法で知ったパキージンは、西口の死体を洞窟から運びだし、目を抉って、「ビーチ」に放置した。

洞窟から運びだした理由は、捜査が洞窟に及ばないようにするため。目を抉ったのは、西口を殺したのは九十年前の大量殺人事件と関係がある、と思わせるためだ。

殺した上に目を抉る必要など、あなたにはまったくない、と告げたとき、パキージンは明らかに安堵の表情を浮かべた。

その表情の意味を私は知っていた。容疑を否認する被疑者が、「私もあんたが犯人だとは思わない」と取調べ中の警察官にいわれて浮かべるものと同じだ。

そして、その表情を浮かべる被疑者は、十中八九、本ぼしである。

パキージンが西口を殺害した犯人だとは、私は疑っていない。彼がそれをする必要があったとは思えないからだ。

だが死体が発見されることで洞窟の存在に人々の興味が向かうのと、殺害された動機が洞窟にあると疑われることを避ける必要はあった。

死体損壊、及び「ビーチ」への死体遺棄の容疑を、私はパキージンにかけていた。西口を殺した犯人をパキージンが知りたいと思っているのは確かだ。それは殺していないからだともいえる。

私を拘束も退去もさせずにいるのは、まさにそのためだ。

島内携帯が鳴った。

「まだエクスペールトのところか」

ギルシュだった。

「いや、自分の部屋にいる」

「『エカテリーナ』にこい」

「『エカテリーナ』に？」

「一番安心して話せる」

告げて、ギルシュは電話を切った。

何を話そうというのだ。ボリスはこの島にはもういない。まさかマフィアとの抗争の手助けをしろ、というつもりか。

地下通路を歩き、地上にでた。驚いたことに、青空が広がっていた。低気圧はすっかり遠ざかったようだ。

「エカテリーナ」の扉をくぐると、そこは夜だった。目が慣れるまで何も見えないほど暗く、ぶあついカーペットに足をとられる。

ソファセットにうずくまる女たちが見えた。

「イシガミさま」

ママの京子（きょうこ）がどこからか現われ、私のかたわらに立った。今日はキモノドレスではなく、ミニスカートだ。おそろしくヒールの高いパンプスをはき、よろけることもなくカーペットの上を歩いてくる。

「ギルシュさんに呼ばれてきました」

ママは頷き、

「ニナ」

指を鳴らした。ソファから女の子が立ちあがった。前にきたときに話を聞いた、東洋人の血が混じった娘だ。ひいお祖父さんが択捉の猟師で、西口が親しくしていた。

「やあ。覚えている？」

私の問いに、ニナは頷いた。

「ギルシュさんのところに案内して」

ママはニナに指図した。私は合点した。ギルシュは、彼女たちが仕事をする〝個室〟にいるのだ。

ニナは店の奥とロビーをへだてるカーテンをあけた。細長い廊下と、左右に並ぶ扉が見えた。扉の数は六つある。

ニナは廊下を進み、一番奥の右手に位置する扉の前で止まった。ノックする。

「入れ」

ギルシュの声が聞こえた。ニナは扉の前から退いた。私はドアノブを握った。

扉をひくと、部屋の大半を占領するダブルベッドが目に入った。壁には鏡がかけられている。赤いシェードのスタンドがおかれ、強い香水が匂った。窓はなく、狭い部屋には大きすぎるほどのエアコンディショナーが稼動して、空気がひどく乾いていた。

ギルシュがベッドにすわり、壁に頭をもたせかけている。ひどく小柄な彼がそうしていると、まるで、人形のように見えた。

ギルシュの膝の上にはタブレットがあった。Ｗｉ－Ｆｉ用の機器がサイドボードにおかれている。

私が部屋に入ると、ギルシュがいった。

「ニナ、悪いがコーラを二本もってきてくれ。ここは喉が渇いてしかたがない」

「わかりました」

扉が閉まり、すわる場所のない私は立ったまま室内を見回した。

「ベッドにすわればいいだろう。俺が邪魔なら別だが」

ギルシュがいい、私はベッドの端に腰をおろした。

「次の船に乗って殺し屋が二人くる」

タブレットをのぞいていたギルシュがいった。

「ピョートルの手下か」

ギルシュはむっつりと頷いた。

「ボリスはどこだ。何か情報はないのか」

「ない。少なくともウラジオストクには戻っていない」

私は天井を見上げ、そこにも鏡があることに気づいた。

「殺し屋のひとりは『日本人（ヤポンスキー）』だ」

ギルシュがいったので、思わずむきなおった。

「日本人？」

「渾名だ。顔が日本人みたいだから、そう呼ばれている。ひい祖父さんがそうだったって話もある」

「『本屋』と同じか。名前は？」

「知らん。『日本人』で通っている。背中にサムライのタトゥを入れた、頭のおかしな野郎だ」

「もうひとりは？」

ギルシュは首をふった。

「わからん。『日本人』といっしょにくるだろうから、すぐにわかる」

「エクスペールトに知らせないと」

「急ぐ必要はない。船が着くのは明日の午後だ」

ドアがノックされた。ギルシュが応えると、ニナが顔をのぞかせた。コーラの缶をふたつ手にしている。

「どうぞ」

「ありがとう」

「ニナ、確かお前、ユージノサハリンスクの出身だったな」

ギルシュがいい、ニナは頷いた。

「『日本人』を知ってるか。背中にサムライのタトゥを入れた野郎だ」

「あいつ」

ニナは大きく目をみひらいた。

「知っているんだな」

「ユージノサハリンスクでは有名だった。誰にでも見境いなく喧嘩をしかけるの。カタナをもっていて、すごく危ない奴」

「本当の日本人なのか」

私は訊ねた。ニナは頷いた。

「わたしの兄さんが小学校の同級生だったから知ってる。ひいお祖父さんが日本人だったって」

「そのひい祖父さんは、なぜ日本に帰らなかったんだ？　戦争のあと、日本人は帰れた筈だ」

ギルシュが訊ねた。

「わからない。『日本人』の家は、昔はお金持だったってお祖父さんがいってたから、それで帰らなかったのじゃない」

ニナは答えた。

「それはねえな。いくら金持でも、戦争に負けたあと、日本人は身ぐるみはがされた」

ギルシュがいった。

「じゃあわからない」

ニナは首をふり、私を見た。

「帰ったら、お祖父さんかお祖母(ばあ)さんに訊くね」

「よろしく頼む」

私がいうと、ニナはにっこり笑って頷いた。

「なんで『日本人』のことを知りたがる？」

ニナが出ていくとコーラの缶を開け、ギルシュは訊ねた。私もコーラを飲んだ。ロシア人はあまり飲みものを冷やす習慣がないが、このコーラは冷えていておいしかった。

「もしかしたら九十年前の事件の犯人の子孫かもしれない」

「はあ？」

「犯人は二人いて、ひとりは島の住人、ひとりは住人ではないが、島のことをよく知っていた。当時、島には、日本人、ロシア人両方の商人が訪れていた。私は、日本人の行商人が怪しいと思っている」

ギルシュは考えていたが、いった。

「行商人は日本からきていたのだろう」

「ホッカイドウのクシロだろうな、おそらく」

「だったらユージノサハリンスクにいるわけがない」

「『本屋』の母親はこの島の出身で、九十年前の事件のとき七歳だった。それで殺されずにすんだ。彼女はユージノサハリンスクで、犯人のひとりをその後見ている」

「そいつのひ孫が『日本人』だというのか」

「もし犯人だったなら、日本に帰るより残るほうを選んだのじゃないかと思ったんだ」

ギルシュは険しい表情を浮かべていた。

「生き残ったのは『本屋』の母親だけか？」

「いや、年寄りと子供ばかり十数人が生きのびた。その後全員がでていき、ここは無人島になった」

「島をでて、皆ユージノサハリンスクに渡ったのか」

「クナシリやエトロフにいった者もいたようだ」

ギルシュは考えていたがいった。

「俺が犯人だったら、近くの島には逃げねえ」

なぜだと訊きかけ、気づいた。生き残りの島民と会うかもしれない。当時はまだ日本の統治下だから、殺人犯だと告発される可能性がある。

「犯人は洞窟に隠してあった金を盗んだのだろう、もっと遠くへ逃げられた筈だ。それとも戦争前は、ソ連みたいに、日本も移住を制限されていたのか？」

「くわしくは知らないが、移住が制限されていたとは聞いたことがない」

私は首をふった。

「殺されたのは何人だ？」

「三十八人」

「三十八人も殺した奴らが、生き残りとばったり会いかねないような近くの島へ逃げるか？　しかも金を手に入れているんだ。トウキョウにだって逃げられたろう」

「確かにその通りだ。だが奪った金を使い果たしてしまったとしたらどうだ。土地鑑のある場所に舞い戻っても不思議はない。島の住人だったら、戻るのをためらったろうが、そうでない、たとえば行商人だった者なら、見つからないと考えても不思議はない」

「『本屋』は何といってるんだ」

「島の人間全員の名を知っていたのに、母親は見かけた犯人の名をいわず、それが不思議だと。だから私は、犯人のひとりが行商人だったのじゃないかと疑ったんだ。『本屋』の母親がその話を『本屋』にしたのは、亡くなる少し前だった。それ以前は、忘れようと思って忘れていたらしい。恐怖のせいだ」

「あまりに恐い思いをすると、そのときのことを忘れちまうもんだからな」

ギルシュは淡々と頷いた。

「あんたにも覚えがあるのか」

私がいうと、にらんだ。

「もう助からねえ、と思ったことは何度もある。毎晩、寝ようと目をつぶると、そのときのことを思いだす。だから忘れちまうと決めた」

私は息を吐いた。

「とにかく『本屋』の母親は、この島で起きた事件の犯人をユージノサハリンスクで見かけたことを、何十年もたってから息子に話した。『お父さんとお母さんを殺した人がいた。恐かった』と。その人物は何かを売っていたらしいが、具体的なことは『本屋』も覚えていない。ちなみに『本屋』は、犯人の目的が洞窟に隠された金だったことも知らなかった。母親が知らなかったからだ。ただし、金の噂を聞いたことはあるそうだ」

ギルシュは何もいわなかった。

「いずれにしろ犯人を罰することはできない。とっくに死んでいるだろう」

私がいうと、

「だから子孫をつかまえるのか」

といって体を起こした。

「先祖が犯罪者だという理由で罰せる法など存在しない。誤解のないようにいっておくが、ひい祖父さんが殺人者だったから『日本人』が殺し屋になったとも思っていないからな」

フンとギルシュは笑った。

「先祖が何だろうが、あの野郎の母親ができそこないを産んだことはまちがいねえ。ピョートルの手下でも、最低のクソだ。人をいたぶるのが大好きな奴だ」

「だからやってくるんだな。ボリスは私を痛めつけたいんだ」

「なんで奴は、お前のことをあんなに憎んでいるんだ？」

今さら隠してもしかたがない。私はボリスの一味に潜入していたことを話した。

「本当は取引の現場で逮捕し、私の顔を忘れるくらい長く刑務所にぶちこむ筈だった。それが別の警官の点数稼ぎのせいでバレてしまった」

「お前のことを買ってたんだな」

「そうならなけりゃ、マフィアに入りこめない」

「なるほどな」

ギルシュの目がわずかだが冷たくなった。

「理由を知ったら、殺されてもしかたがないと思ったか？」

皮肉をこめて訊いた。

「メス犬（スーカ）は俺も大嫌いだ」

ギルシュはあっさり答えた。私は天井を仰いだ。情けない顔の自分がいた。

「冗談だよ。お巡りも商売だ。そうでもしなきゃ、あんなクソ共を取締れないだろう」

ギルシュを見た。

「本気で嫌われたと思ったよ」

ギルシュは首をふった。

「だが、あの野郎が『日本人』にお前を殺させようとしているのは確かだ。用心しろ。もし『日本人』につかまったら、先に自分の頭をぶち抜いたほうがいい」

気分が悪くなった。

「ボリスはいったいどこにいると思う？」

私が訊ねると、ギルシュはむっつりと答えた。

「ゼリョーヌイかユーリだろう。定期船は、この島の前にそこに寄る。殺し屋二人とその船で舞い戻ってくる気かもしれん。それか殺し屋二人がそっちで定期船を降り、チャーターした別の船でこっそり上陸するか。国境警備隊に追われているなら、それもありうる」

「追われているのにわざわざ舞い戻るのか？」

「お前に仕返しをするだけなら、『日本人』に任せればすむ。奴は俺の始末をピョートルに約束している。それをしなけりゃ、ここを縄張りにできないからな」

「狙われているのが私だけじゃないとわかって、心強いよ」

「まあ、俺の場合は、簡単に死なせてもらえるだろうがな」

思わずギルシュを見た。

「それでいいのか」

「馬鹿いえ。奴を生かしちゃ帰さねえ。エクスペールトがこっちについているあいだは、殺されるつもりも、この島を逃げだすつもりも、ねえ」

「あんたが殺されたら、エクスペールトは敵を討ってくれるのか」

「そりゃあねえな。いうことさえ聞くなら、ボリスにだって縄張りを預けるだろう。奴の頭の中にあるのはオロテックのことだけだ」

「オロテックか。いったい何を隠しているんだ」

私はつぶやいた。

「そんなことを知ろうとするから、イワンに命を狙われるんだ。お前は何でも知りたがり過ぎなんだよ！」

ギルシュは語気を強めた。

「そうかもしれないが、私がこの島で生きのびるには、何でも知りたがる他ないんだ！」

私はいい返した。そのとたん、島内携帯が鳴った。とっさに耳にあてた。

「はい」

「どこにいるの、今」

タチアナだった。

「今？　今は外だ」

「エクスペールトといっしょ？」

「いや、ちがう」

「あなたに話したいことがある。会える？」

早口でタチアナはいった。

「どこで？」

「あなたの部屋が一番安全だと思う」

「いや、それはやめたほうがいい。誤解を招く」

ギルシュが怪訝（けげん）そうに私を見た。

「じゃあ、どこで？」

「ちょっと待て」

私は携帯の送話口をおおい、

「ここの部屋をひとつ貸してくれるか？」

と、ギルシュに訊ねた。

「誰なんだ」

「タチアナ」

答えると、ギルシュはぐるりと目玉を回した。

「好きにしろ」

「『エカテリーナ』にこられるか？」

私がいうと、タチアナは息を呑んだ。

「売春宿よ」

「今は一番安全だ」

「わかった。十分したら、自分の部屋をでる」

「待ってる」

「イシガミ」

「何だい」

「わたしを裏切らないで」

電話は切れた。

「助かった」

私はギルシュに告げた。ギルシュはむっつりと天井に映る自分を見ている。

やがていった。

「あの女はくわせものだ」

「わかっている。ＦＳＢだからな」

「それだけじゃねえ」

「あんたも彼女と寝たのか」

ギルシュは首をふった。

「そんな下らねえことじゃねえ。あの女の足を縛っていたコードを見たか？」

「診療所で？」

ギルシュは頷いた。

「そういえば、あんたは手にとっていたな」

「引っ張ったら、ゴムみたいに伸びた。逃げようと思えば、いくらでもあの女は逃げられた」

一瞬、何をいっているのかわからなかった。

「どういうことだ」

「あの女は、イワンにひと芝居、打たせたんだ」

「芝居だって」

「自分を人質にして、お前とエクスペールトを呼びださせた。証人のいる前で、お前かエクスペールトのどちらかをイワンに始末させようと思ったんだろう。だが先にエクスペールトがイワンを片づけちまった」

「ちょっと待てよ」

「おそらくお前だろうな。エクスペールトを撃てば、その場で国境警備隊に撃ち殺される。お前を診察室に呼びこんで殺すつもりだったんだ」

「なぜ私を殺す？　理由がない」

「何いってるんだ。あの二人はFSBだぞ。FSBといや、昔のKGBと同じだ。イワンはお前のことをスパイだと思いこんでいた」

「だがタチアナはちがう」

「イワンが上に報告したら、あの女の立場は危うくなる。エクスペールトが上司の名をいえといったのに、答えなかったのを見たろう。お前かイワンか、どっちかが死ねば、あの女の立場は守られる。お前がスパイかどうかを確かめるために、イワンに自分を人質にしろとそそのかしたんだ。いざとなったら、逃げだせるコードで縛らせて」

「だがコードをほどいたのは兵士だ」

「腕を縛っていたのはふつうの電気コードだ。兵士がそれをほどいたんで、足は自分でほどいた。つまり、立ちあがって逃げだすことはいつでもできたのさ」

　私は言葉を失った。タチアナを全面的に信じていたわけではない。だがイワンの〝暴走〟まで彼女の計画だとは、さすがに考えもしなかった。

真実だとすれば、恐ろしい女だ。

「イワンが死に、エクスペールトは自分に厳しい。だからお前をもう一度味方につけようと考えているんだろうよ」

ギルシュはいった。人さし指を私につきつける。

「もちろん、エサは用意している。寝るだけじゃ、今度は足りないだろうからな」

はっとした。

「島の秘密か」

ギルシュは頷いた。

「お前にエクスペールトを説得させる気なのか、それとも他の考えがあるのか。いずれにしてもお前は利用されるんだ」

私は息を吐いた。おそらくギルシュは正しい。だがタチアナが、私の知らない何かを教えるつもりなら、その機会を逃すわけにはいかない。

「イワンの次はお前だ。案外、お前にエクスペールトを殺させる気かもしれねえ」

ギルシュは意地の悪い笑みを浮かべた。

「冗談じゃない。私はイワンとはちがう」

「イワンもそうだったが、女に甘い奴は、ツラを見ればわかる」

「私もそうだというのか」

ギルシュはにやついて返事をしなかった。

「腹の立つ男だ」

思わずいうと、ギルシュの顔から笑みが消えた。

「お前が腹を立てる奴より、お前に腹を立てている奴のほうが多い。そいつを忘れるな」

26

ギルシュがでていき、私は部屋にひとり残った。

明日の午後には定期船が運航し、殺し屋がこの島にやってくる。おそらくボリスもいっしょだ。

猶予はない。ボリスが上陸する前に逃げださなかったら、対決する他なくなる。

無理だ。たとえパキージンやギルシュが味方になってくれるとしても、ボリスや殺し屋共と戦うことなど思いもよらない。

どうすればいい。定期船はウラジオストクとユージノサハリンスク、それにこの島を含む歯舞群島を結んでいる。あとは根室(ねむろ)から生鮮食料品を積んだ船が、週に二度やってくる。

ヘリが飛ばない今、日本に戻るには、その船が、唯一の手段だ。

私は中本の島内携帯を呼びだした。

「石上さん、ついさっき聞いたのですが、撃ち合いがあったとか。犯人がつかまったのですか?!」

　電話にでるなり、中本は訊ねた。

「いや、それとは別の件ですし、撃ち合いでもありません」

「でも誰かが死んだという噂が流れています」

　私は息を吐いた。

「死亡したのは、イワン・アンドロノフという診療所の看護師です」

「というと、あの大男ですか」

「ええ。西口さんの事件とは無関係でした。ところで、ヘリはもう飛べますか？」

「ああ……。それがかわりの機体の手配がつかなくて、今、修理にだしているのが戻るまで難しいようなんです」

　誰かが私に意地悪をしている。鏡張りの天井の、さらに上にいる誰かだ。だが私には、意地悪をされる覚えはない。

「ええと、緊急に日本に戻りたいのですが、手はありますか」

「そうですね。根室からの補給船が、おそらく明日か明後日にはくると思うので、それに乗られるのがいいと思います」

「明日のいつです？」

「いや、明日とまだ決まったわけじゃないんです。明後日になるかもしれません。海況しだいなので」

「他の方法はありませんか」

「あとは、ロシア人の船のチャーターです。ただ、このところずっと船をだせなかったので、小型の船はプラットホームとのいききで忙しいかな……。根室からチャーター船を呼ぶのも時間がかかるでしょうしね」

「根室から呼べるのですか？」

「サポートセンターにいえば、チャーターできる船を捜してくれるかもしれませんが、クルーザーのようなパワーボートはないでしょうから、漁船に毛が生えたみたいなのがとことこやってくるとなると、早くても明後日くらいになると思います」

私は黙った。同情を感じたのか、中本がいった。

「とりあえず補給船がいつやってくるのか、あと、ヘリの代替機が何とかならないか、確認してご連絡します」

「ありがとうございます。よろしくお願いします」

電話を切り、腰をおろしていたベッドに横たわった。部屋の中はかなり暖かかったが、私の体は芯から冷えていた。死の予感が氷の塊となって、体の中心にある。

扉がノックされ、返事をする間もなく開かれた。防寒着を身にまとったタチアナだった。

「イシガミ」

うしろ手で扉に鍵をかけ、タチアナは防寒着を脱いだ。スウェットではなく、タイトスカートにブラウス姿だ。その服装で私に会いにきた理由を考えると、氷の塊はむしろふくれあがった。私を、殺すか利用するかしか考えない人間ばかりだ。

「さっきはごめんなさい。もっと話したかったけど、エクスペールトがいたから」

体を起こした私のかたわらにすわり、タチアナはいった。香水の甘い匂いが鼻にさしこんだ。ブラウスの胸もとからは、胸のふくらみが大きくのぞいている。

「でも信じて。イワンがあんなことをするなんて、夢にも思わなかったの」

タチアナは私の目をのぞきこんだ。私は目をそらした。精いっぱいの抵抗だ。

「残念だけど、それは無理だ。君はイワンと関係があり、ヤキモチを焼かれるのをわかっていた筈だ。さらにいうなら、エクスペールトともね」

「ひどいことをいわないで。任務のためよ」

「じゃあ私とも任務だ」

「あなたとはちがう！」

「タチアナ」

私は彼女の顔に目を戻した。

「私はこの島では部外者の上に外国人だ。君の役には立てない」

タチアナは首をふった。

「逆よ。あなただけが頼り」

「日本に亡命させて。あなたなら関係する役所と話をつけられる筈。わたしは――」

「何をいってる」

いって、タチアナはぐっと声を低めた。

「日本の軍隊や情報機関に役立つ情報を提供できる」

「タチアナ――」

いいかけた私の唇を人さし指で塞いだ。

「依託といったけれど、本当はFSBに所属しているの。依託はイワンだけ」

タチアナの目は真剣だった。人さし指が外れ、私はいった。

「そんな権限は私にはない」

「あなたの上司にはあるし、なくてもそれをできる人間にはつなげられるでしょう?」

「亡命するのに日本はふさわしい国じゃない」

「だったらアメリカでもいい。とりあえずわたしを日本に連れていって」

私は言葉を失った。まさか亡命を希望してくるとは考えてもいなかった。

携帯が鳴り、見つめるタチアナの視線をふりきって耳にあてた。

「はい」

「中本です。やはりヘリは無理でした。補給船のほうですが、明日の朝、根室をでるようです。そうなれば、まだ多少うねりがあってふだんよりは時間がかかるとしても、昼頃には到着すると思います」

「出港は？　ここをでるのは何時です」

「荷物をおろすだけなんで、ついて一時間もすれば根室に向かうと思います」

「ウラジオストクからの定期船も、明日入港しますよね。それは何時でしょう」

「あれはだいたい、午後二時前後です」

私は息を吐いた。それなら間に合う。もし殺し屋がボリスのいる途中の島で降り、船を乗り換えるようなら、もっと遅くなる可能性もある。

「わかりました。ありがとうございます。その補給船に乗ります」

告げて、電話を切った。タチアナは私を見つめ、訊ねた。

「この島をでていくの？」

「日本語がわかるのかい」

「少し。明日の船に乗るのでしょう。だったらわたしも乗せて」

私は首をふった。なぜかはわからないが、タチアナにひどく残酷なことをしているような気分だ。

「どうして急にでていくの？　イワンは死に、コズロフは島を逃げだした。あなたに危害を加える人間はいない」

「ボリス・コズロフは戻ってくる。しかも殺し屋を二人連れて」

タチアナは息を呑んだ。澄んだ青い瞳に思わず見とれた。

「あなたを殺すために？」

「それだけじゃない。ボリスは、極東の大物マフィア、ピョートルと、この島を縄張りにする話をつけている。ギルシュの死とひきかえに」

「そんな……」

「ボリスは日本の警察に手配されていて、それを私のせいだと思っている」

「ちがうの？」

「ちがわない」

さすがにタチアナにまでメス犬と呼ばれたくなくて、細かい説明はしなかった。

「あなたの目的はニシグチを殺した犯人を捜すことではなかったの？　コズロフをつかまえるのも含まれていたわけ？」

「含まれてはいない。まさか奴がここにくるとは夢にも思わなかった。考えてみれば奴は極東の出身で、日本を逃げだしたら、他にいくところがなかった」

「恨まれているあなたが自ら、コズロフの縄張りにとびこんだのね」

「ここはギルシュの縄張りだ。だが日本で拠点を失い、新たな縄張りを手に入れる他なくなって、ボリスはここに目をつけた」

「ニシグチを殺した犯人は？　つきとめたの」

私は首をふった。

「手がかりがある場所はわかっている。だがそこにいけない」

タチアナは沈黙し、私の目をのぞきこんだ。

「洞窟ね」

　私は頷いた。

「殺された日、ニシグチはアルトゥールに頼んで洞窟へと渡してもらうことになっていた。同行する予定だった友人がそう証言した」

　タチアナは目を大きくみひらいた。

「同行する予定だった友人？　誰なの」

「日本人の技術者だ。名前を聞いても君にはわからない」

「でもニシグチは洞窟にはいかなかったのでしょう」

「それはわからない。いったかもしれない」

「いったのならなぜ、死体が『ビーチ』にあったの？　戻ってきてから殺されたということ？」

「そうかもしれないし、洞窟で殺したあと犯人が『ビーチ』まで運んできた可能性もある」

「なぜ、そんなことをするの？」

「洞窟に注目を集めないためだ」

「待って、その友人の名前を教えて」

　私は首をふった。

「イシガミ！」

「教えるわけにはいかない。それに彼は当日、風邪をひいて寝こみ、洞窟にはいっていない」

「本当なの、それは」

タチアナは険しい声でいった。

「もしその人物が日本のスパイではないかと疑っているなら、答はいいえ（ニエット）だ。ちなみに私も、もちろんちがう」

タチアナは答えなかった。

「ニシグチを殺した人物の目的は、洞窟の秘密を守ることだったのかもしれない」

いった瞬間、気づいた。イワンやタチアナが西口を殺した可能性は、排除できない。

「なぜ目を抉ったの？」

「九十年前の事件との関連を思わせ、捜査を混乱させるためだ。ただし、今は、ニシグチを殺したのと目を抉ったのは別人だったかもしれない、と私は疑っている」

タチアナは息を吐いた。小さく首をふり、

「あなたって……」

いいかけ、黙った。

「私が何だというのです」

タチアナは私を見た。

「何でもない。亡命の話は忘れて」

意表を突かれ、私は黙った。亡命への協力とひきかえに洞窟の秘密を明すと、彼女がいうものとばかり思っていた。

タチアナは微笑んだ。

「あれは冗談。あなたの愛情を試した。わたしが亡命する理由なんて、どこにもない」

私は無言でタチアナを見返した。何かがひっかかっていた。だがそれが何なのか、わからない。

「洞窟に関して、私に情報を提供するつもりはないのですね」

「なぜあなたに提供しなければならないの？　あなたはこの島をでていく。殺人犯をつかまえず、自分の命が惜しいから逃げだす人に、国を裏切ってまで情報を提供する理由なんて、あるわけがない」

平手打ちをくらったような気分になった。

タチアナは顎をあげ、まっすぐ私の目を見た。

「あなたを工作員だと疑ったイワンはまちがっていた。あなたは臆病者の警官よ」

私は深々と息を吸いこんだ。今度は、氷のナイフが胸に刺さった。

「確かに臆病者です」

タチアナは頷いた。そして吐き捨てるようにいった。

「臆病者は嫌い！」

防寒着を手にとり、部屋をでていった。音をたてて扉が閉まる。

私は息を吐き、ベッドに横たわった。鏡の中には、柄にもなく目を赤くした男がいた。

扉がノックされた。タチアナのわけがない。

「はい」

缶ビールを二本手にしたギルシュが顔をのぞかせた。

「喉が渇いたろうと思ってな」

起きあがり受けとると、流しこんだ。味がしない。

「手厳しかったな」

ギルシュがいい、私は彼にむきなおった。

「聞いていたのか」

「ここを何だと思ってる。全部の部屋にカメラとマイクがしかけてある」

私はあきれた。

「エクスペールトの指示だ」

すました顔でギルシュはいった。

「じゃあ彼女も知っていて不思議はないな」

「だからお前と一戦、交えなかったのさ」

「そうじゃない」

私は首をふった。

「エクスペールトに伝わるとわかっていて、亡命の手助けをしてくれなんて、なぜ頼んだんだろう」

「冗談だといってたじゃねえか」

「冗談でもいうことか？　ＦＳＢの人間が」

私がいうと、ギルシュは真剣な表情になった。

「確かにな。じゃあ本気だったたってのか」

私は頷いた。彼女は本気で亡命するつもりだったのだ。

それが突然かわった。かわったきっかけは、西口の話だ。正確には、西口ではなく、荒木の存在について触れたときだ。

私は島内携帯をとりだした。荒木の番号を呼びだす。もうさすがに起きているだろう。

「はい」

荒木の声が応えた。

「石上です」

「あ、どうも」

「突然で申しわけないのですが、西口さんから、診療所のドクターや看護師について聞いたことはありませんか」

「診療所？　ああ、あのきれいな女医さんですね。ここにきてすぐ、西口くん、ひどい風邪をひいて、診療所に通っていました。女医さんがきれいだというんで興奮していたのを覚えています」

「それ以外に何か？　たとえばイワンという看護師についてはどうです？」

「ええと、そういえば看護師さんとどこかでばったり会ったといってたな。どこだっけ。そうだ、『エカテリーナ』という店です。アルトゥールに連れていかれたときに、看護師さんもいて、三人で盛りあがったようなことを聞きました」

「アルトゥールとイワンと西口さんの三人、ということですか」

「はい。たぶんそのときも西口くんは先祖の話をしたと思います。僕はあとから聞いただけなんで、詳しいことはわかりませんが」

イワンは西口をスパイと疑い、近づいたのにちがいない。先祖の話を聞いても疑いを捨てなかったのだろうか。

礼をいい、電話を切った私はギルシュを見た。

「イワンはよくここにきていたのか」

「十日か、二週間に一度くらいだ」

「相手は決まっていたのか」

ギルシュは黙っていたが、やがてベッドサイドにある固定電話をとりあげた。

「キョウコを呼べ」

でた相手に告げた。やがて、

「診療所の看護師は誰を指名していた？」

と訊ねた。返事を聞き、

「どういうことだ?!」

声を荒らげた。そして、

「今すぐこい！」

といって受話器をおろした。

「どうした」

「キョウコは、日本人か中国人の客がくると、イワンに知らせていた。イワンは翌日、その客の相手をした女を指名した」

「スパイさせていたのか」

ギルシュの顔はまっ赤だった。

「俺の店を断わりもなく、うすぎたねえ仕事に使いやがって」

扉がノックされた。ギルシュは私に人さし指をつきつけ、

「お前は口をだすなよ」

といって、入れと叫んだ。ミニスカートのママがドアを開けた。

「中に入ってドアを閉めろ」

ギルシュはいった。ママの顔色はひどく悪かった。怯えている。

いきなり床に膝をつき、ギルシュを仰いだ。ギルシュは体が倍にふくれあがったように見える。

「怒らないで、ボス」

「お前が本当のことをいえば怒らない。イワンの手助けをいつからしていたんだ」

ママはうつむいた。

「答えろ！」

「彼が、きて、すぐ。二年くらい前から」

「何といわれたんだ」

「日本人や中国人の客がきたら、誰をつけたか知らせろ、と」

「ビデオも見せていたのか」

ママは小さく頷いた。

「イワンがあとから同じ女を指名した理由は？」

「ビデオを見て、客が女の子を気に入っているようなら、また指名するかもしれない。そういうときは、こういうことを訊いてみろ、と指示していました」

「よくそんな真似を許したな。しかも俺には内緒で」

「許して、ボス」

ひざまずいたまま、ママはギルシュの足に手をかけた。長く、濃い色の爪がまるで別の生きもののようだ。

「わけをいえ」

ギルシュはそれをふり払った。ママはごくりと喉を鳴らした。

「昔のことを、あいつは知っていたんです」

「昔のこと？」

ママは黙った。ギルシュはベッドの上に立ち、ママの肩を蹴った。ママは仰向けに倒れ、下着が丸見えになった。私は目をそらした。

ママが小さな泣き声をたてた。

「あたしはキシニョフの生まれです。二十代のとき、サンクトペテルブルクに売られ、ひどいヒモに殺されそうになって……」

ママは泣きながらいった。

「殺されそうになってどうしたんだ」

「階段からつき落として逃げたんです。そのせいで車椅子になったって、あとから聞きました。イワンはそのことをどこかで調べてきて、協力しないなら、そいつにあたしが今ここにいることを知らせるって……」

ギルシュは私を見た。

「信じるか？」

「殺されそうになったかはともかく、誰かに怪我をさせたのは本当だろうな」

私は答えた。ひどいヒモから逃げようと罪を犯したというのは、東欧系娼婦の定番の身の上話だ。キシニョフはモルドバの首都で、人身売買が横行している。

「ヒモはアルバニア人でした。わかるでしょう、ボス」

アルバニアマフィアは、ヨーロッパにおける、ヘロイン取引と人身売買に深くかかわっている。本来はアルバニア一国内の犯罪集団だったのが、ソビエト連邦の崩壊とコソボ紛争によって、ヨーロッパ全体にその勢力範囲を広げた。

アルバニアマフィアには報復の掟（おきて）があり、対立する一族は互いに最後のひとりになるまで殺し合うといわれている。アルバニアマフィアの恨みを買うのを、ロシアマフィアも嫌がる。

もしママがアルバニア人のヒモを車椅子の体にしたのなら、それがたとえ何十年も前のできごとであろうと、復讐をうけるだろう。当人が死んでいたら、その兄弟か子供がやってくる。

ギルシュは無言でママをにらみつけている。

「きたのはイワンだけですか。ブラノーヴァ医師は？」

私は訊ねた。ママはギルシュの顔をうかがった。ギルシュが頷くと答えた。

「医師がくるのはひと月に一度です。女の子たちの検診をしに」

「検診？」

私が訊くと、

ギルシュがむっつりといった。

「性病検診だ」

「ブラノーヴァ医師も何かをあなたに要求しましたか？」

ママはうつむいた。

「ニシグチさまとニナのことを」

「二人の何を要求したのです？」

「ニシグチさまがニナに昔のこの島のことを訊いていたといったら、次からはニナをつけてはいけない、と」

初めて私がここに調査にきたとき、ママは私がロシア語を理解できるとは知らず、ミナミという娘を西口のお気に入りだと、私に紹介した。ミナミが「わたしよりニナを気に入ってた」といったので、私はニナと話したいと求めた。最初からニナを私にひき合わせなかったのは、タチアナの指示があったからにちがいない。

「ブラノーヴァ医師は、ニナがニシグチに島の話をするのを警戒していたのですか」

私の問いにママは頷いた。

「だがアルトゥールがいたろう。ニシグチにタカろうと、奴はいろんな話をした筈だ」

ギルシュがいった。

「アルトゥールはここでイワンといい合いをしました。イワンが『日本人にべらべら喋るな』といったので、アルトゥールがよけいなお世話だといい返したのです。するとイワンはアルトゥールの腕をつかんで店の隅に連れていき、何かをいいました。それからはアルトゥールはおとなしくなり、イワンのいうことを聞くようになったんです」

「おそらく自分の正体がＦＳＢだとバラしたんだ。逆らったら、ぶち込むとでも威したのだろう」

ギルシュがいい、ママは頷いた。

「イワンは、あたしにもFSBだといいました。もちろんわかってました。そうじゃなきゃ、あたしのそんな昔のことを知ってる筈がないんです。くる前に、この島のいろいろな人間について下調べしてきたといっていました」

私はギルシュを見た。

「あんたには何もいってこなかったのか」

ギルシュは首をふった。

「威して、いうことを聞かせられる人間と、そうでない奴とを、分けていたんだろう」

「イワンが死んだって聞いたけど、ボスが殺したんですか?」

ママが訊ねた。

「馬鹿いうな。奴は自殺したんだ。なあ、イシガミ」

ギルシュが私を見やったので、しかたなく頷いた。

「そういう噂だな」

ママはほっと息を吐いた。

「イワンは、日本人や中国人の何を警戒していたんです?」

私は訊ねた。

「たぶん、産業スパイだったと思うけど、難しいことはあたしにはわかりません。とにかく日本人と中国人が、スケベ以外の話をしたら、何でも覚えておけ、といわれたんです」

　スケベは日本語だ。

「アルトゥールも、威されてからは、ニシグチとの話をすべてイワンに知らせていたのですか」

「あたしにはよくわかりません。でもアルトゥールは偶然ここで会ったフリをして、ニシグチさまにイワンを紹介していました」

　荒木の話と符合する。だがそうなると、アルトゥールがボートで洞窟に西口を連れていこうとしていたことを、当然、イワンは知っていた筈だ。

　――ニシグチが殺されたとき、イワンはわたしといた
　タチアナの言葉を思いだした。

　三月十日の前の晩から朝まで、イワンの部屋にいた、と彼女はいった。

　それはイワンのアリバイを証明する言葉だが、同時にタチアナのアリバイでもある。

　私は息を吐いた。イワンに確かめることは、もうできない。

　この島は嘘つきばかりだ。

「他に訊きたいことはあるか」

　ギルシュが訊ね、私は首をふった。

「でていけ」

　ギルシュがいうと、ママは無言で扉をくぐった。

「どいつもこいつも嘘ばかりつきやがって」

ギルシュが吐き捨てたので、私は思わず笑いだした。

一度笑うと止まらなくなった。ギルシュは眉をひそめ、私を見つめた。

「大丈夫か、お前」

「ああ」

私は笑いながら頷いた。

「まったく同じことを私も考えていた。だからおかしくなって……」

ギルシュはあきれたように首をふった。

「嘘をつかれたら、お巡りってのは怒るもんだ。なのにお前は笑ってやがる」

「怒れるのは、警察官が強い立場だと思っているからだ。この島の私は、まるで強い立場じゃない。あちこちから殺すと威され、近づいてくる人間は嘘つきばかりだ。おっと、あんたは別だ。初めて会ったとき、あんたは握手すらしてくれなかった。それどころか叩きだすと威した」

ギルシュはフンと鼻を鳴らした。

「お前があれこれ嗅ぎ回っていたからだ」

「今は私を助けてくれている」

「敵が同じだからな」

答えて、扉のほうに顎をしゃくった。

「用がすんだらでていけ。いつまでも同じ部屋にいたら、俺がメス犬好き(スーカ)だと思われるだろう」

　私は頷いた。

「コーラとビールごちそうさま。それと、いろいろありがとう」

　ギルシュは天井を見つめ、いった。

「明日でていくと、あの医者にいってたな」

「そのつもりだ」

「洞窟にはいかないのか」

　私は黙った。海は落ちついてきている。今夜なら、ヤンにいってボートで近づけるのではないか。だが夜に上陸しようとするのは、危険だろう。

「いく方法がない」

「本当か」

　ギルシュは疑うように私を見つめた。

「お前なら、何か考えている筈だ」

「考えているとしても、私ひとりではどうにもならない」

「もし、島をでていく前に洞窟にいこうと思っているなら、俺にも声をかけろ。いったろう、俺もいきたいって」

「金(きん)はないと思うぞ」

「わかってる。だが見たい」

「あんたはいつでも見られる」

「何いってやがる。ボリスの野郎が消したがっているのはお前だけじゃないのを忘れたのか。お前は逃げだせても、俺には逃げる場所がねえ。奴との勝負に負けたら、俺は終わりだ」

はっとした。その通りだ。私は逃げだせてもギルシュは逃げだせない。そしてボリスは殺し屋を連れ、確実にこの島にやってくる。

「エクスペールトと国境警備隊があんたにはついている」

「どちらも勝ち馬に乗るだけだ」

ギルシュは低い声でいった。私は思わず見つめた。悲壮な表情ではなかった。潜入先でもこういう顔を見たことがある。殺し合いが待ちうけているのをわかっていて、恐れず、黙々とうけいれていた。

勇気ではない。といってあきらめでもない。

他の生き方ができないのだ。その生きかたでのしあがり、そして死ぬ。

仲よくなった男に他の生きかたを考えたことはないのか、と訊ねたことがある。

——考えるのはできるぜ、いくらでも。だが生きるのはできねえ
「そのときは、声をかける」

私はいった。ギルシュは私に指をつきつけた。

「電話じゃ、いうなよ。エクスペールトに聞かれる」

　私は頷き、部屋をでていった。

27

「エカテリーナ」をでて、猛烈に腹が減っていることに気づいた。イクラのブリヌイを食堂で食べたきりだ。

「フジリスタラーン」の扉を押した。「本屋」のパクがいた。少し離れたテーブルにヤンがひとりですわっている。

　パクがいる可能性は想像していたが、ヤンがいるとは思っておらず、私はとまどった。だが考えてみれば、これはチャンスだ。

　パクに軽く頷き、私はヤンのかたわらに腰をおろした。パクは日本語がわかる。

　中国語で告げた。

「会いたいと思っていました」

　ヤンは驚いたようすもなく、ラーメンの丼を押しやった。

「私も同じことを考えていました」

　にこやかに中国語で答えた。

「何にする？」

近づいてきたみつごのひとりが訊ねた。

「ええと――」

店内を見回し、思いついた。

「ソバにカレーをかけられるかい？」

カレー南蛮はメニューになかった。

「ソバにカレー？」

みつごのひとりは首を傾げた。

「そう。あたたかいソバにカレーをかけるんだ」

「ソバスープは？」

「それも入れる。ただしライスはなしだ」

「今日は当てないの？」

「エレーナ」

「当たり」

満足げに頷き、確認した。

「スープソバにカレーをかけるのね？」

「そうだ」

「訊いてみる」

キッチンに入り、少しして顔をのぞかせた。

「できるけど、少し高くなる」

「大丈夫だ」

この島での最後の夕食だ。それくらい張りこもう。

「スープソバにカレーですか。いい考えだ」

ヤンがいった。

「中国にも同じような料理があります」

「でしょうね。ところで、今夜か明日の朝早く、ゴムボートをだせませんか？」

「ゴムボートを？」

ヤンは私を見つめた。

「そうです。明日の昼過ぎに私はこの島をでていきます。その前に洞窟を見たい」

「ニシグチさんを殺した犯人をつかまえたのですか？」

「そうではありませんが、命令でこの島を離れなくてはならなくなったのです」

「捜査は？」

「中断します」

「すると、また戻ってくるのですか」

「おそらく、戻ってきません」

「中断の理由は何です？」

「政治的なものではありません。安全を優先したのです」

「誰の安全ですか」

「私の安全です。以前かかわり、私に恨みをもつロシアマフィアが明日、この島にやってくることがわかったのです」

ヤンは目をみはった。

「あなたに危害を加えにくるのですか」

「それも目的のひとつです」

「他の目的は？」

ためらったが、話すことにした。

「この島の飲食店のすべての権利を奪う」

ヤンは黙った。やがて、

「なるほど。いかにもマフィアが考えそうなことだ」

とつぶやいた。

「殺し屋を二人連れているという情報もあります。おそらく、この島に上陸したら、最初に私を殺そうとするでしょう」

ヤンは頷いた。

「国境警備隊はアテにできない。彼らの任務は人を守ることではありません。つまり、あなたはひとりで戦わなければならない」

私は頷き返した。

「生鮮食料品を補給する船が、明日の昼、根室から到着します。それに乗って、ここを離れようと思っています」

「だから、今夜か明日の朝、といったのですね」

「そうです。可能でしょうか」

「ゴムボートを操船する者に訊いてみないと。それに潮回りも重要です。満潮だったら近づけません」

　忘れていた。

　ヤンは携帯をとりだした。

「電話は危険なので、メールで確認します」

「メールが使えるのですか」

「プラントに我々専用のアンテナを立ててあります」

　ヤンは携帯を操作し、返事を待つようにテーブルにおいた。私はヤンに頷いて席を立ち、パクのかたわらにいった。

「明日、この島を離れることになりました。これまでのご協力を感謝します」

　私が告げると、無言で目をみひらいた。彼の前には今日も食べかけのカレーライスがある。スプーンをおき、パクは訊ねた。

「人殺しが誰だかわかったのですか？」

「まだわかっていませんが、この島を離れなくてはならなくなったのです」

私は答えた。

「明日のいつ、離れるのです？」

「おそらく昼過ぎだと思います。根室からくる補給船に乗せてもらおうと考えています」

「明日の昼過ぎ」

パクはつぶやき、私は頷いた。パクは「フジリスタラーン」の壁を見た。古い壁かけ時計があり、六時四十分を針はさしている。

「まだ半日以上ある。そのあいだにあなたなら、犯人を見つけられるでしょう」

「それは難しいと思います」

「なぜです？」

答えかけ、私はためらった。話せば愚痴になってしまいそうだ。

「この島では――」

パクは私を見つめている。

「人はなかなか、真実を話してくれません。この島にいる本当の理由、何を守ろうとしているのか」

「皆、上べ（うわべ）のことしかいわない？」

パクの言葉に私は頷いた。

「それは当然です。なぜなら、ここはふつうの場所ではない」

パクはいった。私はかたわらに腰かけた。

「では、どんな場所だというのです？」

「昔、大勢の人が殺された。その後は軍隊が秘密の施設を作った。少なくともロシア人なら、この島に住みたいとは考えない。オロテックが作られなければ、今でも無人島だった筈だ。ここは嫌われた土地なのです。そんな土地にやってくる人間には、必ず理由がある」

私はパクの顔を見つめた。

「どんな理由ですか」

「手に入れたいものがあって、そのためにはつらくてもここにいる他ない。そんな人間は、自分について本当のことを決していわない。別の人間になりすましたり、嘘をついてでも人を利用することを考える」

私は息を吸いこんだ。パクはつづけた。

「皆、この島にいるあいだは我慢をします。ほしいものを手に入れたら、一日も早くでていこうと考える。そしてこの島にいたことは誰にも話さない」

「そうなのですか？」

パクは頷いた。

「ロシア人にとってはそうです。ここは監獄のような場所だ。本土とのいききが自由ではないし、常にオロテックの監視をうけています。上の人に嫌われたり失敗をしたら、でていかなくてはならない。この島での稼ぎは悪くありません。短い期間に大金を稼げます。それだけに我慢をしなくてはならないことも多い」

「日本人や中国人にとってはちがうのですか？」

「日本人や中国人は、ロシア人より我慢強いと私は思います。グループで暮らすことに慣れている。それに東京や北京は、ここよりはるかに暖かい。仕事が終わればそこに帰れる。長い冬は、人の心を暗くします。ロシアの冬は、日本や中国の冬より長い」

「パクさんも同じなのですか」

「ここで本を売る商売しか私にはない。ここでは本土より高く、本やＤＶＤが売れる。同じものを本土で売ったら、誰も目もくれないでしょう」

「意外です。パクさんは別の仕事もしていると思っていました」

　パクは首をふった。

「私のような人間は、なかなかいい仕事につけないのです」

　それがどうしてなのかは訊きづらかった。外見がアジア人にしか見えないからなのか、それ以外の理由があるのか。パクはつづけた。

「ひとつだけ確かなことは、嘘をつくには理由がある。自分の罪を隠したり、誰かを利用したくて人は嘘をつく」

「理由もなく嘘をつく人間もいます。まるで息をするように嘘ばかりついている。詐欺師のような人間です」

私がいうとパクは再び首をふった。

「いつも嘘をつく人間には、やはり嘘をつかなければならない理由があるものです。とても臆病で本当の自分を決して人に見せたくない。その人が嘘をつく理由がわかれば、その人の真実がわかる」

私は息を吐いた。

「そうですね。しかし私にはもう時間がありません」

「あきらめないでください。真実が見えるのは、最後の最後かもしれない」

「イシガミさん」

ヤンが私を呼んだ。私はヤンをふりかえり、パクの腕に触れた。

「覚えておきます」

「あなたが人殺しをつきとめることを私は期待しています。私のお母さんも期待していると思います」

パクが初めて口にした「お母さん」という言葉が、私の胸に沈んでいった。

ヤンのテーブルに戻った。エレーナが丼を運んできた。具の多いカレー南蛮が入っている。

「スープとカレーで溢れそう」

「それを食べたかった」

カレーの香りが胃を刺激した。エレーナが離れると、ヤンが中国語で告げた。

「このあたりの海域の潮回りがわかりました。今夜の十一時十七分が満潮です。干潮は明日の午前四時五十一分。大きく潮が動く新月なので、午前七時を過ぎたら、洞窟に入れなくなる、と操船する者はいっています。どうしますか？」

「いきます。乗せていってもらえますか」

ヤンは頷いた。

「では、そうですね。午前三時三十分に『ビーチ』にきてください」

それでは早いのではと訊きかけ、気づいた。満潮も干潮も瞬時に訪れるわけではない。じょじょに満ち、じょじょに引くのだ。干潮が午前四時五十一分なら、四時にはかなり潮は引いている。

と同時に、思いついた。

「過去の潮回りもわかりますか？」

「調べれば」

「三月十日のこの島の干潮時刻を調べてください」

ヤンは携帯をとりあげ、メールを打った。少しして返信がきたらしく、答えた。

「三月十日の干潮は午前五時二十八分と午後七時五十七分でした」

つまり西口が洞窟に渡ることは可能だった。だがそのことに興味はないのか、ヤンは立ちあがった。

「ではあとで」

「お願いがあります。同行者をひとり連れていきたい」

ヤンは眉をひそめた。

「それは――」

「私が責任をもちます。信用できる人間です」

「日本人ですか」

「ロシア人です。ギルシュという男です」

ヤンは首をふった。

「駄目です。エクスペールトに伝わる」

「彼は伝えない」

「信じられません」

「信じられます。彼だけが私に嘘をつかなかった」

強い口調で私がいうと、驚いたように見返してきた。

「お願いします。万一のときはロシア人がいたほうがいい」

「万一のとき?」

「国境警備隊に見つかっても、ギルシュがいれば、うまくいいわけをしてくれる筈です」

「我々を密告するかもしれない」

「彼はしないと思います」

「売春宿の経営者を信じるのですか」

「職業で人が信用できるかどうかを決められるなら、国家公務員は最も信用できることになる」

ヤンの顔を見つめ、いった。ヤンは苦笑いを浮かべた。

「中国ではどちらかです。決して信用できないか、信用するフリをする他ないか」

意外に正直な男だ。私は訊ねた。

「あなたはどっちです？」

「私は公務員ではない。少なくともこの島にいるあいだは」

ヤンは答えた。

「いいでしょう。ギルシュを連れてきなさい」

低い声でいい、ヤンは「フジリスタラーン」をでていった。私はカレー南蛮にとりかかった。

28

胃が満たされると眠けが襲ってきた。宿舎で眠りたかったが、「エカテリーナ」に向かった。電話では「ビーチ」での待ち合わせをギルシュに伝えられない。

だがギルシュは「エカテリーナ」にいなかった。「キョウト」で彼を見つけたときは、すっかり眠けはさめていた。

「キョウト」はがらんとしていた。私に近よってきたニコライにビールを頼んだ。眼鏡をかけたギルシュはカウンターの端で帳簿らしきノートに目を落としている。

「今日は暇そうだな」

「風がおさまったんで明日から忙しくなると、みんなおとなしくしてるのさ」

私の前にサッポロのグラスをおき、ニコライは答えた。

「ロシア人らしくないな」

「飲んだくれて仕事をしくじるような奴は、すぐにクビになる。高い稼ぎをなくしたくないんだ」

ギルシュが眼鏡ごしに私を見やり、いった。

「それは老眼鏡か？」

私は訊ねた。ギルシュは答えず、眼鏡を外して酒棚の端においた。私の前に立つ。

「酒が飲みたくてきたのか」

「洞窟に渡してもらえることになった」

私は小声でいった。

「ニコライ！」

ふりむきもせず、ギルシュはバーテンダーを呼んだ。

「ブリヌイを買ってこい。ふたつだ。種類は任せる」

ニコライは頷き、Tシャツの上に防寒着を羽織って店をでていった。

「誰が渡してくれるんだ」

「ヤンという中国人だ。プラントの警備責任者をしている」

「あいつか」

「『エカテリーナ』にきたことはあるか?」

ギルシュは首をふった。

「あいつはこない。同じ中国人を監視するのがあいつの仕事だろう」

「ヤンはおそらく中国の情報機関の人間だ。プラントの産業スパイ防止とこの島の軍事機密を探りに送りこまれている」

「エクスペールトと仲よくやれそうじゃないか」

「あんたを連れていきたいといったら反対されたが、説得した。今後、ヤンはあんたにいろいろと要求するかもしれない」

「好きにすればいい。生きのびたらどうするか考える」

私は頷き、告げた。

「『ビーチ』で午前三時半だ。遅れるな。軍用のゴムボートを準備して、ヤンと仲間が待っている」

「わかった」

ニコライが戻ってきた。

「ブリヌイです」

　ギルシュがひとつを私にさしだした。

「もっていけ。明日は長い一日になる」

　受けとり、防寒着のポケットにしまった。

　部屋に戻った。北海道警察の横山からメールの返事が届いていた。

　当時、歯舞群島を〝縄張り〟とする行商人が四、五名いたと父親が話していたことを君島光枝は覚えていた。

　行商人が売っていたのは、鍋や包丁、歯ブラシといった家庭用品から、本、衣服、薬。かわったところでは生命保険もあったようだ。

　それぞれ売りものは決まっていて、二年から三年で行商人の顔ぶれはかわっていたらしい。氏名をつきとめるのは、まず不可能だろうと横山は書き添えていた。

　稲葉にメールを打った。明日の、根室発着の補給船で島を離れるが、その前に洞窟にいくことを知らせる。万一戻らなかったり、音信が途絶えた場合は、プラントの警備責任者ヤンか、島内でバーを営むギルシュに事情を問い合わせてもらいたい。

　送信して五分とたたないうちに私用の携帯電話が鳴った。稲葉だった。

「島からの離脱を勧告したのを忘れたのか。なのに洞窟に渡るというのは、どういうことだ？」

　威厳を保とうとしながらも、声にはあわてた響きがあった。

「中国のプラント警備員から軍用のゴムボートで渡すという申し出がありました」

「警備員？　警備員といったのか」

「警備責任者です、正確には。中国国家安全部のエージェントだと思います」

「何を考えてる。中国のスパイと行動を共にするのか」

「目的が一致したんです。ヤンはこの島にあったロシアの軍事施設に関する情報が欲しい。そのためには洞窟に渡る必要があります」

「そんなことを訊いているのじゃない。万一つかまったら、二人してスパイ罪だ」

「覚悟はしていますが、おそらく大丈夫です。明朝早くに洞窟に渡り、朝のうちに戻れば、根室からの補給船で午後には島を離れられる」

「ボリス・コズロフはどうした？」

「今朝、島から逃げだしたもようです。国境警備隊が島内を捜索しましたが見つかりませんでした。マフィア筋の情報では、ピョートル配下の殺し屋が二人、この島に向かっているそうです。その二人と合流して私を殺しに戻ってくる気かもしれません。殺し屋のひとりは『日本人（ヤポンスキー）』という渾名で、先祖が日本人だったという噂があります」

「待て」

　キィボードを操作する気配があり、何かをいったが雑音にかき消された。

「聞こえません」

「データがない、といったんだ。ピョートルには大勢の手下がいる」

「もうひとつ報告することがあります」

タチアナとイワンの話をした。

「イワン・アンドロノフを殺すか私を殺すかの二者択一で、パキージンはアンドロノフを選んだのだと思われます。ロシア人のほうが問題が大きくならないと考えたのでしょう」

「タチアナ・ブラノーヴァについては資料がない。ただカムチャツカのルイバチー潜水艦基地に四年前、タチアナ・シェベルスカヤという軍医が勤務していたという記録があった」

「FSBの人間ですから、正体を隠して基地で働くこともあったかもしれません」

「亡命を希望したという話は、どこまで信用できる？」

「当初は本気だったようです。冗談だといっていましたが」

「なぜ希望をひっこめたんだ」

「わかりません。ただ……」

「ただ？」

再び雑音が襲った。

「詳しい話は戻ったときにします。戻れれば、ですが」

「必ず戻ってこい。私だって責任を感じているんだ」

「何の責任です？」

稲葉の答は雑音に消されて聞こえなかった。訊き返すのもいやみかもしれない。無事に戻れば、また彼の下で働くことになるのだ。もう一度いわせたい気持をおさえ、私は電話を切った。

十時に明りを消し、ベッドに横たわった。まったく眠けはやってこなかった。当然だ。これでぐっすり眠れる神経だったら、とっくに殺されている。

それでもいくらかうとうとはしたかもしれない。気づくと腕時計が午前二時をさしていた。

西口の轍を踏まないためには「ビーチ」まで、地下通路ではなく陸路をいく必要があった。三十分でいきつけるかどうかわからない。私は起きあがり、身仕度を整えた。制服ではなく私服の上に防寒着をつけ、部屋をでた。

風はおさまっていたが、地上は恐ろしく冷えこんでいた。氷点下になっているのはまちがいない。フードをかぶり、宿舎をでると左に進んだ。懐中電灯は点さない。バッテリーの節約と光を見られないためだ。月の光はまったくない。ヤンが新月だといっていたのを思いだした。吐く息だけが白く光る。

凍てついた地面を踏むブーツの音だけしか初めは聞こえなかった。遠目に見える発電所の建物を目印に進んだ。円筒形の建物が照明に浮かびあがり、まるで噴煙のように水蒸気を噴きあげている。

道はないが下生え（したば）が低いので、進むのにさほど困難は感じない。起伏は、進行方向に向かって高くなっている。

宿舎をでて三十分ほど進んだところで立ち止まった。宿舎から発電所までの距離の三分の二を越えた見当だ。

発電所の位置からすると、このあたりに地下通路からの階段がある筈だった。発電所の手前にある、地上との出入口で、ウーとの待ち合わせに使った階段だ。

だが階段の出入口は、暗闇の中をすかしても見つからなかった。

道をまちがえた筈はない。発電所の建物を正面やや左手に見ながら進んできたのだ。

階段の出入口さえ見つければ、そこから「ビーチ」へと降りる道がある。

不安がこみあげ、私は深呼吸した。懐中電灯を点し、あたりを照らした。

正面に小さな丘があった。急激な登り坂になっている。

もしやと思い、その坂をのぼった。息が切れだす頃、頂上に達した。

前方に階段の出入口が見えた。この丘に隠れていたのだ。

ほっと息を吐き、時計を見た。午前二時五十分を示していた。

丘を下った。階段の出入口の手前に、左手の「ビーチ」へと降りる坂があった。この坂を降りかけたときイワンに襲われたのだ。

下り坂にさしかかると、正面から海鳴りが聞こえた。わずかに光っているのは波頭だろうか。

「ビーチ」に達した。人の姿はない。懐中電灯であたりを照らした。白く光る波が砂浜を這いあがり、ひいていく。

ぞくりとして思わず背後をふりかえった。下り坂とその周囲を照らした。誰もいない。

時計を見た。午前三時十分。ギルシュもいない。

遅刻しても待ってはやらない。ここで三時半と伝えたのだ。

懐中電灯を消し、闇の中でうずくまった。しゃがんでいると足もとから冷気が伝わってきて、私は小刻みに体を動かした。

ブーンという虫の羽音がどこからか聞こえた。蜂か、と思ったが、この寒さでしかも夜に蜂が飛ぶわけがない。

立ちあがり、羽音がどこから聞こえるかを探した。海の方角だ。

と同時に、背後からざくっざくっという足音が聞こえた。

私は急いでしゃがみ、暗闇をすかした。まるで子供のように小さな影が下り坂を降りてくる。

「ギルシュ」

小声で呼びかけると影の動きが止まった。

「どこだ」

低い声でギルシュが応えた。

「ここだ」

いって、一瞬だけ懐中電灯を点した。ギルシュはそれを見つけ、まっすぐ進んできた。

「中国人はどうした？」

私のかたわらにきたギルシュがいった。毛皮の帽子とコートを着け、ロングブーツをはいた姿は、ファンタジーかロールプレイングゲームに登場するドワーフそのものだった。といっても、かわいいとはまるで思わない。

私が答える前に、

「あれか」

とギルシュはいった。私の肩ごしに海を見ている。

ふりかえった。黒い海面の上にまっすぐ光がのび、その光源が近づいてくる。ブーンという羽音が強まった。

光源の位置が低いため、ときおり波に呑まれたようにその光は消える。

やがてその光は、探照灯をつけたゴムボートの形になった。およそ三メートルはあるゴムボートが「ビーチ」に近づいてくる。

不意に羽音が止んだ。それがエンジン音であることは途中から気づいていた。

ボートには二つの人影があり、ひとりが船尾の船外機近くにすわっていた。

カタンという音とともに、その人影が船外機をボートの上にひきあげた。ボートは惰性で砂浜に乗りあげ、底がこすれるざざっという音が聞こえた。

探照灯が消え、人影はボートを降りた。

心か。


「こっちだ」

私は小声でいって、懐中電灯を点した。

「手伝ってください。ボートの向きをかえます」

ヤンが日本語でいった。中国語を使わなかったのは、誰かに聞かれたときのための用心か。

ギルシュと二人で砂浜に降りた。

ヤンといたのは、初めて見る中国人だった。細い顔と体はすばしこそうで、黒いドライスーツの上にセーターを着こみ、リュックを背負っている。

「ザイです」

同じような服装をしたヤンが紹介した。ザイはそっけなく頷き、ゴムボートの舳先(へさき)をつかみ、押しやった。私とギルシュも手伝い、砂浜に乗りあげたゴムボートの舳先を海に向ける。

ヤンとザイは救命胴衣を着けている。それに目を向けた私にヤンがいった。

「あなたたちは必要ない。もし海に落ちたら、低体温症で死にます」

ドライスーツを着ていなければ救命胴衣は意味がないというわけだ。

「乗れ」

ザイがボートをおさえ、中国語で告げた。私とギルシュはゴムボートに乗りこんだ。

ボートの幅は一メートル以上あり、仕切りで三つに分かれている。私とギルシュはまん中のスペースに体を落ちつけた。

ヤンが舳先寄りに乗ると、ザイがゴムボートを沖へと押しやり、最後尾にとび乗った。

内側に倒してあった船外機を戻し、エンジンをかける。

ボートはすべるように沖へと進み、すぐに波で大きく上下し始めた。思わずボートのへりにしがみついた。

「しっかりつかまって」

ヤンが探照灯に腕をかけ、いった。

「つかまってろ」

私はギルシュに告げた。ギルシュは無言で頷き、ボートの仕切りを両手でつかんだ。

彼の身長だと、そのほうが確実だ。

エンジン音が高くなり、ボートのスピードが上がった。それと同時に舳先が上向きにせりあがる。私の胃もせりあがった。

風切り音と水しぶきが襲いかかった。顔を伏せ、指が痛くなるほど船べりにしがみつく。

「ライトを！」

ザイが叫び、ヤンが探照灯を点した。光が暗黒の海面上を切り裂いた。

「左だ」

ザイがいい、ヤンは探照灯を左に向けた。黒々とした崖がそそりたち、その上にＣ棟の建物が見えた。いくつかの窓には明りが点っている。船酔いを恐れていたが、緊張と恐怖が上回ってそれどころではなかった。

やがてザイがエンジンを絞り、音が低くなると同時にスピードを落としたボートの舳先が下がった。

ようやく時計を見る余裕が生まれた。四時七分前だ。

「ライト、右に」

ザイがいい、ヤンが探照灯を動かした。

洞窟の入口が数百メートル先に見えた。まっ黒な穴が口を開けている。幅は四、五メートルほどで、高さは二メートル近くあるが、このボートでくぐることを想像すると、決して大きくは見えない。

「あれか」

ギルシュがくいしばった歯のあいだからいった。

「そうだ」

ザイは慎重にボートを進めていった。崖に近づくにしたがい、揺れが大きくなった。寄せ波が島にぶつかって戻る引き波と押しあっているのだ。

ボートは人が歩くほどの速度で進み、岩の裂け目に近づいた。

探照灯が裂け目を照らしだす。洞窟の奥が一瞬見え、何かが光を反射したが、すぐに波で見えなくなった。

裂け目との距離がちぢまった。百メートルから、八十メートル、五十メートル、ボートが上下するたびに洞窟の奥が見えては消える。

洞窟の奥には平らな岩場があるようだ。

二十メートルまで近づいたとき、ボートがスピードを上げ、油断していた私はふり落とされそうになった。

それを救ったのはギルシュだった。腕をつかみ、ぐいとひき戻してくれたのだ。

ボートは一瞬で裂け目を通過した。洞窟に入る直前、ザイはエンジンを切り、船外機をひき上げた。岩にスクリューがあたらないよう惰性で洞窟に進入するため、スピードを一度上げたのだと気づいた。

ボートは直進し、次の瞬間何かに衝突した。さほどスピードはでていなかったので、ふり落とされることはなかったが、衝撃で倒れこんだ。

「大丈夫か?!」

ザイが叫んだ。

「大丈夫だ」

探照灯にしがみついたヤンが答え、私の下じきになったギルシュが悪態をついた。

「すまない」

私はあやまった。

「思ったより急に浅くなってる」

ザイがいった。

「ボートは大丈夫ですか」

私はヤンに訊ねた。

「このていどでは壊れない」

ザイがかわりに答えた。

ボートは裂け目から四、五メートル入ったところにつきでた岩に舳先を押しつけて止まっていた。岩は大きな墓石を斜めにしたような形で、海面から五十センチほど頭をだしている。

その岩を囲むように小さな入り江が洞窟内に広がっていた。幅は二十メートルあるかどうかだろう。奥に向かって、ごつごつとした岩が隆起している。

ヤンが岩をつかみ、ボートを横におしやった。ザイが小さなオールで水をかくと、ボートは入り江の奥へと進んだ。

ヤンが探照灯を頭上へと向けた。光が洞窟内に広がり、私は息を呑んだ。洞窟の天井は五メートル近い高さがあり、水滴がきらきらと光って、プラネタリウムのようだ。

やがてボートが止まった。正面に、水中からのびる階段があった。岩を削って作った人工物だ。

ヤンがボートからその階段にとび移った。ロープを手にしている。ボート本体とつながったロープを階段の先の岩に巻きつけ、固定した。

「上陸してください。ザイはここに残ります」

ヤンはいってリュックをおろすと、中からヘッドギアのようなものをとりだした。ライトと小型のムービーカメラを一体化させた構造で、似たようなヘルメットをＳＡＴの隊員がかぶっているのを見たことがある。

ヤンはヘッドギアをつけ、ライトのスイッチを入れた。自分が向いている方角が自動的に撮影される仕組だ。

私が先にボートを降り、階段の途中でギルシュの上陸を手伝った。手助けを嫌がるかと思ったが、無言で私の腕をつかみ、階段にとび移った。

階段は幅が五十センチほどで、最上段まであがると、海面から二メートル近い高さがある。満潮になっても最上段は水没しないだろう。そこから先の地面もゆるやかに隆起している。したがって先にいくほど洞窟の天井が低くなっているように感じる。

「ついにきたぞ！」

ギルシュが叫んだ。声が反響するかと思ったが、洞窟の入口から聞こえる波の音のほうがはるかに大きい。

私も懐中電灯をとりだし、スイッチを入れた。ヤンの背中が洞窟の奥にあった。

洞窟そのものは波の浸食によって作られたのだろうが、そこに細かな人手が加わっている。

入り江に作られた階段もそうだし、足もとを削り、歩きやすくなだらかにしたのも人間だ。しかもそれは、機械による工作ではなく、人の手によったものだと明らかにわかる。コンクリートも使っていない。

　おそらくこの島に代々住んでいた人々が、神聖な場として何年、何十年もかけて整備したにちがいない。それを考えると、ある種の感動すら、私は覚えた。

「これは何ですか」

　ヤンが背中を向けたままいい、私は我にかえった。ヘッドギアの光が朽ちた鳥居を照らしだしていた。木製で、幅と高さは人がくぐり抜けられるかどうかだろう。それが何本も洞窟の奥に向かって連なっている。大半は左右どちらかか両方の柱が折れ、横に渡された笠木が倒れこんでいたが、中には無傷で立っている鳥居もあった。

　鳥居の数は全部で二十基あった。色はないか、塗られていても落ちてしまって灰色にしか見えない。

「これだ。ひい祖父さんが、洞窟の中には気味の悪い木の門が何十本も立っていたといってたそうだ」

　ギルシュがいった。確かに宗教的なものだと知らない者には、立ち並ぶ鳥居は不気味に見えるだろう。

「鳥居だ。神社の入口などにおく門の一種で、神聖な場所であることを表示する」

　私はいった。

「鳥居なら知っています。でもこんなに何十本もおかれているのは初めて見る」

ヤンが流暢なロシア語で答えた。

「島の人にはそれだけ大切な存在だったのだろう」

「この奥に、神社があるということですか」

「おそらく。だが下は通れないな」

岩を削った穴に柱はさしこまれていた。これも人の手で作ったのだ。たいへんな手間をかけている。

私たちは並んだ鳥居の右側を進んだ。洞窟は奥に向かうにつれ、狭くなっている。

やがて正面に小さな祠が見えた。岩肌をくり抜いた穴に木製の箱がおさめられている。だがその箱は無残に壊され、中の棚が露わになっていた。

ギルシュが私を追い越し、祠に近づいた。

祠の大きさは高さ一メートル、幅五十センチくらいだろう。地面に観音開きの戸が割れた状態で落ちている。

「ライトを」

ギルシュがいったので、私は懐中電灯を祠に向けた。

「この中に金があったんだな」

ギルシュは棚に手をさしこみ、つぶやいた。ちょうどギルシュの顔の高さの位置に祠はある。

「ニシグチさんはここにきたかったのですね。確かに見るだけの価値はある」

ヤンはいって、その場でゆっくり一回転した。ヘッドギアのカメラにあたりの映像をおさめようとしたのだろう。

鳥居の列は一直線ではなく、手前から右奥に向かい、ゆるやかにカーブしていた。一基ごとの間隔は一メートルあるかどうかだ。

鳥居の始まるところが洞窟内で最も高く、そこから下り坂になっていた。したがって洞窟の入口にある入り江から祠を見通すことはできない。

ヤンのヘッドライトに岩の割れ目が浮かびあがった。鳥居の列の手前、左側だ。細い道があるように見えた。祠に近づくときは反対側を通ったので、気づかなかった。

私は祠の前を離れ、倒れかけた鳥居に触れないよう注意しながら、反対側に回った。

「何だ？」

ギルシュが訊ねた。

「道があるように見える」

答えてから、道はあって当然だと気づいた。

かつてこの洞窟には、陸上からつながった道があった。そうでなければ、洞窟内を整備したり鳥居や祠をすえることはできない。

C棟を建設する前には岩場伝いにここに降りる道があったと木村はいっていた。岩場と洞窟をつなぐ通路がどこかにある筈だ。

ヤンとギルシュが私のあとについてきた。

岩の割れ目と見えたのは、自然の穴をさらに広げた通路だった。幅は二メートルほどはある。気づかなかったのは、鳥居に気をとられていたのと、急な下り坂になっているためだ。

「何なんだ、ここは」

ギルシュがいった。

「通路だ。昔、この島に住んでいた人たちはこの道を通って、ここにきていたんだ。C棟が作られたので、その道が塞がれてしまった」

私は答えた。足を滑らせないように、慎重に下り坂を降りる。途中から、手作りの階段になった。

階段を降りきったところで私は足を止めた。灰色の平坦な床が広がっている。明らかにセメントでコーティングしたものだ。

「おっと」

私のすぐうしろで足を止めたギルシュがいった。そこからはコンクリートで固められた通路がのびている。壁こそ岩をくり抜いたようだが、表面はすべすべとして、明らかに機械で工作されたとわかる。

懐中電灯を上に向けた。吊るされた電球が見えた。通路の天井を這うように電線が走り、そこから五メートル間隔で電球が吊るされている。今も点くかはわからない。

「これも島の連中が作ったのか」

「ロシア軍でしょう。この先に何かの施設があるようです」

ヤンが答え、リュックをおろした。中から小型のサブマシンガンをとりだした。

「ロシア兵と戦うつもりですか」

私は訊ねた。

「まさか。これは用心のためです。軍の収容所があったなら、ここにいたのは犯罪者などの危険な人間だ」

「今もそういう連中がいると？」

「いたら、それこそゾンビだ」

薄気味悪そうにギルシュがいって、毛皮のコートの下からオートマチックを抜いた。グロックだった。

「いるわけがない。オロテックができてから、ここには人が入っていない」

私はいった。

「だったらニシグチを殺ったのは誰だ」

ギルシュはいって、グロックの遊底を引いた。答えるかわりに、私もマカロフを手にした。

通路の正面には灰色に塗られた扉があった。ヤンが最初に近づいてしゃがみ、手であとからくる私たちを制した。耳を扉に近づけ、中の気配をうかがっている。扉は金属製で、何の表示もないが、戦後作られたものだということはわかった。

「何か聞こえますか」

小声で訊ねた私に、ヤンは首をふった。扉はいかにも頑丈そうで、ノブの下に鍵穴がついている。ヤンがノブをつかみ、回した。

「鍵がかかっている」

いって、リュックからペンケースをとりだした。中から抜いた解錠キットを鍵穴にさしこむ。耳をすませ、指先に神経を集中させて、二本の金属棒を動かす。

ギルシュが私の腰をつついた。

「お前はあれができるか？」

私は無言で首をふった。ピッキングは、電子錠が普及した今、日本ではほぼ無用の技術だ。

ヤンも久しぶりらしく、眉間に皺をよせ、何度か金属棒を落としては、やり直した。

「ぶち破っちまえよ」

ギルシュがささやいた。

「中にロシア兵がいたら、すぐ撃ち合いだ」

私はいった。

「いるのはゾンビだろう。ニシグチを殺して目玉を食った野郎だ」

私は思わずギルシュを見たが、何もいわなかった。

このままでは潮が満ちてしまう、そういおうとしたとき、錠が外れるカチリという音がした。

ヤンはほっと息を吐き、解錠キットをペンケースにもどしてリュックにしまうとサブマシンガンを手にした。イスラエル製のマイクロウジのコピーを改良したもののようだ。オリジナルにはないサプレッサーが装着されている。

私たちに合図をし、しゃがんだままノブを回して引いた。ギルシュがグロックをかまえた。

扉がゆっくりと開いた。さぞ派手な軋みをたてるかと思ったが、蝶番(ちようつがい)は静かだ。

私は懐中電灯を握った左手を高く掲げ、扉の奥に向けた。映画では拳銃を握った手の上にライトをのせるが、光源は格好の標的になる。体の中心からはなるべく離したい。

何もないがらんとした空間が広がっていた。コンクリートを床にしきつめた、二十畳ほどの部屋だ。ぐるりと照らしても、人の姿はない。ただし奥に、観音開きの大型の扉があり、キリル文字が書かれていた。

コンクリートの床には重いものをひきずったような跡がいくつもついている。倉庫として使われていたようだ。

私は大型の扉に近づいた。キリル文字は、

「保管容器の破損、内容物の流出を認めた場合、手を触れず、ただちに○○○○に連絡をせよ」

とステンシルで印刷され、○○○○の部分が削りとられていた。

ギルシュはもちろん、ヤンも書かれている文字が読めるようだ。

「電話番号か?」

ギルシュが削られた部分に指を触れ、いった。ヤンが答える。

「軍用回線の番号でしょう」

扉にはノブではなく、潜水艦の気密扉のようなハンドルがとりつけられていた。ヤンがそのハンドルをつかんだ。ハンドルはあっけなく回った。それにしたがって左右から扉を固定していたプレート錠が外れる音が聞こえた。

「いよいよか」

ギルシュがいって、グロックをかまえた。

すべてのプレートが左右にひっこむと、ヤンは扉を離れた。リュックからガスマスクとゴム手袋をとりだす。

「今度は何だよ」

ギルシュが訊ねた。

「こうした警告文を掲げた扉の奥には、通常、大量破壊兵器が保管されています。核、あるいは生物・化学兵器です」

ヤンは中国語で答えた。それを私が通訳すると、ギルシュは眉をひそめた。

「おいおい、核ミサイルがあるってのか」

「核兵器はありえない。もっと巨大な保管庫が必要になる。生物兵器か化学兵器のどちらかでしょう。私が安全を確認するまで、中には入らないでください」

ヤンは答えて、ガスマスクを装着した。ギルシュもおとなしく扉の前から下がった。

かかえこんだハンドルをヤンは手前に引いた。今度の扉は大きな音をたてた。ゆっくりと扉のすきまが広がり、私はそこに光をあてた。

最初に見えたのは、壁にたてかけられたり、床に散らばったパレットだった。

扉のすきまが、人ひとり通れるほどになると、ヤンはすり抜け奥へと入った。

私はギルシュと顔を見合わせた。

「中国の007もやるな」

ギルシュはいった。額にびっしりと細かな汗が浮かんでいる。

すぐにヤンは戻ってきて、両手で扉のすきまを広げた。ガスマスクを外している。

「何もありません」

私たちが今いる部屋の倍はある空間がそこには広がっていた。パレットは、保管されていた何かを載せて運ぶためのものだろう。

「ここに何がおかれていたにせよ、ロシア軍はすべて運びだしています。ただし、ここの空気や床の塵（ちり）を分析すれば、何があったかわかる筈です」

ゴム手袋をはめた手で袋をつまんでいた。密閉できるタイプのビニール袋だ。検体になるものを採取したようだ。

その部屋の床はコンクリートではなく、耐水性の樹脂がしきつめられていた。小型のフォークリフトのタイヤ痕らしきものもある。

「何だよ、拍子抜けだ」

ギルシュがいって、グロックを懐ろにしまった。

「ここに大量破壊兵器が保管されていたのは確かなのですか」

私はヤンに訊ねた。

「構造から見てまちがいないでしょう。収容所があったのも裏づけになる」

「裏づけ？」

「生物・化学兵器は保管期間が長くなると、変質し、威力を失うことがあります。使用可能かどうかを最も簡単に確認できるのは人体実験です」

ヤンは答えた。

「人体実験……」

「ガス室による処刑は、アメリカでもおこなわれていた。どのみち処刑すると決めた囚人を殺すのに、何を使ってもかまわないわけです。銃殺では成分検査ができない。オロテックが作られる前には、気密性の高い処刑室がこの島にはいくつもあったのでしょう」

「だから存在した建物を根こそぎ壊し、整地したのか」

私はいった。ヤンは頷いた。

「土壌汚染が最も激しい場所には、放射性物質を扱う発電所を建設した。放射性物質が保管される施設なら、汚染が外に洩れる心配はない」

「知っていたのですか？」

「疑いをもっていました。我が国や日本に近く、民間人が住んでいないので事故の際は施設を簡単に廃棄できるという点で、この島は大量破壊兵器の保管に打ってつけなのです。有事の際はただちにエトロフ島のミサイル基地に、ここにある生物・化学兵器を運びこむことができる」

私がロシア語に訳すと、ギルシュがいった。

「そんなに便利なら、なぜ今も保管場所にしていないんだ」

「ロシア軍の編制がかわったからです。二〇一〇年にこれまであった六つの軍管区が四つの軍管区に統合されました。極東地域では、旧極東軍管区と旧シベリア軍管区東部がひとつになって、東部軍管区となりハバロフスクに本部がおかれることになりました。この軍管区には戦略司令部の資格が与えられ、陸海空、三軍の統合運用が任されます。その結果、旧軍管区にあった施設の統廃合がおこなわれ、この保管庫が廃止されました。生物・化学兵器に対する国際的な風当たりも強くなり、日本の目と鼻の先にその保管庫があったと知られれば、非難は免れられないとロシア政府は考えたのでしょう」

「だからこそ隠したかったわけだ」

私はいって、ギルシュに通訳した。

「外聞を気にするあたり、昔のクレムリンとは大ちがいじゃねえか」

「いずれにしても、ここに生物・化学兵器が保管されていたことを、ロシアは永久に秘密にしておきたいのです。ニシグチさんが殺された理由です」

「待ってください。ニシグチは洞窟にきたかもしれないが、さっきの扉を開けない限り、ここには入れない。しかも入ったとしても、保管庫として使われていたことには気づかなかった筈です。彼はスパイではなかった」

「ではなぜ殺されたと？」

　私はあたりを見回した。たとえ何もなくても、生物・化学兵器がおかれていたかもしれないと考えるだけで、鼻の奥がむずむずするような気分だ。

「それは、彼をこの洞窟に運んだ人間に訊けばわかる」

「やっぱりアルトゥールが殺ったのか」

　ギルシュが訊ねた。

「もしニシグチを運んだのがアルトゥールだとしたら、殺す理由はない。この洞窟のことを隠しておきたければ、運ぶのを断わればすむ」

「確かにその通りです。では誰が？」

　ヤンが訊ねた。

「ニシグチが洞窟にきたとき、偶然、ここにいあわせた人物だと思います」

「待てよ。ここにいあわせたっていうが、先に別の船がきていたら、ニシグチは見てわかった筈だ。のこのこ上陸はしねえ。それとも、犯人はニシグチを追っかけてきたのか」

ギルシュがいった。

「追っかけてきたわけではないと思う。もとから、犯人はここにいたんだ」

私は答えた。

「やっぱりゾンビがいたんじゃねえか」

ギルシュがいい、私は首をふった。

「ゾンビじゃない。刃物を使い慣れた人間だ。肋骨のあいだを滑らせて心臓に届かせていた」

「待ってください。犯人はここにいたとイシガミさんはいいましたが、どこからきたのです？」

ヤンが訊ね、私は頭上を指でさした。

「もちろん地上です」

「船できたのではない？」

私は頷いた。洞窟の奥に扉を見つけたときから、ある確信のようなものが私の中に生まれていた。

かつては洞窟と地上を結ぶ道は崖にしか存在しなかっただろうが、ここが大量破壊兵器の保管場所に改造されたときに別の通路が作られた筈だ。

「わかったぞ。上とつながった通路があるんだ」

ギルシュがいった。ヤンは頷いた。

「当然、大量破壊兵器を運ぶ通路が必要だった。保管庫と地上とのあいだにエレベーターがあっておかしくない」

いって、部屋の中を見回した。出入口は、我々がすり抜けた観音開きの扉しかない。

「どこにある？」

ギルシュがつきあたりの壁に近づいた。手袋をはめた拳で叩く。硬い音がした。

「オロテックが潰しちまったのか」

私は正面の壁を見つめた。エレベーターが存在したのなら、この部屋にはもうひとつの出入口があった筈だ。

ギルシュが壁のあちこちを叩き、ヤンもそれを真似た。

私は懐中電灯で床を照らした。床にしきつめられた樹脂には無数のタイヤ痕がある。いかにも小型のフォークリフトらしい、円形旋回の痕も多いが、何重もかさなった直線の痕もあり、入って左手の壁に向かっていた。

その壁を照らした。

「あった」

思わず声がでた。線のように細い亀裂が天井から床に向け走っている。線は五メートルほどの間隔をおいて、二本あった。

線と線のあいだの壁を懐中電灯で叩いた。虚ろな音がした。明らかに壁の他の部分とは密度が異なっている。

「あとから同じ色の塗料で塗り潰したんだ」

ヤンがいって壁を押した。

「動かない。扉だとしても、向こう側からじゃないと開けられない仕組のようです」

ギルシュが近づき、壁をしげしげと観察した。

「これは軍の仕事じゃない。軍だったら、こんなにぴったりとすきまなく作るわけがない。もっと雑だ。元からあった通路にぴったりはまるような扉をあとから別の奴がつけたのさ」

「別の奴？」

私は訊き返したが、ギルシュは答えなかった。

私たち三人は、壁に偽装された扉の前にたたずんだ。

「どうするよ。こいつを開けられなかったら、ニシグチを殺った野郎の正体はわからないのだろう」

ギルシュがいらだったようにいって、ブーツで扉を蹴った。

「この扉の向こうがどうなっているのかを知る必要があります。今もエレベーターがあり、地上とつながっているのか。それともオロテックが潰してしまったのか」

ヤンがつぶやいた。

「エレベーターが残っているかどうかはわからないが、地上とつながった通路、たとえば非常階段などはある筈です。犯人はそれを使ってここに降りてきて、ニシグチと鉢合わせしたのです」

　私は答えた。

「てことは、地上に、ここともながった出入口があるんだな」

　ギルシュがいい、再び扉を蹴った。

「問題は、それがどこにあるかだ」

「ふつうに考えれば、この上にあるC棟の地下です」

　ヤンがいった。

「C棟にあれば、ヨウワの社員が気づかない筈がない。技術者の集団です。自分たちの宿舎に、用途のわからない出入口があったら、必ず調べます」

　私はいった。洞窟の存在を私に教えた、木村のような男が見逃すわけがない。

「だったらどこにあるんだ」

　ギルシュが扉を蹴りながらいった。

「この奥がどんな構造になっているかで、まったくかわってくる。長い通路があれば、島内のどことつながっていても不思議はない」

　ヤンが答えた。ギルシュが蹴るのをやめた。

「ここに化学兵器だか生物兵器だかがあったとして、ロシア軍はそれをどう使うつもりだったんだ？」

私を見て訊ねた。私は首をふった。

「わからない」

「通常は、ミサイルに搭載する。クナシリとエトロフには、地対艦ミサイルの基地があるから、そこに運んで、中距離弾道ミサイルに搭載するか、ヘリや爆撃機の対地ミサイルに搭載して、使用する。『バル』や『バスチオン』などの対艦ミサイルでは航続距離が短すぎるので、そのための中距離弾道ミサイルがおかれているのだろう」

ヤンが答えた。

「じゃあ訊くが、クナシリやエトロフに、ここからどう運ぶ？」

「ヘリコプターだろう。そうか。かつてこの島にあったヘリポートとつながっているんだ」

ヤンの顔が明るくなった。

「今のヘリポートではなくて？」

私は訊ねた。ヤンは首をふった。

「あのヘリポートは、オロテック建設のために作られた、三つのヘリポートのうちの最後のひとつだ。資材を運ぶため、島には三ヵ所のヘリポートがあり、そのうちのひとつがもともとあったものだと聞いている」

「それはどこにあったんだ？」

「おそらく港のそば、管理棟の近くだ」

ヤンは答えた。

「そのヘリポートと、この扉の先の通路がつながっていたのじゃねえか。今も使えるかどうかはわからないが」

ギルシュがいった。私たちは顔を見合わせた。

「それを知っていたのは誰だろう」

私はいった。

「パキージンはまちがいねえ。奴が知らねえ筈はない」

ギルシュがいった。

「タチアナは？」

私はギルシュを見つめた。

「知っていて不思議はないな。FSBだろ」

「誰がFSBだというのです？」

ヤンは深刻な表情になった。

「金髪の医者だよ」

ギルシュが答えた。

「彼女が……」

いってから、ヤンは思いだしたように腕時計をのぞいた。

「そろそろここをでましょう。潮が満ちたら、あの穴を通り抜けられなくなる」

私は唇をかんだ。ようやく洞窟に入れたというのに、犯人の手がかりは、この扉の向こうに隠されたままだ。

「この扉を開けられないのか。ここさえ開けられりゃ、もう、あんなにゆれるゴムボートに乗らないですむ」

ギルシュがくやしげに壁を蹴った。

「戻って捜すんです。必ずどこかにここととつながった通路の出入口がある筈だ」

ヤンがいった。ようやくギルシュは蹴るのをやめた。頭は切れるのに、血が昇るとまるで子供のような振舞いをする。

私たちは観音扉をくぐり、もうひとつの部屋を抜けた。ピッキングで錠を開けた扉を閉めるとき、ヤンが悲しげにいった。

「本当は鍵をかけて、我々が中に入った痕跡を消したいのですが、その時間がない」

「しかたがない。いきましょう」

私はいった。電球の吊るされた通路を歩き、階段を登った。坂をあがると、洞窟の奥の鳥居の列につきあたった。鳥居を回りこみ、洞窟の最奥部にでる。

ギルシュが再び壊された祠の前で立ち止まった。

「ライトをくれ」

「いかないと」

ヤンがせきたてた。迷ったが、私はギルシュに懐中電灯を手渡した。ギルシュが棚の隅々を照らした。

「あったぞ」

小さな砂粒のようなかけらを棚の奥からつまみだした。私たちにつきだす。黄色く光っていた。

「砂金だ。畜生、いったいどれだけのお宝があったんだ」

ギルシュが呻くようにつぶやいた。

「三十八人もの人を殺してまで欲しいと思うほどの量だ」

私はいった。金を見た瞬間、体の芯が冷えるのを感じた。むしろその輝きをおぞましく感じた。

ギルシュは無言で指につまんだ光を見つめていたが、不意に投げ捨て、つぶやいた。

「クソ野郎」

なぜだか私はほっとした。

「いきましょう！」

ヤンにせきたてられるまま、私たちは入り江に向かった。入り江では、ゴムボートの向きをかえたザイが待っていた。

それを見たとき、西口の死体はどうやって運ばれたのだろうという疑問が私の中に生まれた。

ここで殺されたのなら、ボートで運ぶのと通路を使うのと、ふたつのルートがあった筈だ。「ビーチ」に遺棄されていたことを考えると、ボートで運ばれた可能性が高い。

西口殺害が洞窟でおこなわれたとすれば、アルトゥール自身が犯人か、犯人を見ている。アルトゥールが犯人なら、その場に死体を放置したろう。ひとりで死体を運ぶのは困難だし、わざわざ「ビーチ」まで運んだことを考えると、犯人は別にいて、アルトゥールに協力させたと考えられる。

イワンがアルトゥールを威していたという京子ママの話を私は思いだした。

任務に忠実だったイワンが、洞窟の秘密を守るために西口を殺した可能性は高い。そして捜索が洞窟に及ぶことを避けるため、死体を「ビーチ」まで運び、遺棄したのだ。

死体の運搬を強要されたアルトゥールは危険を感じ、島を離れた。

そのアルトゥールをこの島に連行させる、とパキージンはいっていた。それが実行されるとすれば、次の定期船に乗ってくるかもしれない。

アルトゥールは洞窟で何が起こったのかを知っている。

アルトゥールを訊問したい。だが、それをするには島に残らなければならない。命と引き換えに、犯人をつきとめるのか。

そんなことはできない。

ゴムボートが「ビーチ」に乗り上げ、私は我にかえった。砂浜に降り、ギルシュと二人でボートの向きをかえるのに協力する。

ザイとヤンが乗ったボートは瞬く間に沖へと遠ざかった。プラントのどこかにボートをあげおろしできる場所があるのだろう。

東の水平線が明るくなっていて、私は時計をのぞいた。じき午前六時になる。ひどく長い時間、洞窟にいたような気がしていたが、実際は二時間足らずだった。

「ずっと黙ってるな。何を考えてんだ？」

ギルシュが訊いた。

「同じことを考えつづけている。誰がニシグチを殺したのか」

ギルシュがぶっと噴きだした。げらげらと笑い声をたてた。

「まったく妙な野郎だな」

私はむっとした。

「何がおかしい」

「何十人も殺した野郎がこの島から大手をふってでてったってのに、たったひとりを殺した奴がそんなに気になるか」

確かにその通りだ。九十年前、三十八名の島民を殺した犯人はつかまっていない。

私たちは「ビーチ」からつづく坂道を登った。

「アルトゥールはボートで西口を運んだ。犯人を知っている」

「奴が犯人じゃないのか」

「アルトゥールが犯人なら、わざわざ『ビーチ』まで死体を運ぶ必要はなかった」

「じゃあ『ビーチ』で殺ったんだ」

「『ビーチ』は犯行現場じゃない」

「確かか？」

坂を登る足を止め、ギルシュは私を見た。息を切らしている。

「まちがいない。殺害現場はちがう」

ギルシュは顎に触れた。

「犯人はアルトゥールに死体運びを手伝わせたってのか」

「ひとりで運ぶのは難しいし、可能性は高い」

「アルトゥールがそこまでした理由は何だ。金か？」

「金か、脅迫か」

「イワンの野郎か」

「それを考えていた」

「つまりイワンがあそこにいたのか」

「大量破壊兵器の保管庫が存在した事実を隠すのは、彼の任務だった」

「イワンだけじゃないぞ」

ギルシュがいい、私は頷いた。

「それを本人に確かめようと思っている。彼女なら、洞窟とつながる通路の存在についても知っていておかしくない」

「あの女が認めるか」

「私が洞窟で見たものを話せば、認めざるをえなくなる。通路の存在を確実に知っているのは、私の思いつく限り、彼女とパキージンの二人だ」

「パキージンが殺ったのかもしれねえ」

「その可能性もゼロではない。だがオロテックにとってマイナスになる行動をパキージンがとるとは思えない。ニシグチ殺害は、明らかにマイナスだ」

「なるほどな」

丘の頂きに私たちは達した。洞窟に入るという目的を果たした今、地下通路の監視カメラを恐れる理由はなかった。だが二人いっしょに映されるのは賢明とはいえない。

私は階段の入口で、ギルシュに先にいけと告げた。

「いいのか」

「私の部屋のほうが近い。先にいけ」

ギルシュは私を見つめた。

「ネムロへの船に、本当に乗るのか」

「殺されたくないからな。あんたも乗るか？」

ギルシュは満更でもない顔をした。

「奴らをぶっ殺したあとなら、ホッカイドウも悪くねえ。食いもんがうまい」

私はそっと息を吐いた。ギルシュにとって対決は不可避であることを忘れていた。

「トウキョウはもっといいぞ。案内しよう」

ギルシュは首をふり、笑みを浮かべた。

「俺が、お巡りにガイドを頼むのか。洒落(しゃれ)にならねえよ」

階段を降りていった。その小さなうしろ姿を見送り、私は胸がしめつけられるような気持になった。

29

宿舎に戻り、まずしたのはブリヌイを食べることだった。ギルシュが昨夜ニコライに買ってこさせたものだ。冷えて硬くなっていたが、うまかった。それほど空腹だったのだ。「フジリスタラーン」でカレー南蛮を食べたのが、はるか大昔のことに思える。

ビールが欲しかったが我慢し、ミネラルウォーターを飲んだ。

食べ終えるとシャワーを浴び、時計を見た。

午前七時を過ぎていた。島内携帯を手にした。何度か深呼吸をし、タチアナの番号を押した。

まだ眠っているかもしれない。

「はい」

だがはっきりした返事があった。明瞭で冷ややかな声だ。

「イシガミです。話がしたい」

「何を話すの？」

「洞窟にいきました」

　タチアナは沈黙した。

「そこで見たものについて、あなたと話したい」

「わたしが話したくない、といったら？」

「エクスペールトと話します。この島で、あれについて話せるのは、あなたとエクスペールトの二人しかいない」

　私は意味深に告げた。タチアナはそっと息を吐いた。その吐息の響きを切ないと感じ、彼女に惹かれていたと改めて気づいた。

「わかった。わたしの部屋にきて」

　告げて、タチアナは電話を切った。

　少し前は人けがなかった地下通路を多くの人間がいきかっていた。昨夜ニコライがいっていたとおり、風がおさまったのでオロテック全体に活気が戻っていた。

　A－3棟のタチアナの部屋に向かった。マカロフには初弾を装填し、安全装置をかけて、腰にさしてある。話の流れによっては、彼女が私を殺そうとする可能性があった。だがもしタチアナがそうしようとしても、銃を彼女に向けられるという自信はない。

　タチアナの部屋の前に立つと、ノックをするより早くドアが開いた。ジーンズにジャケットを着たタチアナが立っていた。スウェットを別にすれば、パンツ姿の彼女を見るのは初めてだ。

「ひとり？」

「ひとりです」

タチアナはドアの前から退いた。港を見おろす窓にはカーテンがかかっていた。

私は部屋に入り、うしろ手でドアを閉めた。

「何を飲む？　コーヒー？　ウォッカ？」

「何もいりません」

タチアナは部屋の中央に立ち、私を見つめた。

「本当に洞窟に入ったの？」

「中には何十本ものトリイがあった」

「トリイ？」

「木で作られた門です。神聖な場所の入口であることを示す」

タチアナは小さく頷いた。

「他には何があった？」

「洞窟の奥に、あとから作られた階段と通路が。その先には気密室のような保管庫がありました」

タチアナは無言で私を見つめている。

「今は何もないが、かつては大量破壊兵器が保管されていた可能性が高い」

「ただの刑事のあなたに、どうしてそんなことが判断できるの」

「昔、同じような施設を写真で見たことがある。核兵器を保管するには小さすぎるので、化学兵器か生物兵器がおかれていたのでしょう」

タチアナは深呼吸した。その動きで、ジャケットの右裾がふくらんでいることに気づいた。ジーンズをはいた理由は、腰に拳銃を留めるためだ。

「ですが、そんなことはたいした問題ではない」

私はいった。タチアナは首を傾げた。

「では何が問題なの」

「保管庫の壁には、あとからとりつけられた扉があって、もうひとつの出入口を隠している。その出入口の先にはエレベーターがあった筈です」

「何のためのエレベーター？」

「大量破壊兵器を軍用のヘリポートに運ぶためのものです。ヘリコプターで、クナシリやエトロフにあるミサイル基地に輸送する」

タチアナは私に近づいた。正面から私の目をのぞきこむ。

「イシガミ。あなたはイワンが疑っていたように、スパイなの？」

「ちがう」

私が答えると、息がかかるほど顔を近づけてきた。青く澄んだ瞳に吸いこまれそうだ。

「だったらあなたの目的は何？」

「ニシグチを殺した犯人をつきとめることだ」

「まだ、そんなことをいってる」

唇と唇が触れそうな距離で、タチアナはいった。私はさっとタチアナの右手をつかんだ。

「やめろ」

右手がジャケットの裾に入っていた。その手首を強く握った。

「痛いわ」

甘い声でタチアナがいった。

「銃から手を離せ」

タチアナの目がみひらかれた。唇が触れあい、私が目を閉じた瞬間、銃を抜こうとしていたのだろう。あるいは撃つことすら考えていたかもしれない。

右手をジャケットからひきだした。裾がめくれ、ベルトに留めた革のケースが見えた。

「話をつづけさせてくれ」

タチアナの右手首を握ったまま私はいった。

「だったら手を離して」

「銃を向けないと約束しろ」

タチアナの口もとが歪んだ。笑みを浮かべたのだった。

「あなたはスパイじゃないわね。スパイだったらそんな約束は求めない。どんな約束も信用できないとわかっている」

「約束するのかしないのか」

「お馬鹿さん。約束する」

タチアナはやさしい声でいった。私はタチアナの手を離した。

「話をつづけて」

タチアナは私から離れ、ソファに腰をおろした。ホルスターから拳銃を抜き、テーブルの上におく。私のもつマカロフに似ているが、ひと回り小さい。初めて見る銃だった。

「どうぞ」

タチアナがうながし、私は我にかえった。

「エレベーターは今も動くのか？」

タチアナは首を傾げた。

「なぜそんなことをわたしに訊くの？」

「君は知っている筈だ。保管庫には地上とつながる通路があり、それを使えば海からでなくとも洞窟に入ることができる」

「わたしが知っていると思う理由は？」

「この島に大量破壊兵器が保管されていた事実を隠すのが、君とイワンの任務だったからだ」

タチアナは息を吐いた。金髪をかきあげ、その仕草に私は思わず見惚(みと)れた。強気でいる今の立場を崩してはならない。今も彼女に惹かれていると気づかれたら、すぐさまタチアナはそれにつけこんでくる。

「あんな過去の遺物。イワンだけよ、躍起になっていたのは」

「そうなのか」

「イシガミならわかるでしょう。ホッポウリョウドは、ロシアと日本にとって微妙な存在なの。まして日本に近いこの島に、化学兵器が貯蔵されていたと日本政府が知ったら、大きな問題になる」

北方領土を日本語でいった。

「化学兵器だったのか」

「毒ガスらしいわ。旧極東軍管区に毒ガスの貯蔵庫があるという話を、潜水艦の艦長から聞いたことがある。でも今はない。それで充分でしょう」

「クナシリやエトロフに運んだのか」

「クナシリやエトロフには民間人の住民がいる。化学兵器の貯蔵には適さない」

「ロシア軍は、いざとなればそれをミサイルに搭載して、日本に撃ちこむつもりだった」

「日本だけじゃない。むしろ中国かも。国境を接している上に、軍事大国をめざしているから。いずれにしてもあなたやわたしには関係がないことよ」

私は話をそらされていたことに気づいた。

「通路の出入口はどこにあるんだ？」

「通路？」

「保管庫と地上を結んでいる通路だ」

「なぜそんなことを知りたいの」

「ニシグチは、アルトゥールの案内で海から洞窟に入った。そこで通路を下って地上から降りてきた犯人と鉢合わせし、殺されたんだ」

タチアナの目を見つめながらいった。何の変化もなかった。

「それで？」

「犯人は死体を洞窟に放置できないと考えた。放置すれば、行方のわからないニシグチの捜索がおこなわれ、洞窟に注目が向かうかもしれない。そこでわざわざニシグチの死体を『ビーチ』まで運んだ」

「あなたはイワンが犯人だと考えているのね」

「か、君だ」

「なぜわたしがニシグチを殺すの。いったでしょう。あんな過去の遺物の存在を隠してもしかたがないって」

「君が本当にそう思っているなら、確かに殺す理由はない。だが通路の場所はつきとめなければならない。犯人が洞窟にいたと確かめる必要がある」

タチアナは考えるように宙に目を向けた。

「イワンのもちものを昨夜整理した。凶器に使ったと思われるナイフはなかった」

「捨てたか、通路に隠したのかもしれない」

凶器を見つけられたら、犯人を見つける前にこの島を離れたとしても、任務をあるていど果たしたと胸をはれるような気がした。

「通路に案内してほしい」

タチアナは考えるそぶりをした。

「今は難しい」

「なぜだ」

タチアナは立ちあがり、窓のカーテンを開いた。右から光がさしこんだ。太陽が昇り、あたりを照らしだしている。

目を細め、タチアナは港を見おろした。トラックやフォークリフト、作業員があわただしく動き回っている。沖合に停泊した貨物船と港のあいだを艀と思しい小型ボートが何隻もいきかっていた。

「通路の入口はあそこにある」

タチアナはトラックやフォークリフトが動き回る一角を指さした。トラックの荷台から青く塗られたドラム缶がおろされ、それをフォークリフトが岸壁へと運んでいる。ドラム缶はそこで艀に積みかえられる。

この島で作られるレアアースが入っているのだ。

「レアースの保管場所にあるのか」

「その横、フェンスで囲まれた小屋が見える？」

電話ボックスのような箱がドラム缶に囲まれてたっていた。

「見える」

「あれは地下通路の空調室の入口よ。あそこから降りて、暖房装置の保守点検をする仕組なの。その奥に、貯蔵庫へつながった通路がある。ちなみにエレベーターは今は動かない。だから長い階段を歩くことになる」

多くのフォークリフトやトラックがいききし、作業員が働く中を私たちが近づけば、注目を集めるのはまちがいない。

「いつになったら入れる？」

「昼の休憩時間になれば、人はいなくなる」

「昼まで待てない」

「作業を中断させるの？　エクスペールトが飛んでくるわよ」

私は息を吐いた。ことここに及んで、パキージンとトラブルになるのは避けたい。だが根室からの補給船は昼頃やってくる。

そのタイミングを見はからったように、私の島内携帯が鳴った。

「どこにいる」

パキージンが訊ねた。

「いろいろと整理をしているところです」

私は返事をはぐらかした。

「先ほどサハリン警察の署長から連絡があった。今日、入港する定期船にアルトゥールを乗せたということだ。アルトゥールは警察官二名といっしょで、君の訊問がすみしだい、サハリンに戻される」

思わず返事に詰まった。すべてが同じタイミングで起きようとしている。

「聞こえているかね?」

「聞こえています」

「アルトゥールを私のオフィスに連れてこさせるから、君は知りたいことを訊くといい」

「ありがとうございます」

「定期船の入港は、今のところ午後二時を予定している。海況しだいで、それより早まるか遅れる可能性もある。入港したら、君に連絡を入れよう」

「お願いします」

定期船には、ピョートルがさし向けた殺し屋も乗りこんでいる筈だ。パキージンが電話を切ろうとしたので、私は急いでいった。

「同じ船にピョートルの殺し屋二人も乗ってきます。コズロフもいっしょかもしれません」

「そんなことはわかっている。グラチョフ少尉にいって、下船する乗客はすべてチェックさせる」

　思わずため息がでた。ボリスと殺し屋は、自分たちが国境警備隊に待ちうけられているとは知らない。うまくすれば一網打尽で、私がこの島を離れなければならない理由が消える。

「賢明な判断です」

「いった筈だ。マフィアどもの好きにはさせない」

　パキージンは電話を切った。パキージンの能力を、私は過小評価していたかもしれない。彼が暗殺者だったかどうかはともかく、ＫＧＢのエージェントだったのだ。マフィアより頭がきれるのは当然だ。

「エクスペールトね」

　タチアナがいった。私はタチアナに目を向けた。パキージンと話しているあいだ、彼女には私を撃つチャンスがあった。だがそれをしなかった。

「アルトゥールがサハリンの警官に連れられて、定期船でこの島にくる」

「それより先に、あなたはこの島をでていくのじゃなかったの？」

　臆病者は嫌い、といわれたのを思いだした。

「その予定だったが、アルトゥールがくるとなると、話がかわる。彼は犯人を知っている可能性が高い」

感心してくれることをどこか期待していた。が、タチアナの表情はかわらなかった。

「エクスペールトは、殺し屋に対して何か手を打つの？」

「国境警備隊に下船客を調べさせるといっていた」

タチアナは頷いた。

「そうなったら殺し屋はつかまり、あなたの危険はなくなる」

完全に読まれていた。私はがっかりしたことは見せずにいった。

「ボリス・コズロフもいっしょかもしれない」

「あなたを恨んでいる男ね。彼もやってくるの？」

「国境警備隊の捜索が始まる前に、ロランといっしょにボートでこの島を逃げだした。近くの他の島に隠れていて、そこに寄港するときに定期船に乗ってくるかもしれない」

タチアナは小さく頷いた。ボリスにはあまり関心がないようだ。

私は島に残ることを考え始めた。ボリスたちが拘束されれば、恐れるものはない。

「残ることにしたの？」

タチアナが訊ねた。

「臆病者といわれたのがこたえている」

「あれは勢いでいったの。臆病者に潜入捜査なんてできないでしょう。あなたはたったひとりでこの島にやってきて、戦っている。そこが素敵なの」

私は首をふった。

「かいかぶりだ。私はただ言葉が話せるのとこの顔のせいで、そういう仕事を押しつけられているだけだ」

「だったらなぜ警察官をやめないの？」

「公務員は悪い仕事じゃない」

ヤンの言葉を思いだした。

――決して信用できないか、信用するフリをする他ないか
次の瞬間、はっとしてタチアナを見つめた。

ボリスの組織への潜入捜査の話は彼女にしていない。いったい誰から聞いたのだ。

パキージンか。ギルシュとは思えない。もしパキージンなら、二人はいまだに親密な関係にある。

「君も公務員ならわかる筈だ」

「まず医者。その上で公務員。あなたの治療をしたときはそうだった」

「感謝している」

「冷たい、いいかたね」

「ヤキモチ焼きなんだ」

タチアナは眉をひそめた。

「何のこと？」

「何でもない」

さすがにパキージンのことをもちだすわけにはいかず、私は窓に近づいた。さっきより、わずかだがフォークリフトやトラックの数が減っているような気がする。

「給料は高いの？　日本の警官は」

タチアナが訊ねた。

「まさか」

「じゃあ同じね」

私はタチアナを見た。

「君は医者としての給料とFSBからの給料と、両方もらっているのじゃないか」

「FSBは、いろいろなところにわたしをいかせる。短期だけど安く使える医者がいる、といって売りこむのよ。社会主義の時代じゃないから、無理にわたしを押しこむことはできない。FSBの給料はもらえても、医者としての報酬はわずか」

「なるほど。君ならいくらでもいい職場が見つかるだろう」

タチアナは答えず、ソファから立ちあがり、私と並んで下を見た。

「車と人の数が減ったような気がしないか」

タチアナは壁の時計を見た。

「八時に始業した作業員は、十時に一度休憩をとる。昼休みは十二時から十三時まで」

「だったらそのタイミングで降りられないか？」

あきれたように私を見た。

「どうしてもいきたいの？」

私は頷いた。

「じゃあ準備が必要ね。ライトはある？」

「宿舎になら」

「とってきて。わたしはそのあいだに作業着やヘルメットを用意する。この格好で入るわけにはいかないでしょ」

「わかった。ここにまた戻ってくる」

タチアナは頷き、私を見つめた。

「エクスペールトに知られたら、強制退去ではすまないわよ」

「君は大丈夫なのか」

「わたしは公務員だから」

私も同じだ。だがそれはいわずに、タチアナの部屋をあとにした。

30

部屋に戻る途中で島内携帯が鳴った。中本だった。

「根室からの補給船が、今こちらに向かっています。午前十一時過ぎには入港するようです」

「荷物をおろししだいですが、今日はプラットホームの操業が再開されたこともあって、荷揚げ場がこんでいます。定期船も入りますしね。作業の進行によっては、昼にかかってしまうんで、そうなると一時過ぎということになるでしょう」

「まだし残した仕事があるので、ぎりぎりか、もしくは乗れないかもしれません」

「乗られないのであれば、それはそれでかまいません。いつわかりますか」

「十一時までにはご連絡します」

私は告げて、電話を切った。宿舎に戻ると、洞窟にもっていった懐中電灯を手にした。ほとんど眠っていないが、頭は冴えている。

通路に入ることさえできれば、新たな証拠を見つけられる。その期待が、眠けを奪っていた。

タチアナを完全に信用したわけではない。が、通路に案内させるところまではこぎつけた。通路で私を殺そうとする可能性については考えないことにした。もし殺すつもりなら、彼女の部屋にいたとき、チャンスはいくらでもあった。

少なくとも、今すぐ私を殺したいとは思っていない。

懐中電灯を手にし、タチアナの部屋に戻った。オレンジ色の作業着を着け、ヘルメットを手にしてタチアナは待っていた。同じものがもうひと組ある。

「イワンが用意した」

「出港はいつです?」

私が訊く前にタチアナがいった。私は作業着を着け、ヘルメットをかぶった。このいでたちで二人がでていくのをA-3棟のカメラに映されてもかまわないのだろうかと思った。が、何もいわないことにした。タチアナにはパキージンへの対処法があるのだろう。

金髪をヘルメットに押しこんだタチアナは眼鏡をかけている。私もヘルメットをまぶかにかぶった。

十時を五分ほど回ると、ドラム缶おき場から人けがなくなった。

「休憩は十五分。急いで」

タチアナがいい、私たちはA-3棟をでた。

風がやみ、太陽が昇ったせいで、空気を暖かく感じた。実際、気温もあがっている。それでも屋外で休憩している作業員の姿はなかった。近くの食堂やトラックの車内などで休んでいるようだ。

透明なビニールの帯で数本ひと組に梱包（こんぽう）された青いドラム缶が積みあげられている。そのすきまを縫い、フェンスで囲まれた小屋に近づいた。フェンスには扉があって、錠がついている。タチアナは作業着からとりだした鍵束でそれを開いた。

フェンスの内側の小屋の扉の錠も、同じ鍵束についた鍵で開いた。開いた扉を手で支え、タチアナは首を倒した。

「先に入って。わたしは中から鍵をかける」

一瞬、閉じこめられる危険を考えたが、タチアナの言葉にしたがった。

中は一畳あるかどうかの大きさで、明りとりの小窓からさしこんだ光が、急な下り階段を照らしている。タチアナの邪魔にならないよう、私は階段を数段下った。

タチアナは扉を閉め、内側から鍵をかけた。

「階段の途中に明りのスイッチがある」

私は階段をさらに降りた。手すりもない急なコンクリートの階段が、ずっと先までつづいている。足を踏み外さないよう、注意しながら降りていくと、途中から大きな機械音と振動が響いてきた。

頭上からの光がどんどん弱くなり、懐中電灯を点した。階段の幅は一メートルあるかないかで、うしろをタチアナが降りてくる気配を感じる。

グオングオンという機械音とともに、足の裏から伝わる振動が強くなった。

「右側を見て」

タチアナの声がして、首を回すと、壁にとりつけられた金属製の箱があった。蓋を開け、中のスイッチを下に倒した。

壁に埋めこまれた明りが点灯した。階段は、およそ三階ぶんくらいの長さがあるようだ。

懐中電灯を消し、階段をさらに下った。

下りきったところに金網でできた扉があったが、錠はついていない。扉を引き、内側に入った。

　空調の機械と配電盤の並んだ大きな部屋だった。天井から電球がぶらさがっている。

　機械室の中は地上より暖かい。暖房に伴って生じる冷気は外に排出されているようだ。

　機械室の大きさは二百平方メートル以上あり、いくつかの区画に分かれていた。そのどれもが稼動し、唸りをたてている。

　ようやくタチアナをふりかえる余裕が生まれた。

「通路はこっちよ」

　タチアナは私を追いこし、機械室の奥へと進んだ。おそらく空調機そのものが発する熱で、奥に進むにつれ機械室の温度は高くなった。

　機械室の最奥部に、一メートルほどの高さの小さな扉があった。

「危険物保管所。立入禁止。施設長（エクスペールト）」

と赤いキリル文字が書かれている。鉄板で作られた頑丈そうな扉で、鍵穴がふたつ、ついていた。

　タチアナは再び鍵束をとりだし、さしこんだ。錠を解き、扉を開いた。鉄板の厚さは数センチあり、まるで金庫の扉だ。

「先にいって。また鍵をかけるから」

　扉の奥は暗かった。私は懐中電灯を点し、しゃがんで扉をくぐった。ヘルメットが框（かまち）に当たり、ごつっと音をたてた。

扉をくぐると中の天井が高くなっているのがわかった。湿ったコンクリートの匂いがする。懐中電灯の光を前に向けた。高さおよそ三メートル、幅二メートルほどのトンネルがずっとつづいて、途中で下り勾配になっていた。

「まっすぐ進みなさい」

背後からタチアナがいった。

「ここが通路なのか」

「その入口よ。まだまだ先がある」

いわれてみれば、機械室の位置からC棟まではかなり距離がある。しかも通路は、その地下へと通じているのだ。

トンネルをひたすら進んだ。動きつづけているせいか、機械室との境の扉が閉まっても寒さは感じない。

二、三百メートルほど下り勾配を進んだ正面に扉があった。洞窟の奥にあったのと同じ、ハンドル式の気密扉だが、観音開きではなく、片開きだった。懐中電灯を足もとにおき、私はハンドルを回した。

扉を押し開く。まばゆい光が流れだし、私は目を細めた。明りのついた空間が広がっている。

エレベーターホールだった。工場にすえつけられるような、大きなエレベーターの扉が正面にあり、床には樹脂がしかれている。百平方メートルほどの大きさがあり、旧式のフォークリフトが二台、壁ぎわに並んでいた。カーキ色に塗られ、軍用とわかる。どうやら廃棄されたもののようだ。フォークリフトのかたわらの壁には金属製のロッカーが数台、おかれていた。

そのロッカーの陰からボリス・コズロフが現われ、私に銃を向けた。

「よう、天才」

衝撃のあまり、言葉もでず、立ちつくした。

ボリスは革のコートではなく、私たちと同じ、オレンジの作業着を着こんでいた。

「びっくりしたか？　なんでボリス・コズロフ様がここにいるのか、さすがの天才でも思いつかないか」

嘲るような笑いを浮かべ、ボリスはいった。まったくその通りだ。他の島に逃げたとばかり思っていた。

同時に、ボリスは、私たちがここにくるのを知っていたのだと気づいた。タチアナをふりかえった。

「君は――」

「あなたの知らない事情があるのよ」

タチアナは淡々といった。私はボリスとタチアナを見比べた。

「知り合いなのか」

「先生は、これから俺のビジネスパートナーになる」

ボリスがいった。

「ビジネスパートナー」

ボリスは壁ぎわのロッカーを平手で叩いた。

「ここで取引がおこなわれていた。先生がブツをおく。買い手が金をおく」

ガンガンと音をさせながら、ボリスがいった。そしてつづけた。

「ブツって何だ？　決まってるだろう、天才。クスリだよ。この島でただひとり、クスリをもちこんでも咎められない人間が先生だよ。草やメタンなんてオモチャじゃねえぞ。ヘロインだ」

私はタチアナを見つめた。

「誰と取引していたんだ？」

タチアナは黙っている。

「答えろ！」

私は思わず怒鳴った。タチアナがびくりと体を震わせた。

「おい、びっくりして撃っちまうところだったぞ。俺が教えてやるよ。ロランだ。先生がモルヒネをおき、ロランが引きかえに金をおいていく。ここにくる奴はいないから、いい取引場所だ」

「ギルシュも承知していたのか」

タチアナは首をふった。

「ギルシュは知らない。ロランはキョウコママにモルヒネを届けていた」

あのガリガリに痩せた体を見たとき、気づくべきだった。

「買ってたのはママだけか」

「女の子も何人か。あまり射ちすぎないよう、検診のとき、教えた」

うつむいたままタチアナはいった。

「なぜ、そんなことを……」

タチアナは顔を上げた。

「いったでしょう。給料は安い、と。キョウコに頼まれたの。オピウムは手に入らないかって。いくつだと思う？　キョウコを」

「五十代だろう」

「三十八よ。アルバニア人にヘロインを教えられ、ずっと体を売ってきた。たとえ今、クスリをやめても、あと十年は生きられない。売春の苦しみや性病の恐怖から逃れるためにクスリに走る子はたくさんいるわ。もしクスリをあげなかったら、自殺する」

「そうやって自分にいいわけをしていたのか」

「偉そうなことをいってるんじゃねえ、メス犬が！」

ボリスがいった。私はボリスをにらんだ。

「ボートで島を逃げだしたと思わせ、お前はここに隠れていたんだな」

「賢いだろう。あんな大波の中、ボートででていくなんて、馬鹿のすることだ。オレクには時間潰しをしてプラットホームにいけ、といったのさ。俺とロランは先生の案内で、夜のうちにここにやってきた。知ってるか、お前。この先には軍の宿舎が残っていて、寝泊まりできるんだ」

エレベーターのかたわらに扉があった。

「宿舎?」

「貯蔵庫だった頃、監視兵のための駐屯所があったの。そこには自家発電機もおかれていて、今も使える。ロランは?」

タチアナはボリスに訊ねた。

「奥にいる。先生がよごしたあと始末をしろといったからな。床が血まみれだった」

タチアナの顔が能面のように無表情になった。

「ニシグチの血か」

私はいった。

「イワンが下の扉に鍵をかけ忘れていたので、ニシグチがここまで上がってきてしまったの。そのときちょうどわたしはここにいた。ようやくイワンの部屋からでられたので、お金をとりにきていた」

いい逃れするのをあきらめたのか、私がここで死ぬことを確信したのか、タチアナはすらすらと答えた。

「君が刺したんだな」

　タチアナは私を見つめ、頷いた。

「ロッカーの扉が固いので、こじ開けるために大型のメスをもっていた。ニシグチはわたしを見てびっくりしていた。わたしがどう説明しても、彼のロシア語の理解力では限界があるし、他の日本人にここで見たことを話すのは防げない。やがてそれはオロテックに広がり、エクスペールトにも伝わる。わたしはニシグチを駐屯所まで連れていった。彼はロシア語でしきりに、ここは何だ、と訊いていた。こんな施設があるとは知らなかった、と。そしてわたしに、何をしていたのかをしつこく訊ねた。本当にしつこかった。銃をもっていたら、その口を撃ってやりたいくらい。でも、もっていなかったから扉を開けるために使ったメスで刺した。彼はびっくりしていた。自分が死ぬのを信じられないみたいに」

　私は息を吐いた。

「それで同行する予定だった人間がいたといったら、驚いたんだな」

「駐屯所にはアルトゥールもいて、わたしがニシグチを刺すのを見て、逃げだそうとした。だからわたしは身分を明した。国家機密を外国人に流そうとした罪で、どこに逃げても死刑をのがれられない、と威した。アルトゥールは怯えて、何でもいうことを聞くといった。だからニシグチの死体をここから運びだせと命じたの」

「目を抉ったのは君か」

　タチアナは首をふった。

「わたしじゃない。アルトゥールと二人でボートに乗せたときは、ニシグチは大きく目を開けていた。だから検死のときには驚いた」

「じゃあ誰が目を抉ったんだ？」

「わからない」

「『ビーチ』にいた誰かが――」

「どうでもいいだろう！」

ボリスが割って入った。

「どうせ死ぬのに、そんなことを訊いてどうするんだ」

私の顔に銃口をつきつけた。

「彼と話をさせて！」

タチアナはボリスにいった。

「大事なことなの。この島にいる誰が、ここでの取引を知っているのか、わたしは知る必要がある」

「誰が知ってるかなんて関係ねえ！　どうせこの島は、俺がこれから仕切る」

ボリスは叫んだ。タチアナは首をふった。

「あなたはわかってない。ここはサハリンやウラジオストクとはちがう。特殊な場所なの。秘密を守るのは簡単ではない。この小さな島では、誰も知らないと思っていたことがいつのまにか皆に知られている」

ボリスはあきれたように宙をにらんだ。

「この野郎が死ねば、それで終わりだ」

「馬鹿をいわないで。イシガミのことはエクスペールトも国境警備隊も知っている。あなたが殺し屋を呼んだことも伝わっていて、定期船がついたら、乗客は調べられる」

「そうかよ」

動揺するかと思ったが、ボリスは平然としていた。

「じゃあ先生はどうしろってんだ」

「今すぐイシガミを殺すのはマズい。エクスペールトに疑いをもたれる」

「エクスペールトがそんなに恐いのか」

嘲るようにボリスはいった。

「ピョートルよりも恐いか？　あんただってピョートルのことは知ってるだろう」

「この島では、ピョートル以上の力が、彼にはある」

「じゃあ、そいつも殺すか」

タチアナの目が氷のように冷たくなった。

「邪魔になる人間をすべて殺せば、ものごとが簡単にいくと思っているのね」

「それが俺たちマフィアだ。先生も考えちがいしないでくれ。あんたが死ねば、別の医者がここにはくる。俺はそいつをビジネスパートナーにするだけだ」

「ＦＳＢを殺したら、ただじゃすまないぞ」

私はいった。

「知るかよ！」

ボリスは怒鳴った。私はひやりとした。撃たれるかもしれない。

「おい天才、お前、まだ俺にああしろ、こうしろと命令する気か」

銃口を私の顎の下にあてがい、ボリスはすごんだ。私の懐ろに手をさし入れ、腰にさしていたマカロフをとりあげた。

「じゃあこうしようぜ。このＰＭでこいつの頭をぶち抜く。自殺したってことで、先生が診断書を書くんだ」

ガタン、という音がした。ボリスが隠れていたロッカーの奥に扉があり、そこからロランが現われた。ロランは驚いたように我々を見つめた。

「掃除は終わったのか」

ボリスが訊ねた。

「終わったけど、こりゃいったい、どういうことだ？」

ロランは口をあんぐり開けて訊ねた。

「先生がご親切にもメス犬を連れてきてくれたのさ」

「ギルシュは残念がっていた。まさかあんたが裏切るとは思わなかったらしい」

私はいった。そのとたん、ボリスがとりあげたマカロフで私の顔を殴りつけた。目の端が切れ、血がとび散った。

「キャンキャンうるせえ」

「ちょっと！」

タチアナが叫んだ。

「先生、やけにこいつにやさしいな。え？　もしかしたら仲よしなのか」

「馬鹿なこといわないで。自殺に見せかけたいなら、顔なんか殴らないで」

「おっと。それはマズかったな。ロラン、こっちへきて、こいつをおさえてくれ。顔がマズいのなら、他の場所をちょいと痛めつけてやる」

恐ろしいことをいった。

「なぜ、そんなことをするの？」

タチアナがあきれたように訊いた。

「俺はこの野郎のせいで日本から逃げだす羽目になったんだ。組織も、せっかく作ったコネクションも、全部捨てて。百回殺したって飽き足らないんだよ」

私の腹を殴りつけた。床にひざまずきそうになり、耐えた。倒れたら、容赦のない蹴りが襲ってくる。

「そんな事情なんて知らない。あなたの恨みで、わたしの立場を悪くしないで」

タチアナは冷たい声でいった。ロランが歩みよってきて、私の両腕を背後から締めあげた。

「これでいいのか」

ボリスは頷いた。そして銃をしまうと、私の目をのぞきこみ、

「反吐を俺にかけるんじゃねえぞ」

というや、鳩尾に拳を打ちこんだ。膝が崩れ、それをロランがひき起こした。

「もう一丁！」

ロランが耳もとでいい、体重ののったストレートが私の腹に刺さった。ロランが手を離し、私はひざまずいた。耐えきれず体を横にして、痙攣する胃を抱えこんだ。

「いい加減にして！」

銃声が響いた。私を蹴ろうと右足をひいたボリスの足もとで弾丸が跳ねた。ボリスは目を丸くして、拳銃を手にしたタチアナを見た。

「何すんだ。危ねえじゃねえか」

「ここはウラジオストクの裏通りじゃない。ロシア軍の重要施設にあなたたちはいるのよ」

「そうかい。だがここで人殺しをしたのはあんたじゃねえのか、先生」

タチアナの顔が赤く染まった。

「ここをでていきなさい。でていけ！」

「いいのかよ」

タチアナがさっと拳銃をかまえ、ボリスの顔を狙った。

「今すぐでていかないと、顔を吹きとばす。あなたを殺しても、責任は問われない。あ

なたもね」

　身じろぎしたロランにさっと銃口を向けた。

　ロランはボリスの腕をつかんだ。

「いこうぜ」

　ボリスはタチアナをにらみ、首をふった。

「まずいぜ、先生。俺だけじゃなく、あんたはピョートルも怒らせることになるぞ」

「だから何なの」

　タチアナの表情はかわらなかった。

「ボリス！」

　ロランがボリスをひっぱった。ボリスは私とタチアナに指をつきつけた。

「二人とも殺す、必ずな」

　私は痛みに耐えながら二人がエレベーターホールをでていくのを見送った。ほっとしていた。少なくともこれ以上殴られることはない。

　気密扉が閉まると、タチアナは私のかたわらにひざまずいた。

「大丈夫？」

　私は無言で首をふった。口を開けば胃の中身がとびだしそうだった。

　タチアナは私の頭を抱え起こした。

「目を開けて。目を開けなさい！」

瞳孔をのぞきこんだ。

「内臓は無事かもしれない。痛む？」

「もちろん」

ようやく声がでた。

「ここをでないと。あいつらが戻ってくるかもしれない」

タチアナは私の腕をつかみ、体を引き起こした。まるで力の入らない膝を叱咤し、私はよろよろと立った。壁に手をつき、背中を丸める。額にあたる壁の冷たさが心地いい。

「なぜ助けた？」

「ああいう粗野な人間は大嫌いなの。いうことを聞いてやると、最後は必ず体を求めてくる」

私は思わずタチアナを見た。嫌悪に顔を歪めている。

「平気だろうと思ってるのね。平気じゃない。確かにわたしは体を使うけど、嫌な奴とのセックスは決してしない」

私は息を吐き、咳きこんだ。

「唾を吐いて」

タチアナがいい、私は口にたまった唾を吐いた。

「よかった。血は混じってないようね」

「これから、どうするんだ」

「エクスペールトに連絡して、あいつらをつかまえる」

「君も罪に問われるぞ」

「考えがある」

「どんな？」

「エクスペールトさえ説得できれば、何とかなる。あの二人は生かしておかないけれど」

冷たい表情になっていた。私は壁から体を離した。要するに、組む相手を乗りかえたのだ。ボリスらマフィアより、パキージンや私のほうがましだというわけだ。

「お互い、公務員だものな」

思わずつぶやくと、タチアナは首を傾げた。

「何？　どういう意味？」

「何でもない。さっ、いこう」

31

タチアナに助けられながら長い上り勾配を進んだ。ボリスたちの待ち伏せが不安だったが、この狭い通路で撃ち合う愚は避けたようだ。

「あいつらも鍵をもっているのか」

機械室との境の扉が開け放たれているのを見て、私はいった。

「モルヒネの取引のために、ロランに預けてあった」

「何回、取引をした？」

「月に一度、ロッカーに薬をおいた」

「つまり十回か。いくら稼いだんだ」

「たいした金額じゃない」

「たいしたことのない金で、FSBでの未来を捨てたのか」

「FSBに未来なんかない。ここでの任務は重要だけど、金にはならない。だからわたしが送りこまれたの。マフィアからの賄賂が見こめる任務は、キャリアのある人間がもっていく」

汚職が横行しているというわけだ。

「かしこい人間は五十歳になる前にFSBを辞め、自分の会社を作る。それができないような間抜けが、ずっと勤め、やがてマフィアに殺される。わたしは殺されたくない」

機械室にもボリスたちの姿はなかった。地上にでて作業員の中にまぎれこんだようだ。

「ひと休みしましょう」

タチアナがいったので、私は機械室の床に腰をおろした。痛みはだいぶやわらいでいたが、急な動きはできない。

「ニシグチを殺したのはイワンだと、エクスペールトに証言して」

私の目を見つめ、タチアナはいった。断わったら、ここで撃ち殺すつもりだと気づいた。

「断われないな」

私は答えた。

「だが二人がつかまったら、麻薬の取引がバレるぞ」

「生きてつかまらせない」

「ピョートルはどうする？　おそらくピョートルにも、君が麻薬を売っていたことは伝わっている」

「二ヵ月したら、わたしはここを離れる。当分、極東には近づかない。ピョートルが何をいおうと、FSBは相手にしない」

「なるほどな。だがパキージンをどう説得するんだ？　いや、いい、いわなくて」

私は首をふった。私を見つめ、タチアナも首をふった。

「勘ちがいしないで」

「勘ちがい？」

「イシガミは、わたしが体でエクスペールトを説得すると思っている」

「ちがうのか」

「彼と寝たのは一度きり。でも、うまくいかなかった」

「うまくいかなかった？」

「セックスに悪い思い出があるみたい。それに若くもないし」

ようやく気づいた。色仕掛けが通用しないのには、そういう理由もあったのだ。

「俺はいい思い出しかないな」

思わずいうと、タチアナは笑った。

「イシガミのそういうところが好きよ。どんなときも正直な人」

私は息を吐いた。

「じゃあ、どうやってエクスペールトを説得するんだ?」

「今はいえない。でも地上にあがったら、互いに助け合わなければ、わたしたちは生きのびられない」

私は頷いた。ボリスとロランに加え、二人の殺し屋もやってくる。タチアナといる限り、補給船に乗って逃げだすことはできないし、また逃げようとも思わなかった。

保身のためとはいえ、タチアナは私を助けた。その彼女をおいては逃げられない。

だがそれは殺人者をかばうことでもあった。

少なくともこの島にいるあいだは、私は誰にも真実を告げられない。生きてこの島をでられたら、そのとき話せる。

誰にだ。

稲葉にか。それともヨウワ化学の誰かに話すのか。

目を閉じた。これから起きるであろうことを考えると、それはとてつもなく遠い、もしかすると決してやってこない未来としか思えなかった。

　地上ではフォークリフトが忙しく動き回り、フェンスの周囲には多くの作業員がいた。その中にボリスやロランがいないことを確かめ、私たちは管理棟のほうへと向かった。

　十一時を回っていた。私はあたりに目を配りながら中本に電話をかけ、補給船に乗れなくなったことを告げた。

「そうですか。じきに入港できると連絡があったので、こちらからも電話をさしあげようと思っていました。石上さんは今どちらに？」

「港のすぐそばです。これからエクスペールトと会います」

「何か調査に進展があったのでしょうか」

　犯人がわかりました、と告げたいのをこらえた。タチアナは横を歩いている。

「またご連絡します」

　とだけ答えて、電話を切った。

「見て」

　タチアナがいった。正面の管理棟を見上げている。太陽の光が降り注ぐ六階の窓べにパキージンの姿があった。

「この格好のまま、いくのか」

「もちろん着替える」

私たちはA-3棟のタチアナの部屋で私服に着替えた。

「もう一度確認する。わたしはあなたの捜査に協力するため、自分の権限に基づいて、あなたを地下の兵器保管庫に案内した。そこでニシグチがイワンに殺された疑いがある、とあなたがいったから」

私は頷き、いった。

「ところがその地下保管庫には、島からでていった筈のコズロフとロランが隠れていた。彼らは私たちを殺そうとしたが失敗し、地上に逃げだした」

「それでいい。定期船が着く前に、彼らを見つけださなきゃ」

「国境警備隊に捜させるのか」

「それはしない。二人が国境警備隊に何を喋るかわからないから」

「じゃあ、見つけたら殺す？」

「わたしがニシグチを殺したことを喋らなければ、見逃してもいい」

「喋らないとでも？」

「モルヒネの取引をしていたことを話せば、彼らの罪も重くなる。喋って得はしない」

私は信じられず、タチアナを見つめた。

「本当にそう思うのか」

「もし喋るようなら、この島から生きてはださない」

そして携帯電話を手にした。

「わたしが先にエクスペールトと会い、次にあなたを呼ぶ。ここで待っていて」

私には教えられない方法でパキージンを説得するつもりなのだ。

私は息を吐いた。

「綱渡りが好きだな」

「綱渡り？」

タチアナは私を見つめた。イワン、パキージン、ボリス、私。彼女は組む相手をころころとかえて生きのびようとしている。

相手をまちがえれば綱から落ち、それまでだ。

私のいいたいことがわかったのか、タチアナの表情がひきしまった。

「この世界が、イシガミのような人ばかりなら、こんな生き方はしないですんだ」

「それは利用しやすいお人好しばかりなら、という意味かい」

タチアナは人さし指で私の頬に触れた。

「自分を卑下するのはやめなさい。あなたを利用しようなんて思ってない。もしそんな間抜けだったら、地下保管庫の存在をつきとめられた筈がないでしょう」

「間抜けでも、あちこちつついていれば鉱脈につきあたることがある」

「あちこちつつく間抜けは、落とし穴にはまるものよ」

「はまったよ」

私はタチアナを見つめた。タチアナは大きなため息を吐いた。

「わたしが落とし穴だというのね。でもその落とし穴が、あなたを助けたのよ」

「わかっている」

タチアナは小さく首をふった。

「そんなにわたしをつかまえたいの？」

「そんな権限は、もともと私にはない。告発するにしても、誰にそれをしていいのかがわからない。エクスペールトが君の味方だったら、無意味だ」

「あなたは日本人だから、日本人を殺した犯人が許せないのね」

「そうじゃない」

「そうよ」

「ちがう」

「じゃあ何なの？」

警察官だから、という言葉が喉につかえていた。好きではない、辞めたい、といいつづけてきたのに、そこにこだわる自分が、自分でも理解できなかった。

私をじっと見つめ、タチアナはいった。

「あなたは矛盾を抱えている」

私は頷いた。

「でもそれがあなたの魅力」

タチアナはいってくるりと背を向けた。

「電話をするから、待っていて」

そう告げ、部屋をでていった。

ひとり残された私は落ちつかず、部屋の中を見回した。すぐにでもでていけるくらい荷物が整理され、室内はかたづいている。

冷蔵庫をのぞくと、コーラが数本入っている。一本とりだし、キャップをひねったときに、ギルシュのことを思いだした。ボリスが島内にいると知らせなければならない。

ギルシュの携帯を呼びだした。

「まだいたのか。とっくに逃げだしたのじゃないのか」

心なしか嬉しそうに聞こえる声でギルシュはいった。

「事情があって残った。ボリスとロランがこの島にいる」

「もう船が入ったのか。早いな」

「ちがう。でていったと見せかけて、この島の地下施設に隠れていたんだ」

「地下施設？　するとあの扉の先に、お前はいったんだな」

「兵器の保管庫と駐屯所があって、そこに潜んでいたらしい」

「なんだってそんな場所に入れたんだ」

「細かいことはあとで話す。ボリスとロランは地下施設を逃げだして、今は島のどこかにいる。あんたはどこだ？」

「『キョウト』にいる」

「用心しろ」

「心配いらん。奴らがきたら、ぶち殺してやる。お前はどこだ」

「これからエクスペールトに会う。また連絡する」

私は告げて、電話を切った。すぐに鳴りだす。タチアナだった。

「話し中だった。誰と話していたの」

「ギルシュだ。ボリスたちが島内にいることを知らせなければと思って」

「そう。エクスペールトのオフィスにきて」

それだけいって、タチアナは電話を切った。コーラを飲み、私はタチアナの部屋をでた。

タチアナがパキージンと話せた時間は、せいぜい四、五分だ。そんな短時間で、いったいどんな説得をしたのだろう。

A-3棟をでて、私は丸腰であることを思いだした。マカロフはボリスにとりあげられてしまった。

だが不思議と恐怖を感じなかった。危険なことばかりがつづき麻痺(まひ)してしまっている。

管理棟に入り、エレベーターで六階にあがった。オフィスで、パキージンとタチアナが向かいあい、すわっていた。

パキージンは私を見た。

「目尻から出血している。コズロフにやられたのか?」

私は頷いた。

「お借りしていたPMを奪われてしまいました」

パキージンはそっけなく頷いた。

「射殺する理由が増えた」

「彼らを殺すつもりですか」

思わず訊ねた。

「武装した犯罪者がうろつけば、オロテックの操業に支障がでます。二人が作業員に危険を及ぼす可能性は高い」

タチアナがいった。

「その通りだが、作業を中断して捜索をおこなうわけにはいかない。低気圧のせいで、すでに遅れがでている」

パキージンが答えた。

「ではどうやって二人を捜すのです?」

私は訊ねた。

「定期船の入港は十四時の予定だったが、少し早まりそうだ。おそらくあと一時間もすれば、船が見えてくる。それにはアルトゥールとサハリン警察の警察官二名も乗っている。その二名の協力を仰いで、島内を捜索したまえ」

つまり私に捜せ、といっているのだ。タチアナが私を見やった。

「わたしもイシガミに協力します。ニシグチ殺害犯がイワンだったことに、ＦＳＢの職員として責任を感じていますから」

タチアナの顔を見られず、私は目をそらした。

「イワン・アンドロノフが犯人だという証拠を見つけたのか？」

パキージンが訊ねた。

「地下保管庫のエレベーターホールに、診療所の備品である大型メスが落ちていました。イワンがもちだし、凶器に使用したのです」

タチアナが答えた。

「イワンは、ニシグチを日本のスパイだと疑っていました。ニシグチは、アルトゥールの船で洞窟に入り、地下保管庫に侵入していた。イワンは侵入を予測し、保管庫で待ち伏せたのだと思います。ニシグチを殺したものの、そのままでは捜索が洞窟に及ぶと考え、『ビーチ』まで死体を運んだ」

パキージンは頷いた。

「なるほど。その上で九十年前の事件を思い起こさせるように、目を抉ったのか」

私は口を開いた。

「日本人が殺され、その目が抉られていれば、九十年前の事件のことを思いだす者もいる。事件そのものに、地下施設とは無関係の色をつけられると考えたのでしょう。ただ目を抉ったのがイワンかどうかはわかりません。イワンは極東の出身ではなく、九十年前の事件に関する知識があったとは思えない」

「じゃあ誰がやったというんだ？」

　パキージンは私を見つめた。

「アルトゥールか、別の人間か」

「別の人間？」

　パキージンの目が鋭くなった。目をそらしたいのをこらえ、私はいった。

「犯人が地下施設と関連づけられるのを避けたかった人物です。九十年前にこの島で起こった事件を知っていて、その模倣犯に見せかけることを思いついた」

「その人物は、殺人には関与していないのか」

「おそらく。殺人犯は、死体を地下施設から運びだすのに精いっぱいで、そこまで捜査を攪乱させる知恵はなかった。ですから、見つかった死体から目がくり抜かれていたことを知ったときは驚いたでしょう。誰がそんな真似をしたのかと首をひねったにちがいありません」

　パキージンは横を向いた。私はつづけた。

「ですが、アルトゥールは気づいていると思います。彼自身がやったのではないならば、ですが。彼は九十年前の事件のことを知っている。したがって、目を抉った人物の意図に気づいた」

「ではアルトゥールを訊問すれば、すべてが明らかになるな」

私はタチアナを見た。

「本当なら、この島にアルトゥールは戻りたくない筈です。殺人の共犯であることが発覚する上に、目を抉った犯人の見当もついている」

タチアナが私を見返した。私が気づいたことに、タチアナも気づいた。

パキージンが西口の目を抉ったのだ。それを、タチアナは説得の材料に使った。

パキージンがなぜ、アルトゥールをこの島に連行させたのかも、悟った。私に訊問させるというのは口実で、自分が西口の目を抉った犯人だと気づいているかを確かめるためだ。気づいていたら、決して喋らないようにする。死ぬほど威すか、殺す。

「奴がやったことを考えれば、生きているほうが不思議だ。本人も同じ気持だろう」

パキージンは淡々といった。私は無言だった。私がアルトゥールに訊問できる可能性はない。もしあるとすれば、そのほうが恐ろしい。アルトゥールと私の両方の口を塞ぐと、パキージンが決めていることになる。

「地下施設に関する説明を求めるかね？」

不意にパキージンがいい、私は我にかえった。

「今となっては、どうでもいいことです」

本音だった。毒ガスの貯蔵庫が存在したという事実より、私自身が生きのびられるかどうかのほうが重大だ。

パキージンは頷いた。

「過去は過去、ということだな」

「コズロフとロランは、定期船の入港を待っている筈です。イシガミの情報によれば、船には彼らに協力する殺し屋が二人乗っています」

　タチアナが話題をかえた。

「入港したらただちにグラチョフ少尉が部下を連れ、船内を捜索する。それが終了するまで、誰も下船させない」

　パキージンが答えた。

「おそらく二人は、港の近くにいて殺し屋と合流しようとする筈です」

　私はいった。

「そこまでわかっているのなら、見つけだすのもさほど難しくはないな」

　壁にかけられた時計を見た。十二時を過ぎている。

「二人の捜索に、ギルシュの協力を仰ぎたいのですが」

　私はいった。タチアナが私をふりむいた。

「ギルシュの？」

「殺し屋に関する情報を提供したのも彼だし、ボリスがその座を奪おうと考えていることから、我々と利害が一致する」

　タチアナはパキージンを見た。

「国境警備隊には船内捜索の任務がありますし、島内に詳しいギルシュとなら、効率のよい捜索ができます」

私はつづけた。

「いいだろう。ギルシュに連絡をする」

パキージンが電話に手をのばしたので、私はいった。

「いるところはわかっているので、これから会いにいきます」

パキージンはじっと私を見つめた。何か企(たくら)んでいるのか、と問いたそうな表情だ。私は目をそらさず視線をうけとめた。

「ニシグチ殺害犯をつきとめるという、自分の任務を君は果たした。イワン・アンドロノフが生きていれば、より大きな成果となっただろう」

私は首をふった。

「この島では、私には逮捕権がありません。たとえ生きていてもイワンを日本に連行することはできない。ロシアの司法当局に身柄を預けるのが精いっぱいです。彼がＦＳＢの仕事をしていたことを考えると、果たしてどれだけの法的責任を追及されたかは疑問です。イワンによるニシグチ殺害の動機は、国家機密を守るという、任務によるものだったからです」

「確かにその通りだ。その点ではブラノーヴァ医師の決断を、私は称賛する。彼女が任務にこだわっていたら、ニシグチ殺害の証拠の入手が難しかった筈だ」

私は無言で頷いた。茶番だ。もしかするとパキージンは西口を殺したのがタチアナであると、知っているのではないか。

知った上で、タチアナと二人で芝居を演じているのだ。

だが芝居なら芝居で、地下施設の秘密を知った私を無事にこの島からだしてやろうと考えているともうけとれる。

私は深々と息を吸いこみ、訊ねた。言質など意味はないが、訊かずにはいられなかった。

「地下施設の存在を知った私を、どうするつもりですか」

パキージンは私の目を見つめた。

「オロテックの経営が私の仕事だ。国家機密に関しては、彼女の領分だ」

私はタチアナを見た。

「エクスペールトがいう通り、過去は過去。ことさらに日本政府が騒ぎたてないような報告をあなたがするとわたしは信じている」

本当に？　と訊き返したいのをこらえた。

茶番につきあって命が助かるのなら、いくらでもつきあう。

「もちろん。私の目的はロシアの国家機密を暴くことではありません」

パキージンの表情がゆるんだ。まるで笑いをこらえているようにも見える。

「君は不思議な男だ、イシガミ。警察官は公務員で、国家に雇われている。この島の秘密を暴くことは、日本の国益につながらないと判断したというのかね」

「私が仕事と考えているのは、犯罪者の特定と告発です。それをつづけていくことが国益につながると信じています。ロシアの国家機密は、私の手に余ります」

「この島の秘密を報告すれば、評価があがるとは考えないのか」

私は首をふった。

「今は、そういうことに興味はありません。むしろ警察官を辞めたいとすら思っています」

「なぜ?」

タチアナが鋭い声で訊ねた。

「痛い思いも恐い思いもしたくない。この島にきて一週間だが、すでにこれまでの一生ぶんを超える痛みと恐怖を味わってる」

タチアナはあきれたように首をふった。

「本当にかわった人ね。すぐ泣きごとをいうくせに、決してあきらめない」

そして、

「いきましょう。ギルシュに会いにいくの」

と、私をうながした。

32

「ギルシュには、君が麻薬の取引をしていたことを話す」

パキージンのオフィスをでてエレベーターに乗りこむと、私は告げた。タチアナは無言だった。

「ロランが地下施設に入る鍵をもっていた理由を、エクスペールトは疑問に思わなかったのか」

「わたしが話したから」

タチアナは険しい表情で答えた。

「ロランと麻薬の取引をおこなっていたことを、か？」

「まさか。イワンがロランを協力者にしていた、といったの。ギルシュを含む、島民の情報を集めるため、ロランには地下施設の存在を教えていた。診療所にあった、地下へ降りる合鍵を、イワンがロランに預けていたということにした」

「それでエクスペールトは納得したのか」

「どう思う？」

タチアナは私の目をのぞきこんだ。

「わからない。だが必要とあれば、エクスペールトは、私も君も殺すぞ」

「そうね。アルトゥールをこの島に連れてこさせることだって、それが目的かもしれない」

タチアナは平然と頷いた。

「ニシグチの目を抉ったのは、エクスペールトなのだろう」

「気づいていた？」

「君の説得材料だ。エクスペールトがニシグチの死体を傷つけたことが日本人社員に伝わったら、たとえ殺人犯ではなかったとしても、オロテックへの信頼はそこなわれる」

「たぶん、それが動機。エクスペールトは、ニシグチの死体が『ビーチ』にあるのを見つけたの」

「どうして見つけたんだ」

「彼の日課。吹雪でもなければ、地下通路を使わず、島内を散歩する。領地を見回る貴族のように」

　私はタチアナを見た。

「目を抉った理由は？」

「日本人の死は、ロシア人や中国人に対する日本人の不安や猜疑心を生む。そこで九十年前の事件の模倣犯に見せかけることを思いついた」

「そう、本人がいったのか」

　タチアナは頷いた。

「今は後悔している、ともいっていた。そんな真似をしたせいで、あなたがやってきて次々と島の秘密を暴いた」

「いったろう。偶然に過ぎない。あちこちつっついていただけだ」

　タチアナは微笑んだ。

「エクスペールトは、あなたを高く評価している」

「やめてくれ。彼から高い評価をうければうけるほど、危険人物と見なされる」

二人で「キョウト」の扉をくぐった。客はおらず、ヴァレリーとギルシュの二人がいた。

ヴァレリーの手がさっとカウンターの下にのびた。

「大丈夫だ」

カウンターの端にすわるギルシュがいった。銃かナイフか、カウンターの下に武器を隠しているのだろう。

「お前ひとりだと思ったが、女医さんもいっしょか」

あきれたようにギルシュは私を見つめた。

「わたしじゃ心細いから、あなたに協力してほしいとイシガミがいっている」

タチアナが冷たい声で答えた。

「連中は定期船に乗ってくる殺し屋と合流しようと、港の近くに隠れている筈だ」

私はいった。

「ロランがいっしょなら、ロシア人作業員にかくまってもらえる。地元出身だから顔が広いんだ」

ギルシュがヴァレリーに合図をした。ヴァレリーがウォッカの壜をとりあげた。ショットグラスを三つカウンターに並べ、注いで私たちの前におしやった。

ギルシュが手をのばし、いった。

タチアナがグラスを手にとった。私を見やる。私もグラスを手にした。

「ボリスの安らかな眠りを祈って」

ギルシュがいった。

「これから奴は地獄に落ちる」

「ロランもね」

タチアナがいい、ギルシュは頷いた。

「ああ、ロランもだ。裏切り者は許さねえ」

私たちはグラスを掲げ、ウォッカをあおった。むせるかと思ったが、ウォッカはすんなり私の喉を通過した。

ギルシュは携帯をとりだした。操作し、耳にあてた。

「ダルコ、ヤコフといっしょに、ロランを見なかったか、港にいる連中に訊いて回れ。ただし捜していることはロランには内緒だ」

「ダンスクラブ」の従業員に、ダルコという男がいたのを私は思いだした。アルトゥールのことを訊ねたとき、知らないと答えた。

「ヤコフというのは、みつごの手伝いをしている男か」

「サーシャの亭主だ」

ギルシュは答えた。どうりでサーシャと親しげな口をきいた私に険しい顔を向けたわけだ。

「奴らは船員や作業員と仲がいい。任せておけば、何かしらつかんでくるだろう。闇雲に港を歩き回ってもつかまらねえよ」

ギルシュは空になったグラスをふった。ヴァレリーが注ぎ足す。私にも壜を向けたが、掌でグラスに蓋をし、首をふった。タチアナも断わった。

「奴らはどうやって地下に入ったんだ」

ギルシュが訊ね、

「ロランが麻薬の取引場所に使っていた」

私は答えた。

「いったい誰と取引していたんだ？」

「わたしよ」

いったタチアナを、ギルシュはまじまじと見つめた。

「いつからロランと取引をしていたんだ」

ギルシュはタチアナに訊ねた。

「『エカテリーナ』の子たちの検診を彼に頼まれた。覚えている？」

ギルシュは頷いた。

「ああ。女の管理は奴の仕事だった」

「そのときキョウコがロランにオピウムをせがんでいるのを聞いた。ロランは、あなたにばれるのを恐がって、渋っていた。だからわたしのほうから水を向けたの。モルヒネなら回してあげられる」

「キョウコは昔、ヘロイン漬けで商売をさせられたんだ。だがなぜ医者のあんたが売人の真似をする」

「自殺を見過すよりましだから」

タチアナは答えた。

「クスリがなかったら生きていけない子が、キョウコ以外にも『エカテリーナ』にはいる」

その言葉を聞いて、「エカテリーナ」で遊ばなくてよかった、と私は思った。

「男にはわからないでしょう。あの子たちが大喜びでセックスをしていると思うの?」

ギルシュは苦い表情になった。

「俺は女たちにクスリをやらせるのは嫌いだ。アルバニアマフィアは、さらってきた女にクスリを射って、セックスを覚えさせる。やり方がきたねえ」

「確かにあなたが彼女たちを売春婦にしたわけじゃないでしょうけど、仕事をさせているという点ではいっしょ」

「あいつらに他にできることがあるのか。もし俺が雇ってやらなけりゃ、裏通りで客を拾い、病気を移されたあげく、強盗に殺されるのがオチだ」

「ポン引きは皆、そういういいわけをする」

「俺はポン引きじゃねえ！」

ギルシュは声を荒らげた。

「やっていることはいっしょよ」

ギルシュが立ちあがった。

「やめろ、二人とも」

私はいった。ギルシュがにらんだ。

「お前はどっちの味方なんだ」

「どちらの味方でもない。売春をさせるのも、麻薬を売るのも、犯罪だ」

「きれいごとをいいやがって」

ギルシュはそっぽを向いた。タチアナを見た。タチアナはまっすぐに私を見返した。

「君もかわっているな」

思わず私はいった。こと売春に関する限り、彼女には強い怒りがある。

「男にはわからない。もしこの島にもっといたら、あなたも『エカテリーナ』で誰かを抱いたにちがいない」

否定はできなかった。

ギルシュの携帯が鳴った。

「俺だ。何だと」

ギルシュは私を見た。

「わかった。もしでていくようなら知らせろ」

告げて、携帯をおろした。

「奴らはプラットホームに渡った」

「プラットホームに？」

レアアースの採掘施設だ。海底深くからレアアースを含む泥状の鉱石を吸いあげている。

「プラットホームと港を往復しているボートに乗ったらしい」

「そこから、どこかにいけるのか？」

ギルシュは首をふった。

「ボートかヘリを呼ばない限り、それはできねえ。おそらくだが、定期船が入るのをプラットホームで待つつもりなんだろう」

「たとえ定期船が入っても、連中は逃げられない。ピョートルがさし向けた殺し屋は、国境警備隊に拘束される」

「港とプラットホームのあいだは、船でどれくらいかかるの？」

タチアナが訊ねた。ギルシュがヴァレリーを見た。

「今日の海の状態だと三十分くらいだろう」

ヴァレリーが答えた。

「ヴァレリーは昔、プラットホームで働いていた」

ギルシュがいった。私はヴァレリーに訊ねた。

「プラットホームには、従業員に見つからずに隠れられるような場所があるのか？」

ヴァレリーはむっつりと答えた。

「プラットホームは軍隊みてえなところだ。二十四時間、三交代で働き、寝るのも飯を食うのも、皆いっしょだ。隠れる場所なんかない」

「じゃあいったい、どうするつもりなの」

タチアナがつぶやいた。

「ボリスは殺し屋について何かいっていなかったか？」

私はタチアナに訊ねた。タチアナは首をふった。

「電話で話してはいたけど、わたしには何もいわなかった」

「電話で？」

私は思わず訊き返した。ギルシュが答えた。

「何を驚いてる。ロシアの携帯電話は、ここじゃふつうに使える。そうか、日本の携帯は使いにくいのだったな」

「するとボリスは、殺し屋たちと常に連絡がとれるというわけか」

定期船に国境警備隊の捜索が入ることをタチアナが告げたとき、ボリスが平然としていたのは、それが理由だったのだ。

「待つしかねえな」

　ギルシュがいった。私は携帯をとりだした。

「エクスペールトに伝えておこう」

　パキージンに電話をかけ、ボリスたちがプラットホームに渡ったことを告げた。

「どのプラットホームだ？」

　パキージンは訊ねた。三号だ、とギルシュがいった。

「三号だそうです」

「港から最も遠い位置にある。国境警備隊を送ったら、戻る前に、定期船が着いてしまう」

　私は息を吐いた。ボリスを拘束できても、殺し屋が野放しになる。

「殺し屋の拘束を優先すべきです。ボリスたちの動きはこちらにも伝わりますが、殺し屋の顔はわからない。殺し屋は、ボリスとは関係なく仕事を始めるかもしれません」

　私は告げた。殺し屋に〝地均し〟をさせてから、島に戻ろうとボリスは考えているのだ。

「わかった」

　パキージンは答えた。

「当初の予定通り、定期船の捜索をおこなわせる。殺し屋共の身柄を確保してから、グラチョフをプラットホームに向かわせよう」

「お願いします」

私は電話を切り、ギルシュを見た。

「連中が動いたら、すぐに知らせがくるのだろう？」

「ああ、必ずくる。この島に戻ってくるにしても、よそに向かうにしても、教えてくれる人間はいる」

「殺し屋のひとりは『日本人』だといったな」

私の問いにギルシュは頷いた。

「会ったことはあるのか」

「俺はない。噂だけだ」

「顔が日本人みたいなのだろう？」

「そういわれているが、サハリンには、朝鮮族系だって日本人に見える」

確かにそうだ。サハリンの朝鮮族系ロシア人も多い。殺し屋の『日本人』が、本当に日系のロシア人なのかどうかもわからない。サムライのタトゥを入れていたとしてもだ。

「ニナはカタナをもっている、といっていた。そんな危ない奴なら、すぐにわかる」

ギルシュがいった。

私はニナと話したときのことを思いだした。

――ユージノサハリンスクでは有名だった。誰にでも見境いなく喧嘩をしかけるの。

カタナをもっていて、すごく危ない奴
本当の日本人なのかと訊いた私に、

――わたしの兄さんが小学校の同級生だったから知ってる。ひいお祖父さんが日本人だったって
と、答えた。

「ニナが『日本人』の顔を知っている」

私がいうと、ギルシュは私を見た。

「国境警備隊の捜索に同行させよう」

「そいつは駄目だ」

ギルシュは首をふった。

「ニナはいかせない」

「なぜだ」

「考えてもみろ。『日本人』はここじゃまだ仕事をしていない。グラチョフは『日本人』を拘束できても刑務所にはぶちこめない。それなのにニナが密告したと知ったら、どうなると思う？」

私は息を吐いた。ニナは殺される。今日でなくても、いずれ必ず殺される。

「自分のところの女を、そんな目にはあわせられねえ」

ギルシュが正しい。

「だったら、定期船の乗客から見られないように捜させたら」

　タチアナがいった。

「方法はある。ニナを国境警備隊のパトロールカーに乗せて、外から見えないように見張らせる。『日本人』には気づかれない」

　私はギルシュを見た。

「どうだ？」

「ニナに訊いてみる。やらないといったら駄目だ」

　ヴァレリーに顎をしゃくった。

「ニナを連れてこい」

　ヴァレリーは無言で頷き、カウンターをくぐると「キョウト」をでていった。

　やがてヴァレリーがニナを連れ、戻ってきた。フェイクファーのロングコートを着て、ブーツをはいている。「エカテリーナ」の外で会うのは初めてだった。ひどく幼く見える。不安げにその場にいる私たちを見回した。

「ウォッカを注いでやれ」

　ギルシュがヴァレリーに命じるとニナは首をふった。

「お酒はいらない。コーラがいい」

　ヴァレリーは肩をすくめ、ギルシュを見た。ギルシュが頷き、缶コーラがニナの前におかれた。

「お前の兄貴は確か『日本人』と同級生だったといったな」

ギルシュがいい、ニナは無言で頷いた。

「今でも奴の顔を見たらわかるか」

コーラを口に含み、ニナは考えていた。

「わかる、と思う」

「じき港に着く船に『日本人』が乗っていて、国境警備隊がつかまえたがっている。協力してもらえるかな」

私は訊ねた。ニナは怯えた表情になり、私は急いでつけ加えた。

「奴から君は見えない。車の中にいて、そうだと教えてくれるだけでいい」

「本当にわからない？」

「約束する。教えてくれたら、その場でつかまえる」

ニナは考えていた。ギルシュがいった。

「『日本人』は俺を殺しにくる。もし俺が死んだら、お前たちのボスはかわる」

ニナは大きく目をみひらいた。

「他のボスがいいのなら、協力しないという手もあるわよ」

タチアナがいった。

「ギルシュさんはやさしいよ、先生。今まで働いてきた店のボスの中では一番まとも」

タチアナは無言で首をふった。ニナは私を見た。

「あいつにわたしだってこと、絶対わからないようにできる？」

「国境警備隊のパトロールカーの中に君をすわらせ、外に私が立つ。君は私の背中ごしに降りてくる乗客を見ていて、『日本人』がいたら、そうだとささやいてくれればいい」

「わかった。船はいつくるの？」

私は時計を見た。じき午後一時になる。

「二時前には入港する筈だ」

ニナは頷いた。私はほっとした。あとはボリスたちがいつ戻ってくるかだけだ。

私の島内携帯が鳴った。全員が驚いたように私を見た。

「はい」

「パクです。まだいますか。もし島にいたら、その、あなたと話したいと思って……」

「今、どこですか」

「『フジリスタラーン』にいます」

十分くらいなら余裕はあるだろう。今からいきます、と答えて、私は電話を切った。

パキージンや国境警備隊との連絡、調整は、タチアナとギルシュに任せ、私は「フジリスタラーン」に向かった。ボリスたちがプラットホームに渡ったと判明した以上、恐れる存在はいない。

「フジリスタラーン」にはヤコフとみつごのひとりがいた。おそらくサーシャだろう。

パクは奥のテーブルにひとりですわり、テレビを見ていた。映っているのはＮＨＫ

だ。

他に客はいなかった。

「今日は食べものはいらない。パクさんと私にビールをくれ」

私はサーシャに告げ、パクの向かいに腰をおろした。ヤコフがテレビのリモコンを手にした。ロシアの放送に変わった。

「犯人がわかりました」

私は日本語でいった。パクは驚いたようすもなく、頷いた。

「つかまえたのですか」

「まだです。今は他にしなければならないことがあって」

「他に何をするのですか」

ヤコフが缶ビールをテーブルにおいた。

「店の奢りだ」

ロシア語でいった。驚いてヤコフを見た。ヤコフはにやりと笑った。

「お前はボスの友だちだ。友だちからは金をとれない」

「ありがとう」

「食いものは別だ。サーシャに叱られる。女には、男のつきあいがわからないからな」

パクが私の腕に触れた。

「何をするのです？」

日本語で訊いた。

「船に乗って殺し屋が二人きます。ピョートルというマフィアの手下です。彼らが仕事をする前につかまえたい」

　パクは小さく頷いた。

「ピョートルは有名です」

「殺し屋のひとりは、『日本人』と呼ばれています。ひいお祖父さんが日本人でユージノサハリンスクにいたらしい」

「私の母と同じように、日本に帰らなかったのですね」

　私は頷いた。

「もしかすると、九十年前の事件の犯人だったかもしれません。今はもう確かめようがありませんが」

「母が樺太で見た商人ですか」

「そうです」

「『日本人』は誰を殺しにくるのです？」

「ギルシュ、そして私です」

「ギルシュさんはいい人です。私が彼の店で商売をするのを許してくれます」

「ピョートルは、この前ここで会った男を、ギルシュのかわりにするつもりのようです」

「それはよくない。皆が困る」

「だから『日本人』をつかまえようと思っています」

「あなたはとても勇気がある」

「つかまえるのは国境警備隊で、私は協力するだけです」

パクは私を見つめた。

私は答に窮した。

「それから西口さんを殺した犯人をつかまえるのですね」

「そうできればいいと思っています。前もいったように、私はこの島では何の権限もありませんから」

「わかっています。でもあなたがすべきことをすれば、誰もそれを止めません」

「すべきこと」

私はつぶやいた。パクは身をのりだした。厳しい目だった。

「あなたがここにきたのは、人殺しをつかまえるためでしょう」

本来はちがう。が、今さら訂正できる空気ではなかった。

「あなた以外の人には、人殺しの正体を暴くことはできなかった」

それはそうかもしれない。私は小さく頷いた。

「あなたは日本の人たちを安心させなければいけません。たとえ犯人を日本に連れて帰れなくても、もう日本人は誰も殺されないことを教えてあげなければいけません」

「わかりました」

パクは私の目を見つめ、頷き返した。

「そうすれば、日本人はすべきことを必ずすると、皆にわかります」

それを聞き、パクがこれほど流暢な日本語を話す理由を悟った。日本人の血が流れていることを誇りに思い、日本人らしさを少しでも失ってはならないと努力してきたのだ。

その誇りを分かちあえる相手は、彼の周辺にはいなかった。この島で初めて、パクは母親以外に語りあえる日本人と出会った。

彼を失望させてはならない、と思った。彼は私が日本人だから、協力したのだ。

私はパクの手をつかんだ。一瞬、驚いたように私を見たパクは、外見からは想像もつかないような力で私の手を握りしめた。

「いろいろとありがとうございました」

パクは首をふった。

「私は悪い息子でした。母にあやまりたいけれど、それはもうできない。でもあなたの役に立ったら、許してくれるかもしれません」

私は無言で頷いた。これ以上何かいおうとすると、泣いてしまいそうだったのだ。

33

港に立つと、正面の海に船が見えた。想像していたよりも大きな貨客船だ。

岸壁がすっきりしていた。小型のボートは端に移動し、フォークリフトやトラックも、船が接岸するであろうあたりからどかされている。

中央に国境警備隊の４ＷＤが二台、止まっていた。グラチョフとパキージンがかたわらに立ち、近づいてくる船を眺めている。そこから少し離れて、ＡＫ－74を肩から吊るした兵士が二人いた。

私はパキージンに歩みよった。パキージンは腕時計をのぞきこんだ。

「あと十五分というところだな」

「ギルシュはどこです」

パキージンは止まっている４ＷＤを示した。

のぞきこむと一台の後部席にタチアナとニナがすわり、運転席にギルシュがいた。小柄すぎてハンドルの向こうに顔が隠れていたのだ。私に気づくとギルシュは運転席から降りてきた。

そうしているうちにも船はどんどん近づき、オレンジの制服を着たロシア人たちが接岸の準備のためか港に集まりだした。それを見た私は不安になった。

「ボリスたちはまだプラットホームか」

　ギルシュは携帯電話をとりだし、耳にあてた。呼びだした相手に訊ねた。

「連中はどうしてる？」

　ギルシュの顔が険しくなった。

「いつだ？」

　相手の返事を聞き、

「なぜ知らせない?!」

　と、声を荒らげた。返事を聞くと、無言で電話を切った。

「二十分ほど前にプラットホームをでていったらしい。非常脱出用のモーターボートを使おうとしたので、止めた作業員に銃を向けた」

「怪我人は？」

「でていないが、威しに撃った弾丸がリグのポンプにあたって、復旧作業がたいへんらしい」

「エクスペールト」

　私はパキージンを呼んだ。パキージンがふりかえった。

「ボリスらが非常脱出用のモーターボートでプラットホームをでたそうです」

「いつだ」

「二十分ほど前です」

パキージンは沖から近づく船と腕時計を見比べた。

「同じくらいに到着するな」

「まっすぐこの港にくるとは限りません。定期船に注目が集まっているすきに『ビーチ』から上陸する気かもしれない」

私はいった。

「だとしても、先に殺し屋だ。どうせボリスたちに逃げ場はない」

ギルシュがいい、パキージンは頷いた。

「船にはサハリン警察の刑事も乗ってくる。彼らの協力も得てコズロフを確保すればいい」

私はあたりを見回した。我々がここにいる限り、こっそりこの港にボートをつけるのは不可能だ。あるいは、定期船に乗ってきた殺し屋二人に暴れさせ、その混乱に乗じて上陸するつもりか。

どのみち、ここを離れて「ビーチ」にいくわけにはいかない。私はパキージンに頷き、じょじょに大きくなる船を見つめた。

島内携帯が鳴った。ヤンだった。

「今、話せますか」

私は日本語で答えた。

「大丈夫です」

「港に人が集まっているようですが何があるのです?」

「定期船が入港します。それにアルトゥールを連行した刑事が乗っています」

「アルトゥールというのはニシグチを洞窟まで連れていった船員ですね」

「そうです。それとマフィアの殺し屋が二人」

「なるほど。それで国境警備隊がいるんだ」

どうやら近くから監視しているらしい。

「殺し屋を拘束し、アルトゥールから話を聞きます」

「わかりました。アルトゥールに会えば、誰がニシグチを殺したのかがわかりますね」

もうわかっている。だがここでそれは口にできない。

「ええ」

「結局、この島にあなたは残った。そうすると思っていました」

ヤンはほがらかな口調でいった。

「なりゆきですよ」

「どうかな。また連絡します」

電話を切り、訊かれてもいないのにパキージンに告げた。

「ヨウワ化学のスタッフです。港に人が集まっているが何があるのだと訊かれました」

通話記録を調べられたら嘘だとわかってしまうが、今さらそんな手間をかけるとは思えない。

パキージンはそっけなく頷き、船を見た。

船が港の中に入ってきた。汽笛を鳴らす。

近くから見ると三、四階だてのビルほどの高さがある。接岸できるぎりぎりの大きさだろう。

ゆっくりと方向を転換し、船腹をこちらに向けた。ロシア人が忙しく動き回り、岸壁から船体を守るための緩衝材を投げ入れた。

船は前進と後退をくり返しながら、じょじょに岸壁との距離を縮めた。

やがて舳先からロープが岸壁めがけ投げられた。ロープの先にはさらに太いロープが結びつけられ、拾いあげたロシア人がビットにそれを巻きつける。

大きな音をたてて錨（いかり）がすべり落ちた。水しぶきがあがり、つながった鎖が海中へと沈む。

それでもしばらく船は動きを止めなかった。

さらに何本ものロープが地上に投げられ、いくつもあるビットに固定され、やがて船は完全に停止した。

船腹にあるシャッターがあがった。船員がタラップを押しだす。さがれっという声がかかり、タラップは重力に引かれるまま伸びて、岸壁に到達した。

タラップがまっすぐ伸びると、固定され、人間の乗り降りができるようになった。

グラチョフが進みでた。ハンドスピーカを手にしている。

「こちらは国境警備隊だ。通報に基づき、船内を臨検する。臨検が終了するまで、乗員乗客の下船を禁止する」

シャッターの奥やデッキにいる乗員や乗客に動揺はなかった。静かに待っている。

グラチョフが部下に合図を送った。

二人の兵士がタラップを登った。最後がグラチョフだ。

「君のいう『日本人』が必ず乗っているという確証はない。まずグラチョフたちに船内を捜索させる」

パキージンがいった。

「正しい判断です」

私は答え、背後をふりかえった。窓を半分ほどおろした4WDの後部席にいるニナにも今の会話は聞こえた筈だ。

「定期船には何人くらいの乗客が乗ってるんだ?」

私はギルシュに訊ねた。

「そのときでちがう。サハリンをでるときは百人以上いるが、エトロフやクナシリで大半が下りちまう。ここで下ろすのは、人間より荷物のほうが多い。店でだす食いものも、日本製以外はこの船に積んでくる」

グラチョフと二人の兵士はすでに船内に消えていた。想像以上に大きな船だ。たった三人ですみずみまで捜索できるのだろうか。

船の後部には大型のウインチがとりつけられ、貨物の上げ下ろしができる仕組だ。

そのウインチが動き、船倉からネットを吊り上げた。

ヘルメットをかぶった作業員が赤い指示棒を振り、ネットが岸壁に降ろされた。ネットが開かれ、とりだされた木箱を作業員が運びだす。

木箱の大きさは一メートル四方くらいで、隠れようと思えば、人間も隠れられそうだ。

「あの木箱は何です？」

私はパキージンに訊ねた。

「プラントや発電所、プラットホームで使う機材、食料などの補給物資だ」

「どこへ運ぶのですか」

トラックが横づけされ、早くも積みこみが始まった。

「すぐに使うものはそれぞれに運ばれるし、そうでなければ倉庫で保管する。倉庫はプラットホームを除く各施設にある」

「プラットホーム用の機材はどこで保管するのです？」

「管理棟の一階だ」

木箱をもちあげたフォークリフトをパキージンは指さした。港から管理棟は近い。そのまま運び入れるようだ。

かたわらに立つ作業員がそれぞれの運び先をチェックしている。トラックやフォークリフトに積まれた木箱が港から運びだされると、すぐにウインチが新たな木箱をネットで降ろす。

木箱に隠れていたら上陸を防げない。だが今さらトラックやフォークリフトを止めて木箱をチェックさせろとはいえない。すでに積み荷の多くは港から運びだされている。

やがてグラチョフを先頭に、二人の兵士がタラップを降りてきた。誰かを拘束した気配はない。

グラチョフはパキージンの前にくると報告した。

「船内にはそれらしき者はいません」

「確かか？」

グラチョフは頷いた。

「上陸予定の作業員八名、あとはサハリン警察の刑事二人とアルトゥールです」

「作業員に化けている可能性はありませんか」

私が訊くと、グラチョフは厳しい視線を私に向けた。

「全員の身分証を確認した」

「上陸を許可する」

パキージンがいった。タラップの前に立っていた兵士が手を上げた。

荷物を手にした私服のロシア人がタラップを降りてきた。私はニナをふりかえった。

「よく見ていてくれ」

パキージンは下船するロシア人に視線を注いでいる。東洋系と思しい者も二人いる。

「作業員の顔は、全員わかりますか」

　私は訊ねた。

「そのつもりだ」

　目をそらさず、パキージンは答えた。八人のロシア人がタラップを降りたつと、私に告げた。

「皆、本物の作業員だ」

　私は息を吐いた。厚手のロングコートを着た男二人が、手錠をかけられた若い男をはさんでタラップの上に現われた。コートの下はスーツで、二人とも濃いサングラスをかけている。ＦＢＩかシークレットサービスを気取っているように見えた。ひとりは口ヒゲをはやし、黒い髪をオールバックにし、もうひとりは兵士のように短く髪を刈っている。

　はさまれた男は、ひょろりとした体つきで、安物のダウンジャケットを着けていた。

「アルトゥールですか」

　私が訊くと、パキージンは小さく頷いた。

　私はニナをふりかえった。ニナは無言でタラップを降りてくる三人を見ている。

　この島で、スーツ姿の人間を見るのは初めてだった。

　グラチョフが二人をパキージンに紹介した。

「サハリン警察のニキーシン刑事とブドニツキー刑事です。こちらはエクスペールトのパキージン氏だ」

二人は軍隊式の敬礼をした。

「署長がよろしく、とのことです」

短髪で大柄のニキーシンがいった。口ヒゲをはやし、細身のブドニツキーは無言だ。

「ご苦労だった」

パキージンは頷いた。すぐに戻るつもりなのか、二人とも薄いアタッシュケースしか携えていない。

「着いて早々だが、君らに協力を仰ぎたい仕事がある」

「何でしょう」

「コズロフというマフィアがこの島に入りこんでいる。国境警備隊に協力して、身柄を確保してもらいたい」

二人の刑事は顔を見合わせた。４ＷＤのドアを開け、タチアナが降りたった。

「タチアナ・ブラノーヴァ、ＦＳＢよ」

二人に手をさしだす。

「ＦＳＢ？　これは驚いたな」

ニキーシンがつぶやき、タチアナの手を握った。ブドニツキーが首をふった。

「ＦＳＢがこんなところで何をしているんです？」

喉が潰れたような、かすれ声だ。

「それはいえない。ここでは私の指揮下に入ってほしい」

威厳のこもった声でタチアナはいった。ニキーシンが首を傾げた。

「国境警備隊に協力するのではないのですか？」

「マフィアの扱いはＦＳＢのほうが慣れている。そうでしょ、グラチョフ少尉」

グラチョフの顔が赤くなった。

「警察とＦＳＢは似ているかもしれないが、国境警備隊はちがう。私の部下を、あなたに預けるわけにはいかない」

「上司に報告する」

タチアナは氷のような目をグラチョフに向けた。

「とりあえずアルトゥールの訊問をおこなわせてください」

パキージンを横目で見ながら私はいった。ニキーシンが私を見た。

「あんたは？　ロシア人ではないようだが」

「日本の警察官だ。この島で日本人が殺され、その捜査のためにきた」

パキージンが答えた。ブドニツキーが私を見つめた。喉もとにタトゥが見えた。

「日本人の警察官に会うのは初めてだな」

パキージンがいった。

「アルトゥールの訊問は、私のオフィスでするといい。案内する」

「待ってください。ボリスたちの捜索はどうするのです？」

私が訊くと、

「それはわたしと国境警備隊がやる」

タチアナが答えた。ボリスとロランが自分のいないところで確保されたら、麻薬取引の話をするかもしれない。それを警戒しているのだ。

「殺し屋がいねえ。殺し屋はどこにいったんだ」

ギルシュがいった。

「殺し屋？」

ニキーシンが訊き返した。

「俺に入ってきた情報じゃ、ピョートルが殺し屋を二人、この島に送り込んだ」

「そんな人間は船にはいなかった」

ニキーシンが静かに答えた。

「とにかく、ここで立ち話をしていても始まらない。アルトゥールを私のオフィスに連れてくるんだ」

「わかった、じゃあこうしましょう。私がアルトゥールとあなたのオフィスに行く。ブドニツキーが、FSBと国境警備隊に協力する」

ニキーシンがいった。タチアナとグラチョフを見比べる。

「どうです？　そのコズロフさえつかまえれば、問題はかたづくのでしょう」

「殺し屋に関する話を、もう一度確認したらどうだ？」

私はギルシュにいった。

「今まで一度も嘘なんてついたことのない奴だ」

ブドニッキーが肩をすくめた。

「じゃあ船に乗りそこねたんだ」

「いくぞ」

パキージンがうながした。私はギルシュを見た。

「どうする？」

「ニナと『エカテリーナ』に戻って、ようすを見るさ。お前はお前の仕事をしろ」

私は頷いた。パキージン抜きでアルトゥールと話したかったが、それは難しいようだ。

港で二手に分かれ、私はニキーシンやアルトゥールとパキージンのオフィスに向かった。

近くで見るとアルトゥールは三十を少し超えたくらいの若さだった。顔中にソバカスが散り、つかまったときに負ったのか、頰にアザがある。

「私の名はイシガミ。日本の警察官だ。ニシグチが殺された事件について調査するためにこの島にきた」

オフィスで向かいあうと、私は告げた。アルトゥールはそっけなく頷いた。ニキーシンはコートを脱ぎ、興味なさげに携帯電話をいじりだした。パキージンはデスクにすわり、無言でこちらを見ている。

私は私物の携帯をとりだし、パキージンに訊ねた。

「彼への訊問を録音してもよいでしょうか」

「許可できない。ここでの会話は、君の記憶にのみ、とどめろ」

予測はしていた。私は頷いた。ニキーシンは何もいわない。私はアルトゥールに目を戻した。

「三月十日の朝、何があったかを話してもらいたい」

アルトゥールはわざとらしく目をパチパチさせた。頭が鈍いフリをするつもりなのか。

「よく覚えてないよ。三月十日、三月十日……」

「君がニシグチを洞窟に連れていった日だ」

アルトゥールの瞬きが止まった。私はつづけた。

「ニシグチは、自分の先祖があがめていた神のいる洞窟にいきたがっていた」

「何の話だかわからない」

アルトゥールは途方に暮れたように首をふった。

「洞窟には日本人が集めた金が隠されていた。ニシグチは祖父から聞いたその話を確かめるために、君が操縦するボートに『ビーチ』から乗った。潮が引いている時間を狙って洞窟をくぐり抜け、君らは内部に入った。そこには木で作られた門、『トリイ』が二十本立っていて、その奥に神聖な箱がおかれていたが、壊されていた」

アルトゥールは薄気味悪そうな顔をした。

「見たのか、あんた」

「洞窟に入ったことを認めるんだな」

アルトゥールはあきらめたように頷いた。

「ああ。ニシグチを連れていった」

「そこで何があった？」

アルトゥールはニキーシンを気にした。

「大丈夫だ。ここで話したことは何の証拠にもならない」

アルトゥールは唇をなめ、考えこんだ。私は待った。

不意にニキーシンが立ちあがった。

「手を貸してほしいというメールがブドニツキーからきたんで、そっちへいきます」

私はパキージンを見た。

「かまわんが、どこにいけばいいのかわかるのか」

パキージンが訊ねた。

「国境警備隊の詰所にいるそうです」

「わかった」

「じゃあ、あとでこいつを迎えにきます」

アルトゥールを顎でさし、ニキーシンはでていった。

私はアルトゥールに目を戻した。

「『トリイ』の並んだ通路の左側に細い道があり、君らはその奥にいった筈だ」

アルトゥールは私を見返した。

「あんたもいったのか」

私は頷いた。

「細い道は下り坂になっていて、その先はコンクリートで固められた通路がある。そこを通り奥にある広い部屋に君らは入った」

「あ、ああ。びっくりした。最初は、なぜあんなものがあるのかと思った。だが、すぐに気がついた。昔の軍隊のものだと」

「何か残っているものはあったのか」

パキージンが訊ねた。アルトゥールは怯えたようにパキージンを見た。

「答えろ」

私はうながした。アルトゥールは首をふった。

「扉があって、その奥はがらんとした大きな部屋でした。何もありません。ただの空間です」

「その奥は？」

パキージンがいった。アルトゥールは唇をなめた。

「また別の扉がありました。やめようといったんですが、ニシグチがその扉も開けたんです」

「鍵はかかっていなかったのか」

パキージンの問いにアルトゥールは頷いた。

「開いてました。俺はすごく嫌な感じがして、ここから先はいかないっていったんです。でもニシグチは、ひとりでもいくといって、奥に入っていきました」

「それで?」

私はいった。

「二十分くらい、待ってた。なかなか帰ってこないんで、心配になった。遅くなると、洞窟が水につかってでられなくなる。それで、しかたなく扉の奥にいったら――」

「奥には何があった?」

鋭い声でパキージンが訊ねた。

「ベッドや机のある部屋がありました。すぐ兵隊の宿舎だとわかりました。そしたら、そこにニシグチが倒れていて、あの女がいました」

「あの女とは?」

アルトゥールはうつむいた。

「女医です。港にもいた。さっきと同じように、自分のことをFSBだといいました」

「それで?」

「『事故があって、ニシグチが死んだ。死体をこのままにしておけないので、運べ』といわれました。許してくれといったら、スパイ容疑でつかまえると威されました。だからしかたなく……」

「そのときのニシグチのようすは？」

　私は訊ねた。

「びっくりしたように目をみはっていた。胸を刺されていて、床にいっぱい血が流れていた。ひと目で死んでいるとわかって……」

　アルトゥールは再び唇をなめた。

「それから？」

「女医と二人してボートにニシグチを乗せた。死体を『ビーチ』まで運べというんだ。海に捨てようといったら、絶対に駄目だと……」

「その理由を彼女はいったか？」

　アルトゥールは首をふった。

「でも、あの軍の施設が関係してるってのはわかった。いうことを聞かなけりゃスパイにされちまう」

「はい」

　私の島内携帯が鳴りだした。私はパキージンを見た。パキージンが頷いた。

「やられた！　『日本人』はあの刑事だ。ニナが思いだした。サングラスでわからなかったが、あいつがそうだ」

　ギルシュだった。

「何だと」

「どうやったか知らねえが、警官に化けていやがったんだ」

「待て」

私はいってアルトゥールを見た。

「あの二人の刑事はどこから君といっしょだった？」

「船からだ。サハリン警察のお巡りが船に俺を連れていって、そこにいた二人に預けられた」

「奴らか」

パキージンがつぶやいた。私は電話を耳に戻した。

「気をつけろ！　二人はあんたを狙っている」

「わかってる」

「今からそっちにいく。そこを動くな」

告げて、私は電話を切った。

「偽刑事だったのか」

パキージンがいった。もしかすると本物の刑事で、殺し屋を兼業しているのかもしれない。そうであっても不思議はない気がした。

「ギルシュの応援にいきます」

「丸腰でか」

パキージンがいい、デスクのひきだしを開いた。見たこともない形をしたリボルバーをデスクにおく。

「それは?」

「かつてのロシア軍の制式拳銃、ナガンだ」

ナガンリボルバーの名は聞いたことがあった。十九世紀の終わりの帝政ロシア軍に配備され、トカレフの出現とともに姿を消した軍用拳銃だ。

「今でも使えるのですか」

不安になって訊ねた。リボルバー拳銃は、駆けだしの制服警官だった頃にもたされ、射撃訓練を何度かうけたことがある。それもかなり古いニューナンブだったが、さすがに十九世紀製ではなかった。撃ったとたん、自分の指が吹き飛ぶかもしれない。

「記念品としてもらい、一、二度撃ったことがある。そのときは使えた」

パキージンは答えた。私は立ちあがり、ナガンを手にとった。ハンマーの下、シリンダーの後部に星型の刻印が入っている。弾丸は、西部劇に登場するリボルバーのように、横から一発ずつ装塡する仕組のようだ。

「弾丸は入っている。引き金をひけば撃てる」

パキージンがいった。確かに銃口側からシリンダーをのぞくと、弾丸が詰まっているのが見えた。思ったより軽い。ニューナンブと同じくらいだ。

「それが嫌なら丸腰でいきたまえ」

「お借りします」

と、私はいった。ＰＭに比べれば、命中率も威力も低いだろう。だがウォッカの壜や果物ナイフよりは、はるかにましだ。

「大切な記念品だ。必ず返してくれ」

パキージンがいった。

「撃ってもいいのですか」

「それはかまわない」

私は礼をいって、ナガンを腰にさした。

「彼を頼みます。それとグラチョフに連絡をお願いします」

アルトゥールを目で示していった。ギルシュからの電話で、彼も私も命拾いをしたかもしれない。西口の目が抉られていた件について話さずにすんだ。

管理棟をでた私は港を見渡した。タチアナやグラチョフの姿はなく、国境警備隊の詰所も無人だ。

定期船が入港中だからなのか、港での作業もおこなわれておらず、閑散としている。

タチアナとグラチョフは「ビーチ」に向かったのだろうか。タチアナの携帯にかけることも考えたが、まずは「エカテリーナ」に向かうことにした。

「エカテリーナ」の扉をくぐると、中は暗く、人けがなかった。京子ママの姿もない。

「ギルシュ！　イシガミだ。どこにいる?!」

ナガンを握りしめ、いつでも発砲できるようにして叫んだ。

「こっちだ」

店の奥から返事があった。カーテンの向こうに並んでいる個室の、一番手前の部屋の扉が開いていた。ベッドの端にグロックを手にしたギルシュがかけている。

「ニナは？」

「女どもはヴァレリーと奥の部屋にいる。巻き添えにするわけにはいかないからな」

「立派だな」

本音だった。ギルシュは私が手にしているナガンを見つめ、

「その骨董品は何だ」

と訊ねた。

「エクスペールトから借りたんだ。前に借りたＰＭはボリスにとられた」

ギルシュはあきれたように顔をしかめた。

「使えるのか」

「エクスペールトは撃ったことがあるといってた」

「ないよりマシか。あの女医はどうした？」

「今、確かめる」

私は島内携帯でタチアナを呼びだした。応答はなかった。

「返事がない」

「お前といた偽刑事はどこにいった？」

「仲間からメールがきたといって、途中ででていったんだ」

ギルシュは深々と息を吸いこんだ。

「それでニシグチを殺ったのが誰だかわかったのか」

私はギルシュを見た。もう隠す気はなかった。

「タチアナだ。麻薬取引のための金をとりにいったところを、ニシグチに見られたんだ。我々がいったときには鍵がかかっていた扉が開いていて、ニシグチは奥まで入ってしまった」

「ロランかと思ってたんだが。ちがっていてよかった」

ギルシュはつぶやいた。

私はパキージンを呼びだした。

「グラチョフと連絡はつきましたか」

「呼びだしたが、つながらない」

私は思わず天を仰いだ。グラチョフもタチアナも、殺されてしまったのだろうか。

「サハリン警察に応援を要請してください」

「船でくる応援を待つのかね」

目の前が暗くなった。

「生きのびるには戦うしかないぞ、イシガミ」

結局こうなってしまうのか。私やギルシュが死んでも、オロテックに損害はでない。ボリスもパキージンとは敵対しない筈だ。オロテックの操業があってこそ、この島での利益をマフィアは得られる。

私は深々と息を吸いこんだ。

「あなたは中立ですか」

嫌みととられてもかまわなかった。わずかの間をおき、パキージンは冷ややかに答えた。

「マフィアと組む気はない。もしそうだったら、君に銃を預けない」

私は息を吐いた。

「そうでした。失礼しました」

「私はここでアルトゥールを見張る。何かあったら、連絡をしてきたまえ」

「わかりました」

電話を切り、ギルシュを見た。

「二人がどこにいるか、わかるか」

「二人？　どっちだ。偽刑事かボリスたちか」

「今は四人かもしれないな」

「いずれここにくるだろうよ」

暗い顔でギルシュは答えた。

「調べられないか」

「待て」

ギルシュは携帯をとりだし、耳にあてた。誰かを呼びだしていたが、いった。

「妙だな」

「どうした？」

「ヤコフに捜させようと思ってかけたが、でない」

「『フジリスタラーン』だ。奴らは『フジリスタラーン』にいる」

私は気づいた。島に不案内な殺し屋二人との待ち合わせ場所に、ボリスが指定したのだ。「キョウト」や「エカテリーナ」と異なり、ギルシュと鉢合わせする可能性も低い。

「なるほどな」

ギルシュはベッドを降りた。毛皮のコートを手にした。

「こっちから乗りこんでやる」

「私もいく」

「その骨董品で戦う気か」

あきれたようにギルシュはいった。

「下っ端の頃、日本でもたされていた銃も、たいしてかわらなかった」

答えてからつけ加えた。

「今も下っ端だが」

34

港の入口に近い「エカテリーナ」から、「フジリスタラーン」までは、歩いて四、五分しか離れていない。

「先に俺がようすを見てくる。お前は少しあとからこい」

ギルシュがいい、私はその言葉にしたがうことにした。ギルシュのほうが地理に詳しいし、何より私より小さく、隠れて動ける。

ナガンを防寒着のポケットに入れ、私はキオスクの近くで待った。キオスクには、みつごとはちがう女の店員がいた。

毛皮を着たギルシュが小走りに駆けていく姿は、まるで犬か猫のように見える。

「フジリスタラーン」の手前の角にギルシュは体を押しつけ、あたりをうかがうと、こちらに手をふった。

私は腰をかがめ走った。無事、ギルシュのかたわらにたどりついた。角を回りこんだところに、「フジリスタラーン」の紫色のガラス扉がある。

「『フジリスタラーン』に裏口はあるのか」

私は小声で訊ねた。ギルシュは頷いた。

「この角の反対側だ」

「あんたはそっちに回ってくれ」

「お前はどうする？　正面から乗りこむのか」

「まさか！」

思わず首をふった。

「とりあえず、ようすを見よう」

ギルシュは目を細めた。

「連中だってずっとここにいるわけにはいかない。でてくるのを待つんだ」

私がいうと、小さく頷いた。でてくるのを狙い撃つという手はあるが、敵は四人いる。倒せてもひとりかふたりだろう。銃撃戦になったら、まず助からない。

だが今のところ思い浮かぶ手はそれしかなかった。幸い、今日は外にいても凍えるほどは寒くない。

ギルシュが反対側の角に回ると、私はナガンをとりだした。十メートルも離れれば、拳銃を命中させるのは難しくなる。これだと、さらに短く、二、三メートルといったところだろう。

通常のリボルバーは五発か六発装塡だが、奇妙なことにこの銃には七発こめられるようだ。シリンダーにそれだけの数の穴が開き、弾丸が入っているのが見える。

グリップはざらざらとして妙に細く、ニューナンブとどこか似ていた。

不意に携帯が鳴りだし、私はナガンをとり落としそうになった。

「フジリスタラーン」の壁に体を向け、電話を手でおおう。

「イシガミ！」

タチアナの声が聞こえた。

「無事か」

思わずいった。

「イシガミ、今どこなの？」

「君こそどこにいる？」

不意に電話が奪われる気配がして、

「よう、天才」

ボリスの声が聞こえた。

「また俺と女医さんは仲よしになった。お前とはおしまいだとよ」

「どこにいる？」

「『フジリスタラーン』だよ。ギルシュを連れてこっちにこい。さもないと店の人間や客を皆殺しにする。いっとくが、国境警備隊はアテにするなよ。俺たちがかたづけちまった」

「タチアナにかわれ」

「今さら文句でもいうのか？　待ちな」

「タチアナ、グラチョフたちはどうした？」

「あいつら、偽警官だった。二人、撃たれた」

「グラチョフは？」

「生きてるけど殴られて……」

「店には他に誰がいる？」

再び電話が奪われた。

「そんなに話したいなら、ここにきて話せよ」

「こんな真似をして、無事に島からでられると思ってるのか」

「大丈夫だよ。ピョートルがオロテックのエクスペールトと話をつけることになってるんだ。俺らが暴れて困るのは、オロテックのほうだ」

自信たっぷりにボリスはいった。

「俺たちはギルシュとお前を殺せば、それで用がすむ」

私は目の前の壁を見つめた。

「だったらそんなところに隠れていないで、堂々とでてきたらどうだ？」

「誰が隠れてるだと？」

「そうじゃないか。『フジリスタラーン』の従業員と客を人質にしているのだろう」

「メス犬のくせに何をいってやがる！」

ボリスが熱くなった。

「そのメス犬一匹に怯えているのがお前だよ、ボリス」

「ふざけんな！　どこにでもでていってやる」

「だったら港までこい。勝負をつけよう」

ボリスは黙った。やがてくっくっと笑い声が聞こえてきた。

「本当に天才だな、お前は。うまくひっぱりだされるところだった」

私は息を吐いた。

「メス犬のお前は、自分が助かるためなら何だってやるものな」

「ああ、そうさ。だから人質なんてとっても無駄だ。じき私は、日本いきの船に乗る」

「じゃあ、ここにいる客のじじいを今からぶち殺す。お前のせいだ」

パクだ。

「よせ！」

「ギルシュを連れて、すぐくるんだ。わかったな」

ボリスはいって、電話を切った。私は小走りで「フジリスタラーン」の裏口に回った。

ギルシュが身をかがめている。そのかたわらにうずくまり、ささやいた。

「ボリスから電話があった。あんたを連れてここにこないと、客を殺すといっている」

「客？」

「『本屋』が中にいる」

ギルシュは舌打ちした。

「このドアの鍵は開いているのか？」

私は裏口の扉を見て、訊ねた。安っぽい合板で作られている。別の建物からの流用品のように見えた。

「確かめた。開いている」

私は深呼吸した。喉がひくついた。

「私が表から入って、人質を解放するよう交渉する」

「奴らが応じるわけねえ」

「注意をそらすのが目的だ。あんたがここから入って、はさみ撃ちにする」

ギルシュは考えていた。

「グラチョフはどこだ？」

「警備隊は二人撃たれ、グラチョフは拘束されているらしい」

「すると中にはボリスとロラン、偽刑事二人の四人全員がいるんだな」

私は頷いた。

「二対四だ」

ダブルスコアだ。絶望的な数字だった。これが東京だったら、まちがいなく私は逃げだす。ＳＡＴかＥＲＴに任せるべき状況だ。

だが応援はこないし、私が逃げればパクとギルシュは殺される。しかも逃げきれるという保証はない。補給船に逃げこんだとしても、ボリスは追うのをあきらめない。

生きのびられる可能性は、ここで戦うのが最も高い。

それに何より、いくら臆病者の私でも、パクを見捨てて逃げる気にはなれなかった。

——日本人はすべきことを必ずすると、皆にわかります
逃げるのは、その彼の言葉を裏切ることだ。

「やってやる。奴らの注意をお前がひきつけたら、俺がうしろからバンバン！　だ」

ギルシュはいった。

「五分後に表から入る」

私がいうと、ギルシュは腕時計をにらんだ。

「了解」

そして私の目をのぞきこんだ。

「たいしたお巡りだよ、お前は」

私は無言だった。身をひるがえし、壁づたいに入口に戻った。もうひとつ保険をかけることを思いついていた。

ヤンの携帯を呼びだす。すぐに答があった。

「どうなりました？」

「マフィアと殺し屋が『フジリスタラーン』に人質をとってたてこもっています。私とギルシュがいかないと、人質が殺されます」

「刑事は？　サハリンから刑事がきたのではありませんか」

「その刑事二人が殺し屋でした。国境警備隊も二人撃たれ、グラチョフはつかまってい

ます」

「石上さんは今どこにいますか」

「『フジリスタラーン』のすぐ外です。こんなことを頼める立場ではありませんが、もし手を貸してもらえたら、死なずにすむかもしれません。あなたは強力な銃をもっている」

ヤンは黙っている。

「わかっています。中国国家安全部に、私を助けなければならない理由はない」

私は早口でいった。時計をのぞいた。

「あと三分で突入です」

「三分ではそちらにいけません。がんばってください」

答えて、ヤンは電話を切った。期待をしていたわけではないが、目の前が暗くなった。

電話をポケットに入れ、ナガンを握りしめた。膝が震えた。

人は必ず死ぬ。ここで死ななくても、いつか死ぬ。そのとき、今日のことを悔いて死ぬのだけは嫌だ。

唇を強く嚙みしめ、足を踏みだした。

「フジリスタラーン」の紫色のガラス扉までが果てしなく遠い。

「やるぞ」

口にだしていった。まずボリス、そしてロランに殺し屋二人。少なくともどれかひとりには銃弾を命中させなければならない。

五分がたった。私はナガンを握った右手を背中に回し、左手で紫色の扉を押した。

「本当にきやがったぜ！」

まず見えたのがボリスだった。こちらに背を向けてすわるタチアナとパクと、奥のテーブルで向かいあっている。撃とうとすれば、二人が邪魔だ。

床に血だまりがあり、制服を着た兵士が二人、壁によりかかっていた。ひとりは薄目を開け、荒い息をしているが、もうひとりは目を閉じて動かない。

椅子に縛りつけられたグラチョフがいた。額から血を流し、サルグツワをはめられている。

扉のすぐ内側にいたロランが、マカロフを私に向けた。

殺し屋二人を捜した。奥の厨房（ちゅうぼう）の入口にニキーシンが立っている。ブドニツキーの姿が見えない。私は立ち止まった。

「ブドニツキーはどこだ？」

ボリスが立ちあがった。

「ギルシュはどこなんだよ」

「訊きたいことがある。ブドニツキーは『日本人（ヤポンスキー）』だろう？」

ボリスは顔をしかめた。

「何をいってやがるんだ」

「俺に何だってんだ？」

かすれ声が聞こえた。すぐ左側に、椅子にすわって脚を組んだブドニッツキーがいた。膝の上に巨大なナイフをのせている。刃渡りが三十センチ近くあった。ニナのいうカタナにちがいない。かたわらの床に、ヤコフとサーシャが伏せていた。

「あんたのひい祖父さんは、かつてこの島に住んでいたか」

恐怖を忘れようと、九十年前の事件に気持を集中させた。

ギルシュはこない。逃げたのか。

「知るか、そんなこと」

ブドニッツキーが吐きだした直後、厨房の奥の扉が開いた。

「ボリス・コズロフ！」

叫びをあげ、ギルシュが店に飛びこんできた。ロランがそちらに銃口を向け、私はナガンをもちあげると撃った。妙にくぐもった銃声がして、ロランの肩から血がとび散った。

フロアの中央に立ったギルシュはボリスにグロックの狙いをつけた。

「くたばれ！」

ボリスが床に伏せた。ギルシュの放った銃弾が壁のテレビを粉砕した。直後、ギルシュの背後からニキーシンが二発撃った。

毛皮のコートから毛が舞い、目をみひらいたギルシュはうつぶせに倒れこんだ。

私はナガンをニキーシンに向け、発射した。

ニキーシンのかたわらの壁が破片をとび散らせ、ニキーシンは驚いたように私を見た。もう一発撃った。ニキーシンががくんと顔をのけぞらせた。直後に私の左のわき腹を何かが抉った。

私は床に膝をついた。痛みより熱さを感じた。首をねじると、ナイフを手にした『日本人』が背後にいた。

「俺がとどめをさす！」

ボリスが叫んだ。まっすぐマカロフを私に向け、歩み寄ってくる。私の左目に銃口を押しつけた。

「いよいよだな、天才。お前の脳ミソをぶちまけるのをずっと楽しみにしてたんだ」

銃声がした。ボリスがぎくっと体をこわばらせた。その肩にグロックを握ったギルシュがつかまっていた。左手でボリスをひき寄せ、右手に握ったグロックを押しつけてたてつづけに撃った。

「馬鹿が」

荒々しくギルシュは吐きだした。ボリスの膝が崩れるまで、グロックの引き金をひきつづけた。

グロックが空になった。私はつき飛ばされ、床に転がった。『日本人』が一歩踏みだすとギルシュに切りつけた。グロックと二本の指が床に落ちた。

毛皮のコートの前が開き、ケブラーの抗弾ベストが見えた。小柄なギルシュには滑稽なほど大きい。だがそのベストがギルシュの命を救ったのだ。

ギルシュは叫び声をあげ、右手を左手でつかんだ。

ナガンを握った私の右手首を『日本人』が踏みつけた。

「俺の相棒を殺しやがった」

恐ろしい形相で私を見おろした。

私はニキーシンを見た。目から入った銃弾が後頭部に抜けている。我ながらいい腕だ。

だが私もここで死ぬ。

光を失ったボリスと目が合った。

『日本人』がナイフをふりかぶった。ボリスの背中を踏み台にして、ギルシュがとびかかった。ナイフが私ではなく、ギルシュの体にふりおろされた。が、ベストに刃先が当たってそれ、毛皮のコートを切り裂いた。

転がったギルシュが呻き声をたてた。私は右手を自由にしようと動かしたが、びくともしなかった。自分の体から流れだした血が「フジリスタラーン」の床に広がっている。

「お前ら二人――」

『日本人』がいいかけ、その体に無数の銃弾が叩きこまれた。サングラスが飛び、コートを穴だらけにして、『日本人』は倒れこんだ。

厨房の入口にヤンがいた。マイクロウジを手にしている。

「間に合いましたか」

ヤンはいった。さすがに青ざめた顔をしていた。

「きてくれたのか」

私はつぶやいた。

「誰がいかないといいました？」

ヤンが訊き返した。私は目を閉じ、息を吐いた。

35

診療所に運ばれた私にタチアナがいった。

「輸血する。ここにある血液製剤は、もしかしたらウイルス等で汚染されているかもしれない。それでも輸血しなければ、あなたは死ぬ。いいわね？」

ストレッチャーの上で私は頷いた。

「本当は私の血をあげたいのだけど、かわりにこれで我慢して」

唇を押しつけられた。

「傷口は消毒して縫合するけど、ナイフについていた菌で敗血症を起こす可能性もある。輸血が終わったら、大きな病院に移す手配をする」

「どこの病院だ」

「一番早くいけるところ。あなたに選ぶ自由はない。時間との戦いよ」

「ついてきてくれるのか」

心細くなり、思ってもいなかった言葉がでた。タチアナは嬉しそうな笑みを浮かべ、首をふった。

「他の人の治療がある」

かたわらの椅子でギルシュが獣のような唸り声をたてている。痛み止めを射たれぼんやりとなった。少し眠ったかもしれない。気づくとギルシュの姿が消え、パキージンがかたわらにいた。

「ネムロから医療用のヘリが向かっていて、君と国境警備隊の兵士一名を運ぶ」

「ギルシュは？」

「ブラノーヴァ医師の話では、命に別状はないそうだ。ブドニツキーを撃ったのは君か？」

言葉の意味がわからず、私はパキージンを見つめた。

「現場にサプレッサーつきのマイクロウジが落ちていた。偽刑事のどちらかがもってきたのだろう？」

ヤンは立ち去ったのだ。厨房の入口にいたせいで、その姿は私にしか見えていなかったかもしれない。

つかのま考え、答えた。

「そうです。ニキーシンがもっていたのを奪って撃ちました。お借りしたナガンは——」

「回収した。サハリン警察とは、詳細な打ち合わせが必要になるだろうな。あの二人が本物の刑事だったのかどうかも含めて、署長には厳しく問いただすつもりだ」

責任を問われるのは自分ではないという自信に満ちた口調だった。

パキージンの意に沿った事後処理がなされると見てよいようだ。

パキージンがでていき、グラチョフと横たわっている兵士が見えた。私に気づいたグラチョフが歩みよってきた。額に絆創膏（ばんそうこう）を貼っている。

「グラチョフ少尉」

「イシガミ」

「撃たれた兵士はどうなりました？　ひとりは私とヘリに乗せられるらしいが」

「ポポフは死亡した。コズロフが撃ったのだ」

険しい表情でグラチョフは答えた。

「残念です」

「君とギルシュの英雄的な行動に感謝を伝えたい。君たちがこなければ、私を含め、あの場にいた全員が殺された」

「コズロフは、私とギルシュを殺す気でした。私自身、生きのびるには『フジリスタラーン』で戦うしかなかった」

グラチョフは私を見つめた。

「パクがいっていた。君こそが日本人だと。戦いから決して逃げない」

私は首をふった。

「日本人の中でも、私は臆病者です」

グラチョフが笑うのを初めて見た。

「そうやって謙遜するのも日本人だ」

グラチョフが診療所をでていった。すべての怪我人の治療を終えたのか、タチアナが椅子にかけ、疲れきった表情でデスクに顔を伏せた。白衣が血まみれだ。

「こんなにたくさんの患者をみたのは初めて。まるで野戦病院よ」

くぐもった声でつぶやいた。

「ロランはどうなった？」

「死ぬほどの怪我じゃなかった。治療したとき、モルヒネの取引のことは喋らないといったわ」

「君の思いどおりになったな」

いってから気づいた。彼女は私の口を塞ぐことができた。しなかったが。

「なぜ私を殺さなかった？」

タチアナは顔を上げた。金髪が乱れ、目が赤い。なのに、それがむしろセクシーだった。

「殺す？」

「治療をしなければ、私の口を塞げた」

「そうね。でも、あなたを殺してもアルトゥールがいるし、エクスペールトも真実に気づいている」

「だから私を殺す意味はない、と？」

「あなたはわたしを誤解している。そんなに冷酷な人間だったら、医者になんてなっていない」

私は自分の左腕を見つめた。点滴の針が刺さり、血液製剤の袋とつながっている。

「さっきはわたしについてきてほしいといったくせに」

タチアナはいって、唇を尖らせた。私は息を吐いた。

「きれいすぎるんだ、君は。だからどこか信じられない」

「美人じゃなくても人をだます女はいくらでもいる」

むしろそのほうが多い。美人の言葉は疑ってかかるが、そうでない女性の言葉は信じてよいような気がするのが、男だ。

だがタチアナはただの嘘つきではない。まぎれもなく殺人者だった。

「イシガミの好きにすればいい」

タチアナはいった。

「日本に帰ってから、わたしがニシグチを殺した犯人だと、いいたければいっていい」

私は天井を見上げた。輸血のせいか、やけに体が熱っぽい。

「いったところで何の意味がある？」

自分の声がひどく遠くから聞こえた。

「それがあなたの職務よ」

タチアナが答えた。


体が揺れ、ひどくやかましかった。目を開けると、ストレッチャーごとヘリコプターに乗せられていた。

かたわらに、ヘルメットとヘッドセットをつけた救急隊員がいて、

「あと十分ほどで着陸します。そこからすぐ病院ですから」

日本語でいった。私は首を動かした。下だけ国境警備隊の制服を着た兵士が、ストレッチャーに固定されていた。他には誰もいない。

タチアナもパキージンもおらず、グラチョフの同行もないようだ。

「彼は？」

私は兵士を目で示して、訊ねた。

「銃弾が肺で止まっていて、設備の整った病院で、摘出手術をしなければなりません」

救急隊員は答えた。麻酔を射たれているのか、意識を失っているように見える。

「撃った犯人はつかまったのですか。怪我人がたくさんでたようですが」

私は頷いた。

「つかまった」

「よかった。ヨウワ化学の人から聞いたのですが、あなたは警察官だそうですね」

「日本では」

救急隊員は不思議そうな顔をした。が、それ以上何も訊かず、私も黙っていた。

ヘリコプターが着陸したのは、病院のヘリポートだった。ただちに私は集中治療室に運ばれた。日本人の医師と看護師に、刺されたときの状況と、島でうけた治療について訊ねられ、覚えている限りのことを答えた。

最後に名前と住所、連絡先を訊かれ、警視庁組織犯罪対策第二課の、稲葉課長の名を告げた。

その夜は集中治療室で過した。私とともに運ばれてきた兵士もいっしょだったが、彼は手術の麻酔の影響で、ほとんど眠っていた。

翌朝、私は個室に移された。体温が若干高いことを除けば、バイタルサインに異常はないと説明された。ただしレントゲンとＭＲＩの検査結果によっては、手術をうけなければならないかもしれない。その検査は、翌日になる。

食事は与えられず、点滴のみだった。

午後、稲葉と根室サポートセンターの坂本（さかもと）が病室にやってきた。

「石上さん、刺されたと聞いて、びっくりしました。大丈夫ですか」

坂本は私の顔を見るなり、訊ねた。稲葉は睡眠不足らしく、むくんだ顔で私をにらみつけた。

「銃撃戦に巻きこまれたと聞いたが、刺されたというのはどういうことだ？」

「そこですか」

笑うと、わき腹が痛んだ。

「刺したのは『日本人（ヤポンスキー）』という渾名の殺し屋です。私が彼の相棒を撃ったので、逆上したんです」

「その『日本人』はどうなった？」

「射殺されました」

「撃ったのは国境警備隊か？」

「いえ。中国国家安全部の人間です」

稲葉は理解できない、という顔をした。私は坂本を見た。

坂本は私と稲葉を見比べ、

「席を外しましょうか」

と、訊ねた。

「申しわけありません。お願いします」

稲葉が答えた。

「五分ですみます」

私はいった。

「あの、でていく前にひとつだけ教えていただけますか。西口くんを殺した犯人はわかったのでしょうか」

坂本は訊ねた。私は頷いた。

「犯人はロシア人でした。もう、ヨウワの人が被害にあうことはありません」

「ロシア人……」

稲葉が咳ばらいし、坂本はあわてて病室をでていった。

「いったい何があった？」

稲葉は腕を組んだ。

「あの島にはかつて化学兵器の貯蔵庫がありました。その秘密を守るためにＦＳＢから派遣されていた人間が、西口を殺したんです。西口は、島の洞窟に興味をもち、そこから貯蔵庫につながる通路を発見してしまった。その洞窟にあった古い神社に隠されていた金をめぐって起きたのが、九十年前の大量殺人です」

「ボリスとはどうかかわる？」

「ボリスは、島の歓楽施設の利権を狙ったのです。現在のボスであるギルシュを殺し、自分がなりかわるつもりでした。ちなみに、ボリスが呼び寄せた殺し屋のひとりで、私を刺した『日本人』のひい祖父さんが、大量殺人の犯人であった可能性はあります」

「マル害の目が抉られていた理由は？」

「犯行の動機が化学兵器の貯蔵庫の秘匿であることを隠すため、オロテックの施設長がやったのです。彼は元KGBで、島の秘密を守らなければならない立場でした。九十年前の大量殺人との関係を疑わせ、化学兵器の貯蔵庫の存在から目をそらそうとした。ですが皮肉なことに、九十年前の大量殺人について知っているのはロシア人ばかりで、日本人は誰も知らなかった。その結果、私がやってきて過去を掘り起こしてしまった」

「施設長……」

「あの島の最高権力者です。非常に賢く、危険な人物ですが、マフィアと組むのを嫌ったおかげで、私は生きのびられました」

「西口を刺殺したのは、イワン・アンドロノフだったのか？」

一瞬、間をおき、私は頷いた。

「そうです」

「タチアナ・ブラノーヴァは関係ない？」

「イワンとタチアナは肉体関係があり、嫉妬深いイワンにタチアナは辟易（へきえき）していました。亡命を希望したのはそのせいだったようです」

稲葉は信じられないように目をむいた。

「男から逃げるためだというのか」

「彼女はたいへんな美人ですから」

「そんなことを訊いているんじゃない」

「いずれにしても、今後、ヨウワ化学の社員が事件に巻きこまれることはない、と思います」

「中国国家安全部うんぬんの話は何だ？」

「精製施設であるプラントの警備責任者のヤンという人物が、中国国家安全部に所属していて、産業スパイの防止と島にあった軍事施設の情報収集にあたっていました」

「最後の電話で、君がいっていた人物だな。いっしょに洞窟に入ったのか」

私は頷いた。

「ギルシュもいっしょでした」

「君はあの島でいったい何をしていたんだ」

稲葉は額に手をあてた。

「そのおかげで、ヤンは私を助けてくれたのです」

「中国国家安全部が、警視庁にいつか貸しを返せといってこないことを願うよ」

「ロシアマフィアに命を狙われたら、あなたにもわかるでしょう。誰にどんな借りを作っても、生きのびるのはたいへんです。銃撃戦では、ボリスを含むロシアマフィア三人と国境警備隊の兵士ひとりが死にました」

「銃撃戦を起こしたのは誰だ？」

「ギルシュと私です」

「何だと？」

「もし銃撃戦にならなければ、国境警備隊員を含む、七名がボリスらに殺されていました。レストランにたてこもり、客と従業員を人質にしていたのです」

「二人でそこに乗りこんだのか」

「生きのびるには最善の選択でした。逃げる場所などありませんでしたから」

稲葉は何かをいいかけ、黙った。

「とにかく、退院したら詳しい報告書をだしてもらうぞ」

病室の扉がノックされた。坂本が戻ってきたのだと思い、

「どうぞ」

と私はいった。

扉が開いた。だぶだぶの入院着を着たギルシュが立っていた。右腕を肩から吊るしている。稲葉はあっけにとられたように、小さなロシア人を見つめた。

「ギルシュ！」

「イシガミ！」

ギルシュはずかずかと病室に入ってくるなり、無事なほうの左手をさしだした。私はそれを力いっぱい握りしめた。

「お前のあと、俺もネムロいきの船に乗ったんだ。ここなら、落とされた指をくっつけてくれるというんでな」

「くっついたのか」

「明日、手術だ。指はヤコフが氷漬けにしてくれた」

　私は稲葉を見た。

「彼がギルシュです」

「この、こび、いや、小さな男が？」

　私はギルシュに目を戻した。

「あんたに礼をいいたかった。『日本人』にとびかかってくれなかったら、私は殺されていた」

「お前を助けるためじゃねえ。指を落とされて、頭に血がのぼっていたのさ。ボリスの野郎に、全部の弾丸を使っちまったのも、馬鹿だった」

　私は息を吐いた。昨夜、集中治療室で考えていたことがあった。

「訊きたいこともあった」

「何だ？」

「『フジリスタラーン』にとびこんできたとき、あんたは大声でボリスの名を呼んだ。黙って入ってきて撃つことだってできたのに。なぜだ」

「なぜだ？　決まってるだろう。恐かったからだ。奴の名でも叫ばなけりゃ、おっかなくて足が動かなかった。サムライのお前とはちがう」

「あんたがおっかなかっただって？」

「ああ、そうさ。小便をちびりそうだった。お前は堂々としていたが」

私は天井を見た。笑いがこみあげた。

「笑いたけりゃ笑え」

ギルシュはいった。

「ちがう。私も足が震えていた」

「お前は落ちつきはらっていた。『五分後に表から入る』といったとき、すげえ野郎だ、と思った」

私は首をふった。ギルシュは稲葉を示した。

「こいつは？　お前のボスか？」

私は頷いた。

「お前に勲章をくれるってか？」

「そんなものはもらえない」

「嘘だろ！」

ギルシュは恐い顔で稲葉をにらみつけた。

「イシガミを表彰してやれ。それだけの価値がこいつにはある！」

「何を怒っているんだ」

不安そうに稲葉がいった。

「警官が嫌いなだけです」

「君とは仲がよさそうだが？」

「東京を案内してやると約束しましたから」

　私が答えると、ぎょっとしたように訊ねた。

「まさかボリスのように東京進出を考えているのじゃないだろうな」

「ちがいます。彼の希望は観光です」

　私物の回収も含め、オロボ島にはもう一度戻らなければならないだろう。

　だが、その前に。

「手術が終わって退院したら、トウキョウにいっしょにいこう」

　ギルシュは驚いたような顔をしたが、にやりと笑って、私を指さした。

「約束したな、そういえば」

　私は頷いた。

「ガイドは、お巡りだ」

後記

本書執筆にあたり、ニッキ株式会社の津野智明氏、石黒忍氏のお話を参考にさせていただいた。記してお礼を申しあげる。ありがとうございました。

また「小説すばる」編集部、故高橋秀明氏の熱意がなければ、本書は生まれなかった。

氏の冥福をお祈りします。

大沢在昌

参考文献

『北方四島ガイドブック』ピースボート北方四島取材班 編（第三書館）
『海底鉱物資源　未利用レアメタルの探査と開発』臼井朗 著（オーム社）
『トコトンやさしいレアアースの本』藤田和男 監修／西川有司、藤田豊久、亀井敬史、中村繁夫、金田博彰、美濃輪武久 著（日刊工業新聞社）

解説

千街晶之

二〇一二年、作家・評論家・ミステリファンらのアンケートによって選出された「東西ミステリーベスト100」が《週刊文春》誌上で発表された際、国内部門の一位は横溝正史(よこみぞせいし)『獄門島』(一九四九年)、海外部門の一位はアガサ・クリスティー『そして誰もいなくなった』(一九三九年)だった。共通点は、ひとつの島を主な舞台とするミステリだということである。この結果だけから断言してしまうのも乱暴ではあるけれど、日本のミステリファンは孤島という舞台設定が大好きだという傾向があるのではないか。いや、ファンのみならず作家もまたそうである。ある程度ミステリを読み込んだ方なら、それを証明するようなさまざまな国産ミステリの作例を思い出せるだろう。

現在、私たちが思い浮かべるような典型的な孤島ミステリのフォーマットは『そして誰もいなくなった』において完成されたが、その後、海外でもそれなりの数の孤島ミステリが発表されているものの、日本ほどポピュラーではない。例外もあるにせよ、日本の孤島ミステリは島という設定がクローズドサークルと直結することが多く、そのため本格ミステリの設定として多用されやすい傾向がある。

だが、孤島は本当に本格ミステリの占有物なのかといえば、意外とそうでもない……ということが、孤島ミステリの歴史を振り返ると判明する。特に、ハードボイルドの世界で孤島を繰り返し描いている作家が日本には存在している。それが、大沢在昌だ。例えば、第十七回柴田錬三郎賞受賞作の『パンドラ・アイランド』（二〇〇四年）。この小説の舞台・青國島（あおぐにじま）は、小笠原（おがさわら）諸島より更に南方にある孤島で、駐在巡査もいないため、警察官経験者が「保安官」として治安の維持にあたっている。元警視庁捜査一課刑事の高州（たかす）がこの任に就いたところ、さまざまな事件が起こりはじめた。小さな離島のわりに裕福な青國島の秘密をめぐって、謎が謎を呼ぶ。

また、第四十八回吉川英治文学賞を受賞した『海と月の迷路』（二〇一三年）の舞台であるH島は、「軍艦島」として知られる実在の端島（はしま）をモデルとしている。一九五九年、警察官の荒巻（あらまき）はH島の駐在巡査として赴任するが、財閥系企業が鉱山を所有しているこの島では、会社による自治警察が警察よりも力を持っている。荒巻が赴任してからしばらくして少女の溺死体が見つかり、事故死または自殺と思われたが、荒巻は他殺を疑う。だが、警察官として公正であろうとする彼は、次第に孤立した立場に追いやられてゆく。

他にも、ある島の秘密をめぐってフリーカメラマンの青年が事件に巻き込まれる『夢の島』（一九九九年）や、「地獄島」と呼ばれる島でクライマックスが繰り広げられる『魔女の笑窪（えくぼ）』（二〇〇六年）といった作品があり、島という舞台設定に対する著者のひとかたならぬ愛着が窺（うかが）えるが、こうした「島もの」の路線における最新の傑作が、本書

『漂砂の塔』（《小説すばる》二〇一六年三月号〜二〇一八年一月号に連載。二〇一八年九月、集英社刊）なのである。

物語の背景は二〇二二年。主人公の石上は、ロシア人の祖母を持つため日本人に見えない顔立ちで、ロシア語と中国語に堪能……という特性・経歴を警視庁組織犯罪対策第二課の課長・稲葉に見込まれ、国際犯罪捜査官として、ロシア人や中国人の組織犯罪者が絡むような危険な案件への潜入捜査に従事させられている。

そんな石上が、稲葉から新たに命じられた任務は、北方領土の歯舞群島に位置する春勇留島――ロシア名はオロボ島への赴任。大正末期から昭和の初めにかけてはコンブ漁が盛んだったが、その後長らく無人島となっていたこの島は、近海にレアアースの漂砂鉱床が存在することが最近になって判明したため、三すくみの利害関係で結ばれたロシア人・中国人・日本人による合弁会社「オロテック」によって再開発されており、社員とその関係者三百四十人ほどが住んでいる。そのオロボ島の海岸で、日本企業の「ヨウワ化学工業」から出向していた社員の西口が、両目を抉り取られた無残な他殺死体となって発見された。その事件に動揺している日本人社員たちに安心感を与えるため、警察官の身分を伏せて赴任せよ――というのが石上に課せられた任務なのである。

『パンドラ・アイランド』も『海と月の迷路』も、逃げ場のない島という環境と閉鎖的な人間関係の中で、主人公が孤立しながら犯罪の真相に迫る物語だったけれども、本書における主人公の立場の寄る辺なさはその二作を遥かに凌ぐ。というのも、それらの作品では曲がりなりにも舞台は日本国内であり、主人公がれっきとした捜査権を有していたのに対し、今回の舞台は日本が領有権を主張しているもののロシアに実効支配された北方領土であり、日本の警察官には捜査権などないのだから。潜入捜査は肉体的にも精神的にも苛酷を極める捜査方法であり、だからこそ主人公の孤立無援の状況や心境を描くのにうってつけの設定として小説や映画などに好んで取り上げられるのだが、本書のような奇抜なシチュエーションでの潜入捜査は、かつてどのようなフィクションでも描かれたことはないだろう。

殺人事件から拡(ひろ)がった波紋の収束を望んでいる点はロシア・中国・日本の三国に共通しているものの、だからといって各勢力が石上にどんな情報でも与えてくれるわけではなく、都合の悪い事実についてはだんまりを決め込もうとしている。島で警察の役目を果たしているのはロシア国境警備隊だが、西口殺害の捜査には消極的だ。オロテックの副社長で島の最高責任者のパキージン、中国側の警備責任者ヤン、石上に敵意を向けるクラブの経営者ギルシュ、美貌の医師タチアナ・ブラノーヴァら、一癖も二癖もある人物が島内には犇(ひしめ)いている。しかも、被害者の西口は麻薬の密売人と密(ひそ)かに接触したり、この島と関係があるらしい自らのルーツを探ろうとしていた。島では九十年前、記録にも残されていない大量殺人事件が起きていたらしく、その手口は今回の西口殺しと同じだったともいう。九十年の時を隔てた二つの惨劇に、どんなつながりが存在するのだろうか。当面捜査すべき現在の事件に過去の事件が上乗せされるかたちで、あまりにも巨大な謎が石上の前に立ちはだかる。

集英社のサイト「RENZABURO」に掲載された著者のインタヴューによると、本書の構想は、執筆の二十年以上前に週刊誌で見たアラスカかどこかの油田の写真と、ショーン・コネリー主演のSF映画『アウトランド』(ピーター・ハイアムズ監督、一九八一年)から生まれたという。同じく「RENZABURO」に掲載された著者と作家の柚月裕子の対談では、著者は島の設定について「全部頭の中でこしらえたうそっぱちだから。そんな島はないし、あのあたりでレアアースが採れるという事実もない。ましてや北方領土の中に、ロシア、中国、日本で合弁企業をつくるなんて政治的に無理。そこで近未来に設定して、そういう枠組みをつくった上で猟奇的な殺人事件が起きる。被害者は日本人。日本の警察官が捜査権も何もないのに、たった一人で乗り込まなきゃいけないという。こういうアホみたいな話を考える人はあまりいない。でも俺はこういう話を考えるのが好きなんだよ」と述べている。だが、たとえうそっぱちの設定であっても、小説に仕立てるためにはそこにリアリティを持たせなければならない。著者は同じ対談で「まず何が採れるのかを考えなきゃいけなかった。今ならレアアースだろう。レアアース自体はやっぱり世界中の九割以上が中国で産出されているから、精錬技術は中国がナンバーワン。実効支配しているのはロシア。日本はどうするか。いろいろ調べると採掘には必ず放射性廃棄物が出る。廃棄物のトリウムを使った原子力発電技術を日本が提供することにすれば、日本人がそこにいる理由ができた。これで三国の共同出資の企業ができる。そこまではスタート時に考えていた」と、三つの国の利害が入り乱れる島が出来上がる過程を述べている。基本的なアイディアが大風呂敷であればあるほど、それを支えるディテールにはいかにもあり得そうな説得力がなければならないわけで、その意味で本書は近未来フィクションのお手本のような仕上がりを示している。

また、そのようにして構築された舞台装置が、石上をとことん翻弄して苦境に追いやる苛烈なからくり仕掛けとして作動する点も見逃してはならない。真相に近づくにつれ、石上は何者かによって繰り返し襲撃され、幾度も生命の危機に見舞われる。主人公が窮地に陥れば陥るほど物語は盛り上がる――ということを熟知している著者ならではの小説作法が全面展開されているのだ。それでいてタフなだけではなく、タチアナとの関係に見られるように、美しい女性に弱い面もある石上の性格が、物語のアクセントとして効果を上げている。

国益や権益次第で敵味方の関係が目まぐるしく反転する油断も隙もない人間関係の中、逮捕権も武器も持たない石上は、いかにして事件に決着をつけるのか。そして、過去と現在の惨劇の原因となった島の恐るべき秘密とは何なのか……。謎とスリルの釣瓶(つるべ)打ちによってかなり長大な分量を一気に読ませる本書は、『パンドラ・アイランド』『海と月の迷路』に続いて、島という舞台設定の特性を存分に活かした著者の代表作である。

（せんがい・あきゆき　ミステリ評論家）

本書は二〇一八年九月、集英社より刊行された『漂砂の塔』を、上下巻として再編集しました。
初出「小説すばる」二〇一六年三月号～二〇一八年一月号
ノベルス　二〇二〇年九月　カッパ・ノベルス（光文社）

*この作品はフィクションであり、実在の人物、団体、事件等とは一切関係ありません。

大沢在昌の本

烙印の森

男は犯罪現場専門のカメラマン。殺人現場にこだわって撮り続けるのは、「フクロウ」と呼ばれる殺し屋に会うため。ふたりの壮絶な死闘の幕が開く！　伝説の傑作ハードボイルド。

集英社文庫

集英社文庫

漂砂の塔 下

2021年6月25日 第1刷　　定価はカバーに表示してあります。

著　者　大沢在昌

発行者　徳永　真

発行所　株式会社 集英社
東京都千代田区一ツ橋2-5-10　〒101-8050
電話　【編集部】03-3230-6095
【読者係】03-3230-6080
【販売部】03-3230-6393(書店専用)

印　刷　凸版印刷株式会社

製　本　凸版印刷株式会社

フォーマットデザイン　アリヤマデザインストア　　マークデザイン　居山浩二

ISBN978-4-08-744259-5 C0193